山西新时期女性作家小说创作综论

赵春秀　著

山西出版传媒集团
山西人民出版社

图书在版编目(CIP)数据

山西新时期女性作家小说创作综论 / 赵春秀著.—太原:山西人民出版社 2013.12

ISBN 978-7-203-08463-1

Ⅰ.①山… Ⅱ.①赵… Ⅲ.①妇女文学-小说研究-中国-当代 Ⅳ.①I207.42

中国版本图书馆CIP数据核字(2014)第002328号

山西新时期女性作家小说创作综论

著　　者:赵春秀

责任编辑:吕绘元

装帧设计:王聚金

出 版 者:山西出版传媒集团·山西人民出版社

地　　址:太原市建设南路21号

邮　　编:030012

发行营销:0351-4922220　4955996　4956039

0351-4922127(传真)　4956038(邮购)

E-mail: sxskcb@163.com 发行部

sxskcb@126.com 总编室

网　　址:www.sxskcb.com

经 销 者:山西出版传媒集团·山西人民出版社

承 印 者:山西省教育学院印刷厂

开　　本: 787mm×1092mm　1/16

印　　张: 15.25

字　　数: 205千字

印　　数: 1-500册

版　　次: 2013年12月　第1版

印　　次: 2013年12月　第1次印刷

书　　号: ISBN 978-7-203-08463-1

定　　价: 31.00元

目 录

MULU

第一章　引论

第二章　蒋韵的小说创作

第三章　张雅茜的小说创作

第四章　陈亚珍的小说创作

第五章　葛水平的小说创作

第六章　小岸的小说创作

第七章　结语

第一章　引论

第一节　中国新时期女性小说创作的兴起与发展

进入新时期以后，承继五四时期女性作家的自主精神，顺应西方女性主义思潮，新时期的中国文坛在天时地利的机遇下，出现了以自觉表现女性意识、构建女性私密空间、挑战男权文化、书写女性经验为中心的女性作家群，她们的小说正式被命名为女性小说。要了解新时期女性小说创作兴起与发展的轨迹，就要从研究中国女性文学的发生、发展入手。

总体来说，从先秦到清末数千年的中国文明史中，由于社会地位的低下和男权文化的挤压，女性写作者寥若晨星，有幸留存的文学作品更是屈指可数。在以男性作家为中心的文学史中，这些作品的分量不足以为女性代言。盘点卓文君、蔡文姬、李清照、朱淑真等女性创作者的作品，无论是抒发内心的幽怨、遇人之不淑，还是表达家国情怀，都是在男权文化的遮蔽下，没有现代意义上的女性自觉，更没有自觉的女性意识，单从这一点来说就将这些本来就不多的女性创作者的作品限制在男性文学点缀的范畴里。

不过，随着时代的发展，中国女性的主体意识毕竟慢慢觉醒了，大体来看，这觉醒的过程大致经历了三个阶段：

萌生期可以从清末民初算起，一直延续到五四后。最早可以追溯到女革命家秋瑾身上，是她率先在《勉女权歌》中喊出“男女平权天赋就，岂甘居牛后”的女性声音；她创办《中国女报》，宣传反封建专制的独立自主的女性意识，所以说秋瑾是我国倡导女性解放的先驱者。之后从五四时期到20世纪30年代中后期，由于启蒙教育的深入，涌现出一大批女性作家。冰心、庐隐、丁玲、萧红、凌叔华、张爱玲、苏青等人，纷纷拿起笔讨伐男权文化中的陈规陋习，借助五四文学新潮，女性第一次“浮出了历史地表”，女性文学第一次产生了较大声势的历史影响。五四新文化思潮中以“人的文学”为宗旨，那一时期的女性文学，高扬反封建的旗帜，在作品中塑造了许多勇敢反抗封建规范的女性形象。不过，此时女性作家对于女性独立品格的表现尚显不足，许多女性作家，包括冰心在内，女性主体意识并不是很强烈，她们大多是在男权话语范畴之内进行着有限的女性私语。当然也有特例，丁玲的《莎菲女士的日记》和《梦珂》，可以说是真正意义上的女性意识的觉醒，“我是我自己的”是真正的女性话语本体。可惜的是，时代风云很快将丁玲纳于“政治话语体制”之内，到死也没能回到最初女性觉醒的原点上来。

公平地讲，这一时期尽管女性作家们的理论还不成熟，写作的经验也还略有欠缺，尤其是对女性解放还缺乏系统深入的分析与认识，但这种种都不能阻碍女性揭开帷幕，登上历史舞台。正是在这一时期，女性作家们提出了女性独立自主的主题。虽然女性文学的发展之路并未就此走上康庄大道，但这不能归咎于女性作家们的眼界，而是在接下来的第二个阶段中，中国社会动荡的现实迫使女性文学向政治主题聚拢。

第二个阶段是女性意识的缓滞期。在这一时期，相对于男性作家，中国当代女性作家的写作要面临双重阻遏，既要与男性争取话语权，还必须遵循历史的要求，她们需要同时突破家和国双重的藩篱，才能获得人性的成长和生命的经验。她们话语的生成过程较之于西方女性，要复杂得多，也曲折得多。在“妇女能顶半边天”的号召下，从来就是围着锅台转的妇女们离开锅台，走出家门，投身于社会，开始扮演社会角色，参与工作和各种社会活动，但是这种因外界环境变化所带来的社会角色的再认同，并不意味着妇女们的性别意识达到了自主自觉的程度。在翻天覆地的社会变革中，在当时的社会政治氛围下，为避免“政治觉悟落后”，女性作家的性别意识只能暂时隐蔽起来。这一时期，不仅女性作家的声音被掩盖，男性作家的自主意识也处于逐步丧失的过程中。这是中国文学曾经历的一个过程，也是促使女性解放的同时，又以女性自身的特性被遮蔽的一个特殊时代。这一时期，女性意识的发展曾遭遇过连带性的打击。

“十七年”及“文化大革命”时期对人道主义的持续批判，使得“做独立的人”成为一个禁忌，这些因素直接限制了女性意识觉醒的脚步。当然，这里需要说明的一点是，近年来，一些评论者开始重新评价“十七年”时期以及其他一些曾被认定为文艺发展阻力的政治、经济、社会等因素在历史长河中的作用。譬如“十七年”时期在女性文学发展史上，是否真的全无正面意义？社会的解放程度影响着政治经济的发展，而政治经济的发展又直接制约着人们的思想观念、教育状况等。也就是说，国家的政治、经济为女性解放提供着前提，或者说是背景条件，我们不能忽视社会解放对女性解放所起的作用。这样看来，为社会解放所努力的一切阶段，无论坦途还是弯路，对于女性意识来说，都不会仅仅是阻碍作用。

女性意识的发展壮大期是女性意识觉醒的第三个阶段，是随着新时期的到来，与新启蒙思潮同步开始的。

新启蒙主义是承继五四启蒙传统，从对“文化大革命”的批判与反思开始的。文学上的启蒙精神，其使命在于探讨人生的价值和终极意义，对真善美的永恒追求，具有强烈的人文主义色彩、理性主义倾向与终极关怀的性质。不过，五四时期的启蒙主义是救亡的时代主题与立人的启蒙任务二者兼顾的，形而上层面上的人性探讨受到过多的政治救亡任务的干扰，纯粹的人文主义追求难有立足之地。时间到了20世纪70年代末，民族危亡问题退居其次，文化、人性层面的问题发展成为启蒙主义思潮回归与嬗变的首要主题。又恰逢一场大的动荡刚刚过去，人们认识到“十年浩劫对于人的权利、人的需要、人的自由、人的尊严、人的价值、人的才能、人的思想、人的感情、人的幸福、人的生命的践踏和虐杀”，从那个时候开始，人们重新呼唤人道主义的回归，希望把人当作真正的“人”来看，重新去评判“人的价值”，这种认识很快便成为一个时代的主题。新时期文学自此呼唤人性的复归，呼唤人性的尊严。这也成为当时的女性作家与男性作家共同建构的主题。正如张抗抗所说：“人的问题是这个世界上男人和女人所面临的共同的生存和精神的危机。”[①]“文化大革命”中遭受戕害的，不是单独性别意义上的男人或女人，而是人性意义上的“人”。正因如此，刘心武、王蒙、戴厚英、宗璞都纷纷发文，呼吁“人应该是世界的主人”，作品中要写“人性、人情、人道主义”，“每一个人，都应该像一个人一样，活在人的世界”。女性意识也随着人性解放的观念渐渐深入人心，女性作家们随着对“人”的问题的关注，继而延伸至对女性作为“人”的认识与尊重，“女人也是人”的全新认识直接开创了女性意识觉醒的新阶段。

这个时期，西方女性主义理论开始引入中国。此时西方女权主义运动虽然未能影响中国社会掀起同样的运动，但随之而来的大量西方女权理论的翻译引进，无疑促进了中国女性意识的觉醒。20世纪80年代初，朱虹编选《美国女作家作品选》和《美国女作家短篇小说选》，对西方的女权运动和女权主义的代表作进行了初步的介绍。1988年，江苏人民

①张抗抗.我们需要两个世界[J].文艺评论,1986(4):58-59.

出版社出版了由巫漪云、丁兆敏、林无畏翻译的贝蒂·弗里丹的《女性的奥秘》。这部著名的女权主义著作，猛烈抨击由父权社会男性编造的“女性神话”：女人的最高价值和唯一使命是完善她们自身的女性特征，而这些必须依赖于男人主宰一切、女人在性方面温顺服从并对孩子充满母爱。书中指出，女性要想与男人真正地平等，需进行另一场更根本的、更全面的革命。1989年2月，生活·读书·新知三联书店出版了由王还翻译的英国女作家弗吉尼亚·伍尔芙的《一间自己的屋子》。伍尔芙认为，女性只有经济独立才能获得创作自由和人身自由。这些文章拓宽了中国女性作家的视域，让大家对女性主义有了进一步的了解。进入20世纪90年代，理论界译介的西方女性主义理论对中国文学界产生了更大的影响，王逢振等主编的《最新西方文论选》，林建法、赵拓翻译的《性与文本的政治——女权主义文学理论》，还有张京媛主编的《当代女性主义文学批评》等，一步步为中国女性意识的觉醒奠定了理论基础。这些理论渗透进文学界后，对女性文学的发展起到了巨大的推动作用，为中国当代女性文学思潮的形成与发展奠定了理论基础，帮助当代女性作家对男权文化、男权意识从感性的反抗走向了理性的解构，并在重新认识女性解放积极意义的基础上，尝试重新定义女性主体本质。

伴随着新启蒙思潮，又有西方女性主义理论支持，再加上中国社会整体的社会转型，这一时期，女性作家的性别意识真正成长壮大起来。渐渐地，女性文学的文化主题已经不是“人的自觉”，而发展为真正的“女人的自觉”，女性书写对男权文化构成了强有力的冲击，有影响力的女性作家不断涌现，这一时期的女性小说成为中国新时期文学的重要组成部分。张洁、王安忆、铁凝、张抗抗、毕淑敏、方方、池莉等作家适逢新的时代，社会环境发生翻天覆地的变化，政治经济政策也在强化着妇女地位的提升，这些接受了新思想的女性作家们，突破传统意识的禁锢，思考着人性、女性存在、男女平等问题，将女性意识进一步推进到人们的深层观念中。刘思谦曾准确概括过这一心路历程：“我身为女人，就从来不知道女人是什么，先是陶醉在半是真实半是虚妄的‘男女平等’的神话之中，后来又学会了‘我是人’这样一个空洞的抽象聊以自慰。只有当各种名目的‘角色’以它们那实实在在的重量向我纷纷挤压而来，我才深深意识到了我那和男人不一样的性别。然而此时‘女人’之于我，也不过是一些‘角色’的碎片而已。碎片下面，依然是一片混沌莫名，难以言说。”[①]这正是父权文明话语机制下女性迷茫混沌找不到属于自己话语书写的写照，这段话反映出当代女性文学所走过的艰难旅程。中国新时期女性文学就是在这样的社会历史语境下，在西方女性主义思潮的影响下渐成气候。同时，解构男权文化，确立女性的社会性别角色，建构女性主体性自我的价值取向也逐渐形成。

要建立真正的女性话语，从女性的性别视角出发，表现女性的个体生存经验和生命体验，在女性理论尚未完备、思想观念稍显落后的时代，是一项异常艰巨的任务。西方女性主义对中国女性文学最直接的影响就是：作家们在创作中敢于大胆展示最为隐秘的女性主观内心世界了。从20世纪80年代初期的女性小说中可以发现，这一时期的女性意识注重女性作为人的价值，倡导人性解放，呼唤大写的人，追求理想的爱情，散发着理想主义的气息。在以往的文学中，严苛的封建礼教将女性的身心禁锢起来，使女性丰富的内心世界找不到抒发的渠道，即使有个别男性创作涉及了女性心理，也是男性眼中的闺怨情思居多。女性从未获得书写自身的权利，她们只能以“被看”的“客体身份”存在于文学作品中。新时期女性文学打破了这种男性视角主观的猜测与想象，以女性自己的视角大胆展示最为隐秘的女性主观内心世界，抒写女性的情感体验，把之前那个不谈情的年代里渐被遗忘的情感世界寻找了回来。

女性意识的复苏给予了女性理直气壮地争取爱的权利的勇气，爱情无疑是压抑已久的人性对自然属性最关切、最急切的关注内容。张洁的

---

①谢玉娥编.女性文学研究教学参考资料[M].开封:河南大学出版社,1990:19.

《爱，是不能忘记的》、张抗抗的《北极光》等，较早地进入女性隐秘世界，大胆诉说女性对理想爱情的执着与憧憬。《爱，是不能忘记的》提出了爱情与婚姻的关系问题，这是张洁对女性命运关注与思考的开端。小说中两代女性对爱情相同的执着，意味着女性作为人的主体意识的觉醒，而她们对待爱情时不同态度的对比，又表现出女性思想的进步和女性意识的发展。张抗抗的《爱的权利》《北极光》等一系列作品都在呼唤个性解放、尊重人格、追求理想爱情等，其本质就是在追求男女地位的真正平等，可以平等地拥有包括爱情在内的一切人性的自由。

但光是拥有爱情是不够的，女性与男性真正的平等还要兼顾到作为自然性别的人的价值。因此，女性作家们借由表达爱情表达着对于自由、对于独立人格的追求。她们已经渐渐认识到，女性解放不仅要靠政治和经济地位的争取来获得，更重要的是要实现自身价值。因此，20世纪80年代中后期开始，关注女性真实生存状况成为这一时期女性意识的重要主题。女性小说由讴歌爱情转向探寻女性自身的价值。这一时期，王安忆、铁凝有很多作品都表现了女性成长的艰难，细腻刻画了女性内心深处的痛楚，同时探讨了女性悲剧命运的深刻社会、历史背景，将问题拓展到了政治、文化领域。

很明显，相对于五四时期的女性，新时期的女性作家们更多了一份思索。新时期女性文学在一开始与五四时期女性文学就有所不同，虽然此时期的女性与五四时期的女性有着相似的人生体验，即传统角色与现代人生之间的矛盾冲突所带来的心理上的压抑感、不平衡感，如张辛欣的《最后的停泊地》、方方的《在劫难逃》等作品都涉及了女性这样的情感焦虑。但表现更为明显的是两阶段的不同：五四时期女性文学侧重于宣泄女人的欲望和情感的焦虑，而新时期女性文学的侧重点则是对人性的赞美、对理性的召唤以及对女性独特情感与社会地位的再确认。张洁的《爱，是不能忘记的》、喻杉的《女大学生的宿舍》、张抗抗的《爱的权利》、王安忆的《金灿灿的落叶》等，这些作品出现在那场浩劫结束的时候，引起了一定的社会轰动，这些作品相对于之前那个阶段来说，比较深刻的人性内容引起了社会的关注。尽管还有好多问题尚未厘清，但历史已经教会她们追求人生的真正价值。不过这些作品在表现女性意识方面其实还远远不够，其倡导人道主义和个性解放的主题，是顺应当时的文学主题和主流倾向的，距离完全摆脱男性话语控制，构建女性自己的话语体系，还相当遥远。迷茫中的女人们仍然无意识地把男人的标准当作自己的标准，仍然尽力在宏大的社会历史背景下表现女性，主题也力求高远，男性文学风格的痕迹依然明显地存在于这些女性作家的作品中。

真正的女性文学时代的到来要等到铁凝的《玫瑰门》和王安忆的“三恋”（《荒山之恋》《小城之恋》《锦绣谷之恋》）、《岗上的世纪》等作品的问世。《玫瑰门》中，铁凝的叙事突显出鲜明的女性写作特征，深刻地表达了对女性历史际遇和现实困境的诘问。铁凝借助司漪纹的故事，对新时期之始“爱，是不能忘记的”主流叙事表达了她淡淡的否定。尤其有意味的是小说结尾处苏眉女儿额上那枚酷似司漪纹伤疤的“新月”痕迹，仿佛在暗示着女性命运的历史循环。王安忆的“三恋”也以女性意识取胜，对于女性心理的分析与同情，几乎到了繁复的程度，作品以女人的视角、女人的语气、女人的态度立场告诉读者：男人是不可依靠的，女人要自己担负自己的命运。《岗上的世纪》更几乎成了女权主义的宣言书。至此，铁凝和王安忆将女性意识提升到一个自觉的层面。这一女性意识的长足进步与当时的社会大事件分不开。1995年，第四次世界妇女大会在中国召开，借此东风，中国女性文学大踏步地进入高潮期。中国女性作家开始更多地借鉴西方，以一种叛逆的姿态出现在文坛，对男权文化进行颠覆与解构。在抨击男性的同时，将身体当作审美对象加以书写，借以强调女性由生理到心理的卓然独立。梳理这一段女性意识的发展，可以发现，女性意识的觉醒走过了从“人”到“女人”，再到充分正视女性身体的“女人”的过程。这有着非同凡响的意义，标志着女性解放的进一步深入。女性作家们直面道学家的指责，将笔触伸向男权文化的禁区，反抗的极致就是将“性”这一敏感的词语也大胆引入文本。张抗抗曾经指出，“女性文学有一个重要的内涵，就是不能忽略或无视女性的性心理”，“假若女作家不能彻底抛弃封建伦理观念残留于意识中的‘性=丑’说，我们便永远无法走出女人在高喊解放的同时又紧闭闺门，追求爱情却否认性爱的怪圈”。王安忆也发表见解认为：“如果写人不写其性，是不能全面表现人的，也不能写到人的核心，如果你真是一个严肃的、有深度的作家，性这个问题是无法逃避的。”王安忆的“三恋”和《岗上的世纪》，几乎以一种惊世骇俗的姿态闯入女性文学的视域，她以理智的态度观照着女性的性爱世界。《小城之恋》将女性放置到人性的两难困境中来表现女性生理与文化的矛盾冲突：一方面，出于自然本能渴望男性的身体；另一方面，又因传统观念带来的罪孽感而时时处于精神的炼狱。《荒山之恋》和《锦绣谷之恋》通过对女性性爱心理的书写，表现了女性个体独特的生命体验。《岗上的世纪》的主题是对性爱所具有的生命创造力的一种颂扬。女知青起初试图将性作为改变命运的交换条件，却未曾想到这一非道德的因却结出了真挚爱恋的果。《岗上的世纪》揭示了性爱所具有的创造力，男女双方在性爱的过程中重新认识了生命，甚至给了这对男女仿佛重生般的全新自我。在传统观念中，性一直处于被压抑的、被讳言的地位，然而王安忆却将之赋予了净化人性的功能。王安忆认为：“性爱本身就在反映人性。”由此可以看出，女性作家是在尝试从性的角度来表现人性的。

这一时期，同样从性爱角度来揭示人性的还有铁凝，只不过王安忆更注重面对性爱意识本身，作品的重点也在于着重刻画性爱心理，而铁凝则更侧重于表现女性所遭受扭曲的性意识的戕害。《麦秸垛》中，作者第一次直面女性的欲望，却又让此自然的欲望遭遇社会文化、经济等背景的扭曲，从而批判了传统思想对女性的异化影响，对女性的生存境遇进行了深入的思考。《棉花垛》讲述了抗日战争前后三个农村妇女的故事。年轻时的米子自恃貌美，以肉体作为交换，与男人们进行交易，换取男人们的劳动成果。米子的女儿小臭子深受母亲影响，十岁时就稀里糊涂完成了女人人生中的一件大事。后来抗日战争开始了，小臭子和女友乔一起上抗日夜校，两人逐渐走上了不同的人生道路，乔成为抗日干部，并与国相恋，而小臭子却与汉奸鬼混。故事的结局颇耐人寻味：正义的乔被非正义的日本鬼子轮奸后杀死，而非正义的小臭子被正义的国性占有后杀死。在这相同的被奸杀的结局背后，体现的是男性集团对女性伤害的一致性。无论正义还是非正义，无论统一还是对立，当面对女性时，他们代表的就是毁灭女性、压迫女性的男权，这一结局给中国女性在社会动荡中的命运赋予了宿命般的悲剧，暴露的正是男权文化的残暴。

由以上内容可以看出，性爱是女性作家关注女性命运、女性心理的一个切入点。王安忆和铁凝都将性心理和性欲望归为女性的自然属性，在冷静客观地探讨时，既顾及传统伦理道德的影响，也顾及生命自然的属性，但她们的落脚点依然是对抗社会伦理规范，对手依然是世俗环境，这就没有从本质上与新时期初期借讴歌爱情而探讨人性的张洁等人区别开来，她们都选择了由内向外的观照点。

真正将视点转向女性内心意识的是林白与陈染。她们更执着于女性生命的真实，性别写作、个人化写作、抒写女性的个人体验是她们鲜明的特点。她们致力于解构男权文化，驱逐菲勒斯中心主义，她们的作品常常有一种离经叛道的意味，会重点展现敏感而游离于主流社会之外的女性丰富的内心感受，如孤单、寂寞、死亡、欲望、自恋、同性恋等，这种完全站在远离男权文化宏大叙事特点的女性立场，是她们迥别于之前女性作家的突出特征。林白曾经说过："我的写作是从一个女性个体生命的感觉、心灵出发，写个人对于世界的感受，寻找与世界的对立。"正是出于这种思想，林白、陈染不会依靠戏剧化的外在冲突来展现人物的内心，而是将笔触停留在捕捉女性心灵运动的轨迹上，直接展示人物在物欲世界中的复杂感受与灵魂挣扎。她们喜欢使用第一人称“我”来叙述故事，且赋予作品自传的色彩。事实上，选择这样的叙述策略，其目的并非要让读者相信这是她们亲身经历的故事，而是要强调这些故事都是女性个性化的个体经验。《一个人的战争》中，林白通过多米的人生路表明性在女性生命中的重要地位。陈染的《私人生活》也表明了类似重点。解构男权文化是林白与陈染作品的另一个重点。在女性文学中，父亲形象一直是男权文化的象征，对抗男权，就要摒弃父权，这是女性作家们实现对男权文化批判和解构的一个常用策略。林白在《致命的飞翔》中，对男权反叛甚至到了一种恐怖的程度。美丽优雅的北诺感到男权的压迫时，采用了毁灭式的抗争，杀死秃头男人，就等于象征性地杀死了压迫女性的男权。陈染的作品中也有一种对父亲依恋又惧怕的复杂情感，其复杂性在女性心灵的投射，甚至构成了心理障碍。当林白、陈染笔下的女性越来越深刻地感觉到对男性的失望、抗拒时，她们不约而同选择了姐妹情谊、同性之恋来救赎自己。这构成了林白、陈染作品的第三个重点。陈染在《超越性别意识与我的创作》中曾说过：“我的想法是：真正的爱超越于性别之上……有时同性比异性更容易构成理解和默契，顺乎天性，自然而然，就像水理解鱼，空气理解人类一样……人类有权利按自身的心理倾向和构造来选择自己的爱情，这才是真正的人道主义！这才是真正符合人性的东西！异性爱霸权地位将崩溃，从废墟上将升起超性别意识。”这惊世骇俗的宣言，表明了陈染将女性自救的途径选择为同性之恋。与陈染相比，林白就没有这么大胆，在表现同性之恋时，她自身就一直处于无法摆脱的矛盾冲突中：既依恋同性的身体，又不齿于这种违反传统伦理道德的欲望。其实面对这些惊世骇俗的女性小说，读者或批评者也有些猝不及防，缺少提前的心理建设，因而担忧、疑惧、批评、责难，种种声音蜂拥而上，但是无论如何，这样的写作潮流都已成为20世纪90年代最重要的创作潮流之一。

20世纪90年代末，卫慧、棉棉等新新人类的作品以一种更加另类、前卫的方式，将女性小说的创作发展为“身体写作”。《上海宝贝》《像卫慧一样疯狂》《糖》《熄灯做伴》《抒情时代》等作品频频涉及金钱、性、毒品等叛逆、颓废主题，充满一种变态的疯狂。主人公追求欲望和感官的刺激，折射出现代都市边缘人的心理状态，也可以领略一定的都市另类景观。结合时代背景，可以发现“世纪末情绪”的确曾以莫名其妙的方式进入过人们的生活。相对于同时期的其他女性小说，卫慧、棉棉的小说可以说是世纪末女性文学的极端化表现。在她们高扬欲望主义的旗帜，更为彻底地推崇个人化趣味，追求一种堕落颓废的感官刺激时，其实已经显示出女性意识的歧途。

新时期女性文学对性意识的再认识，既体现了随着历史文化环境的变化而变化的女性自我意识，也提升了社会对女性生命、女性本质的全新认同程度。王安忆的“三恋”写出女性生命的欲望，为女性从生命科学的角度认识自己提供了一个文本；铁凝的《玫瑰门》写出女性所受的压抑以及被摧残的痛苦与挣扎，文本中被凸显的女性生命的欲望呼之欲出，大胆突破了以往的社会道德规范。到了林白、陈染等女性作家，则更呈现出个人化写作的倾向，她们摒弃了宏大叙事，从公共空间走向私人空间，《一个人的战争》《私人生活》《致命的飞翔》等作品都以完全的女性视角传达着女性本真的生命状态，构建起女性个人的话语空间。

这些探索中的女性文学，动摇了世俗生活中习以为常的传统男权观念，使我们开始重新认识一些社会秩序问题、性别平等问题，但探索期也掺杂进一些与女性解放、构建全新两性关系背道而驰的因素。如由于商业利益等原因，当媒体将“身体写作”故意误读为女性主义写作的标识，私人化写作被打造成市场卖点的尴尬的时候，女性文学的创作陷入一个泥潭，女性在以身体为武器对抗男权文化的同时，却更深地沦为男性欲望的对象，“被看”的“客体物质化”定位再次被强化。如何摆脱这个尴尬的处境，还需要广大女性作家共同探讨努力。当代中国的女性主义创作已经成为一个重要的文学现象，提前觉醒的女性作家通过她们的写作，努力唤醒了女性同胞沉睡的女性意识。她们展示给世人的，除了出色的创作才华之外，还有女性独特的精神世界。她们的作品，对文学和文化的发展具有重要的意义。

随着女性文学研究队伍的逐步扩大，女性文学的学科建设受到了一些研究者的关注，乔以钢《关于中国女性文学研究学科建设的思考》（《南开大学学报》1999.2），屈雅君《关于女性主义文学批评学科建设的若干问题》（《学术月刊》1999.5），荒林、李爱云《探索中国女性文学与文化学科建设——观点综述》（《妇女研究论丛》2001.6）等文章都对女性文学的学科建设提出了有价值的意见。20世纪90年代初，女性文学研究进入高校，成为专业教学内容和科研课题，这一举措为女性文学学科建设奠定了基础。随着教学实践的成功，一些高校开始正式招收女性文学研究方向的研究生，将女性文学研究正式纳入教学体系。当然，目前中国女性文学研究在教学、科研、体制方面虽说已经取得了不小的成绩，但在供需体系、学科化程度、本土化等方面还有不少欠缺，尤其是女性文学理论本土化、女性经验本土化研究方面。

西方女性主义文学理论对中国女性文学的产生具有深远的影响，许多女性主义者在西方女性主义文学批评理论的影响下，自觉主动地运用女性主义文学批评理论进行实践。在此过程中，一些研究者发现，因为历史文化背景的差异，西方的女性主义理论被原封不动地移植到中国社会后，并不能很好地应用于中国社会与文学领域。自此，一些女性主义批评家开始独立思考本土女性的问题，思考本土女性主义文学和批评的出路。例如将抽象理论尽量具体化，不谈空的理论框架，而将工作的重点转移到个案上。比如中国古代社会的一些针对女性的陈规陋习，再比如全民娱乐时代女性形象的定位问题等，力求从细微具体处寻找当代女性的突围之路。还有的学者关注乡村文学中的女性问题，关注港澳台地区女性文学研究与内地的差异，这些都是从中国的实际国情出发，融合中国女性本土化的个体经验，解决中国女性文学的实际问题。

中国女性文学的研究者已经看到，女性主义文学批评首先必须贴近中国本土现实，因而大家不约而同地致力于构建本土化的性别理论。在此过程中，研究的范畴已经随着“女性主义理论—性别理论”名称的改换而悄悄拓宽了。性别理论更关注的是性别的社会属性，而非自然属性，不是单纯将文学一分为二为男性文学、女性文学那么简单。可以说，随着名称的改变，对女性文学的研究又上了一个台阶。研究者们还将曾被广泛应用于文学领域的性别理论拓展到更广泛的领域，结合中国文化传承与社会现实，将之赋予了文化的内涵。中国女性主义理论尚在路上，我们有信心为它探索出更辽阔的天地。

第二节　山西新时期女性小说创作的兴起与发展

相对于全国女性文学在发展过程中浩大的声势来说，山西女性文学发展几乎一直处于一种比较沉寂的状态。当走在文学潮流之首的其他省市女性作家们纷纷创作出女性意识鲜明的作品时，当女性主义文学批评理论成为一种流行的文学批评方式时，山西女性作家们却仿佛完全无动于衷。她们不刻意迎合潮流，在她们的作品里，我们看不到对男权文化激烈的抨击，也很少能看到“性别理论”、“身体书写”等与女性文学紧密联系的新概念。她们一如既往地延续着自己的创作习惯，继续被遮蔽在“山药蛋派”强大的背影后。直至蒋韵的小说《想像一个歌手》、葛水平的小说《甩鞭》，作为当代中国文学最新作品进入2004年排行榜时，这一沉寂的状态才突然有了变化。蒋韵仿佛一下子被广大评论者发现了，各种对她作品的评论文章争相发表，之前数十年总共才有三四十篇的评论文章，短短几年内，突然暴增至数百篇。葛水平的创作呈井喷之势，《甩鞭》《地气》《喊山》《狗狗狗》《陷入大漠的月亮》等小说不断被各大名刊转载，山西女性文学才终于带着令大家略觉陌生的震撼浮出地表。这是山西女性文学别有意味的一次亮相，同时也是山西女性文学在真正意义上被确认的标志。

回顾20世纪以来的山西文学史，山西女性文学一再被“山药蛋派”、“晋军”以及“晋军后”有意无意地遮蔽，全国轰轰烈烈的女性文学创作与研究让我们心中有所质疑：到底山西有没有女性文学？如果就规模和影响力来说，山西女性文学的创作和“山药蛋派”相比，真的有些不值一提。

山西现代文学的生成是以赵树理的创作开始的，在各种研究文章中，大家早已形成一个共识，那就是以赵树理为首，以马烽、西戎、李束为、孙谦、胡正为主将的创作群体“山药蛋派”，在中国现代文学史上占据重要的位置。这一流派源远流长，20世纪50年代走上文坛的山西乡土作家群，包括李逸民、杨茂林、韩文洲、谢俊杰、义夫等人，都继承了其统一风格，延续了其生命力。这一流派甚至在新时期初期还有广泛的影响，在韩石山、张石山等人的早期作品中仍然不难寻找到“山药蛋派”的影响。

“山药蛋派”这一提法始于何时？为什么会形成如此大的影响力？朱晓进在其专著《“山药蛋派”与三晋文化》中是这样表述的：“‘山药蛋派’起源于四十年代中期。1942年以后，赵树理首先发表了一批具有浓厚乡土气息和山西地方色彩的作品，当时同在山西的马烽、西戎、胡正、孙谦、束为等在赵树理影响下，也写了具有大致相同特色的作品。这批作家在建国初曾一度分散，但五十年代中期又都不约而同地先后回到山西工作，并且不断创作出有影响的作品，从而在五六十年代形成了一个相当有影响的文学流派。将这个流派命名为‘山药蛋派’，正是抓住了这个流派的地域色彩和乡土气息浓郁这一共同的特色。”属于这个流派主将的西戎曾说过：“六十年代山西作家群，形成了以赵树理为代表的一个文学流派，名叫‘山药蛋派’。最初是一种贬义，认为这一类作品土里土气，不登大雅之堂。后来由于这些作品在读者中产生了影响，引起文学界的关注，有人著文评论这个流派的价值特色，才有了褒扬的意思。”1979年，李国涛先生在《且说“山药蛋派”》一文中分析道：“为什么称‘山药蛋派’？这里结合着山西在生产上和生活上的特点，又针对这批作家深深扎根于农村生活，作品浓厚的生活气息和地方色彩这些特点而命名的。”山西文坛之所以能够在全国文坛首先形成这样一个有影响的文学流派，并从20世纪40年代到“文化大革命”前，一直作为现代中国文学发展的方向被界定，主要是因为它负载了中国现当代政治革命和阶级斗争等形而上的历史使命、意识和责任，契合了1942年毛泽东《在延安文艺座谈会上的讲话》精神。可以说，这一流派所处的特殊人文环境、特殊时代、风格内容贴合时代革命与战争形势以及接受者的审美习惯。因此，这一流派在整个山西现当代文学发展中，一直占有主流地位。鉴于这样特殊的历史背景，在作品影响力上山西女性文学难以与“山药蛋派”抗衡，一直处于边缘化的位置，也就可以理解了。

与“山药蛋派”的影响力相比较来说，山西文学发展的任何一个阶段，都没有形成一个像“山药蛋派”和“晋军”那样整齐划一、风格显著、具有文坛风向标一样号召力的女性文学风格流派。如果不谈影响力，单纯寻找山西女性文学的萌生痕迹，又是什么情况呢？到底山西有没有研究女性文学，并梳理出女性文学发展脉络的必要性呢？

中国女性文学产生于五四新文化运动前后，在西方女权主义者争取女性政治权利的时候，中国女性在五四“人的解放”的呼唤中，在反封建的斗争中，争取着做“人”的权利，继而萌生了“男女平等”的自觉意识，出现了冰心、庐隐、石评梅、丁玲、冯沅君、凌叔华等具有女性意识的女性作家。可以说，这批女性作家为中国女性文学史做出了巨大贡献，而其中的“民国四大才女”（庐隐、张爱玲、萧红、石评梅）之一的石评梅就是山西籍。石评梅的作品色彩清冷，情感抑郁，喜用“冷月”、“孤坟”、“落花”、“哀鸣”、“残叶”等冷艳的词语，通篇带有伤感的情绪。然而她又不完全被情感左右，她的作品中有许多思考女性命运和人生哲理的内容，情感饱满又不失思辨的力量，冰火交融的感受很明显。庐隐曾评价她是“悲剧中的主角”。她的作品融进许多个人独特的生命经验，将自己悲苦的情感经历和对人生的沉痛思考完美结合在一起，女性特征相当明显。她的作品中，没有所谓恢宏的气势，读来却像是有一脉清泉悄悄注入心底。她将对爱情的渴盼、对黑暗的抗争、对理想的执着，都通过她清妙的文风展示给读者。她用女性特有的敏感，感受中国劳动妇女以及全民族的悲惨命运，并感染着读到她文字的人一起对黑暗抗争，争取自由和解放。石评梅的作品风格辨识性强，有着自己独有的特征，同时又与五四的时代风潮紧密契合。山西女性文学若沿此路发展，那与时代同步、与全国同步发展山西女性文学，也不是不可能。然而稍显遗憾的是，在五四新文化运动高潮的岁月里，石评梅就到了北京，终因常年生活于北京，主题与题材大多脱离了故土生活，直接表现的是当时作家所在的京城日子，创作归入了北京一带创作风格。当她的作品中寻找不到浓烈的山西乡土地域文化风味时，我们已经无法从风格上将其归为山西文学。其作品最终对山西女性文学没有形成较大影响，没有带动一批山西女性作家的创作。即便如此，因其作品在文坛的影响力，还是对山西后来的女性作家蒋韵和葛水平不知不觉产生了重要影响。从三人的整体风格看，悲情色彩构成她们整体风格的传承性和超越性。

蒋韵深得其风韵与风骨。蒋韵属于“晋军”中的一员，但她却说自己是个“外乡人”、“漂泊者”。她也的确是以一种“外乡人”独有的漂泊感和苍凉感来叙事的。如小说《落日情节》中，郗童心中一次次响起老乔对她说的“你该穿一双雨鞋”时，那铺天盖地席卷而来的悲伤，不浓重，却无法逃避。她的人生仿佛永远纠缠着噩梦般的悲伤，每次人生的紧要关头，都会被母亲人为制造的宿命破坏，于是她一次次徘徊逃离，又一次次被迫走回原点。令人绝望的是，这原点也不是她温暖的避风港，却是带给她最大痛苦、压抑至崩溃的地方。再如《完美的旅行》，女医生陈忆珠和小男孩钢都本性纯洁而善良，他们在精神上相互给予对方温暖，小男孩不被他自己的家容纳，却在陈忆珠这里找到了完全放松的感觉，而女医生也在帮助小男孩的过程中获得了精神的快乐，可是他们内心的纯净无法得到世界的认同。这对类似姐弟的都市“外乡人”借助想象一次次逃向大自然，他们任意驰骋在地图上，在空想的奇妙空间里进行着“完美的旅行”。然而，流言蜚语却最残忍地伤害着他们，温暖刹那变得荒凉。《栎树的囚徒》是一部彰显作者女性意识的长篇小说。故事的主角是清一色的女性，范天菊、范苏柳、贺莲东，作者渐次以这些女性的限制性视角来讲述一个家族的故事。因为视角选择的优势，故事在叙述过程中可以从容进入人物的内心世界，理直气壮地站在女性立场，言说不同女性命运的生命体验、生存经验。《栎树的囚徒》表面讲述的是女性命运，实际反映的却是政治与时代的变迁，小说借女性悲剧命运解构着以父权制为主要标志的男性话语霸权。小说中的女性都或刚烈，或随性，散发着强烈的生命色彩，反观男性，满溢的却是自私与虚伪。小说的女性意识很明显，是蒋韵少有的接近时代内容的作品，然而其风格却依然承袭了蒋韵固有的唯美伤感。看一下祖母陈桂花面对提督大人时那亮丽的文字：“陈桂花的眼睛黑如深潭，笑意像鱼跃出阳光照彻的水面。祖母的眼睛是绝美的景色，风光无限。它是我家乡的群山，春天鲜花怒放，秋天层林尽染。它是我家乡的伊水，夜晚托出星月，黄昏吞没落霞。”这样的段落和句子在这篇小说里，或者说是在蒋韵的作品里，俯拾皆是，凄艳，带着灼伤人双目的悲伤力量。蒋韵还喜欢使用“死亡”、“落日”、“流水”等意象，传达着宿命般的悲伤。这种对五四女性悲剧诗意风格的继承追求，使蒋韵不仅与“山药蛋派”、“晋军”乡土化文学倾向形成区别，而且与当下女性文学写作之风也拉开了相当的距离。

既沿袭了石评梅的悲情，又传承了“山药蛋派”乡土气息的是葛水平。初读葛水平的小说，第一印象是非常接近“山药蛋派”的文学传统，乡俗俚语准确传神，对乡民外在言行、内在心理的把握都非常到位。细细品读，那种渗透在灵魂里的“哀伤”就会不期然击中你。由这一点上看，葛水平与石评梅算得上是一脉相承。那我们是不是可以这样说，山西女性文学由石评梅，到蒋韵，到葛水平，其脉络从未断过，山西女性文学虽不令人瞩目，但也从未消失，到目前为止已经具有了史学意义。

葛水平的创作无论思想内容还是艺术表现，都有强烈的个人风格，而且文风诗意而泼辣，承担了山西女性文学由人文知识话语型体系向乡土地域话语型体系转型的责任。葛水平小说从表面看，与“山药蛋派”极其相似，但还是有明显的区别。例如赵树理讲故事更注重情节，并且看中乡民间发生的实际问题，多借故事为媒介，反映政治、经济等时代问题，紧扣时代脉搏。葛水平小说的题材内容也多为农村生活和农民命运。但从精神内蕴看，葛水平更注重刻画人物心理，描述人物更加细腻。她是以人物带动故事，而不是以故事带动人物。因而，葛水平笔下有相当多栩栩如生的女性形象。命运坎坷却心存向往的哑巴红霞、刚烈决绝其实温柔传统的王引兰、坚强倔强有担当的秋，这一个个鲜活的生命、一个个不同时空的故事，共同渲染一种人类的困境和忧伤。如王春林所说，其小说“情节淡化，没有什么故事，十分平淡。但葛水平却写出一种平淡中的忧伤。一种充满诗意的忧伤，是一种对于人性的触摸与表达，可称之为一首忧伤的人性之诗”。“诗意”一词在准确描述葛水平小说风格的同时，既与“山药蛋派”纯粹的乡土风格显出了差异性，也与五四遗风遥相呼应，从这个意义上说，葛水平与石评梅、蒋韵的确具有文风上的沿袭关系。但抛开文风不说，单独讨论女性文学的话，葛水平和蒋韵、石评梅也存在差异。首先她们笔下的女性身份有差异，石评梅与蒋韵的笔下多为知识女性，蒋韵还写出了年代感，而葛水平笔下却多为地地道道的乡村女性。这与她们人生的经历不无关系。石评梅与蒋韵本身都读过大学，跻身知识分子行列顺理成章，关键是她们的童年也是城市的记忆。葛水平却是长期生活在农村，对父老乡亲、一草一木、山间生灵，都有发自内心深处的情感。不仅情感浓烈，最紧要的是经验深切。让她写都市男女，对于已多年居于都市的葛水平来说，自然也没问题，但无论是感情还是题材的丰富程度，都不如农村来的精彩。葛水平是一个真正爱乡村的人，她的作品表现的是鲜明的女性立场，但她却与当下的女性文学流行趋势自觉拉开了距离，她不靠“身体经验”表现女性意识的觉醒，也不靠光怪陆离的都市生活场景展现女性自主自强的前卫，她执着地扎根于乡村，从乡村故事中汲取着无尽的养料。年轻媳妇用自己的乳汁去哺乳幼驴、村民抬起屁股放出一个响屁等生活化的细节，传神地描摹着乡村生活。她也有诗意的语言，她也会用优雅的语言来描述山中景色。她还擅长诙谐的隐喻，自然地挖苦讽刺，很明显，她有细腻的女性艺术感觉。她还具有超强的记忆力，不仅是故事、掌故、历史知识过目不忘，她还擅长情绪记忆，从她对人物精准的情绪描写就可以肯定这一点，说明她有能力创作出更符合多数阅读者审美爱好的小说。但她却不媚俗，她只追求生活的本真。《地气》结尾写道：“宽厚松软的十里岭透出一股隐秘诱人的地气，那地气是女人的气息。夜里学校的黑暗中就有声音传出来：‘豆来大，豆来大，一间屋子盛不下’‘猜猜，是啥?’‘灯!’听得‘咔’的一声打火机声音响了一下，灯就亮了起来。不管山上多么寂寞，灯光中的人儿，心中早已腾起了热望的火。”这就是生活，有“人气”、“地气”才会旺。可惜的是，太多人忽略了自然之美，更忽略了自然乡村里的人性之美。这里的人们淳朴简单，一条裤带可以扯出诸多花火，但男女之间那无伤大雅的玩笑比起城市里的男盗女娼来，要纯洁得多。所以当大家纷纷舍弃生于斯长于斯的土地时，失去的何止是“地气”。当王福顺在城市里遭遇尴尬时，他的生命都仿佛黯淡无光了，可当他在十里岭呼吸了淳朴民风的“氧气”

时，他这块“地”都仿佛活了过来。尤其是结尾处，一个没有现代人的恶俗之气，只有真纯感情的女子来到他身边时，那块贫瘠的土地一下子灵动了起来。所谓“人”养“地”，某种时候，也是“地”养“人”。这“地”就是自然，人都是自然之子，葛水平借“地气”将山西女性文学与五四人文传统连接起来，深厚的乡土情结构成了她小说突出的人文气韵。读葛水平的小说，尤其突出的一点感受是，她小说中女性形象的地位、作用，与“山药蛋派”已经截然不同，正是这一点，凸显了她的女性意识。“山药蛋派”出于特殊时代的特殊要求考虑，作家们更关注作品的政治化主题，也许从文学的角度来说，“山药蛋派”不是先进的，但在那个社会背景下，这种看似有悖于文学本质的标准也许反倒是正常的。因此，“山药蛋派”刻意追随《在延安文艺座谈会上的讲话》精神，疏离五四人文传统，是时代文化背景与环境的限制，有它的历史价值与文学史价值，作为区域文学的一面旗帜，显示的是山西文学的实绩。然而，它也的确用它时代赋予的影响力，遮蔽了由石评梅开启的山西女性文学之路。它不仅在风格上几乎掐断了人文内蕴的含蓄诗意传统，而且即使是乡土题材，它也忽略了“男女平等”。小芹、“小飞蛾”、“三仙姑”、“吃不饱”、“小腿疼”，这一个个经典的女性人物形象，可惜都是男性形象的陪衬。她们的任务就是在故事中完成一个角色，从而将故事承载的宏大社会主题表述出来。因为彼时社会依然是男性意识为主流，所以女性形象被边缘化、人物被脸谱化，其实也不奇怪。葛水平小说重新为女性正了名：一方面，是时代的原因，毕竟时至今日，阶级斗争、人民解放等时代主题已经渐行渐远；另一方面，就是葛水平自己的女性意识内因了。在葛水平的意识里，男女两性一定都是缺一不可的，所以《狗狗狗》中的秋在村子惨遭屠戮、村民几乎被杀光时，勇敢地承担起繁衍生命的重任。小说里，男人直接参与战斗，虽也是救国救民，但缺了女人，生命就无法繁衍生息下去。从这个意义上来说，女人的作用也许更在男人之上。《喊山》里的红霞，被丈夫腊宏迫害威胁，日子在生不如死的泥潭里挣扎。没想到，腊宏被韩冲无意做下的陷阱炸死，韩冲又憨直地负担起红霞和孩子们的生活。表面看起来，是男性拯救了女性，但红霞对于韩冲来说，也并非全无意义。韩冲在之前，只是一个与村里有夫之妇偷情、从而坏了自己名声、娶不上媳妇的男人，看似平稳的日子，其实暗含着必定失败的人生，是红霞改变了他的习惯，让他的日子有了奔头，即使最后韩冲被警察抓走，我们也可以预计到，红霞会等他回来，圆满的结局是必然的。故事强调的不仅仅是男人之于女人的意义，女人之于男人的意义也被平等地提了出来。这就是一种不动声色的女性意识。更重要的一点是，相比同时期其他女性作家来说，葛水平关注女性的范畴早已超越了私人经验的范畴。王春林分析葛水平小说时说："与时下许多女性小说家不同，葛水平创作并未仅仅局限于自我的私人生存经验领域，显示出了一种明显地超越于自我的私人生存经验的趋向，显得境界高远、博大，关注的生活面特别丰富复杂。作为一个女性作家，这是极其难能可贵的。"这一评价可谓中肯。葛水平的小说在塑造女性形象、表达女性意识时，不选择所谓私密性，不与同时期其他女性小说呼应，而是执着地坚持着自己的风格，这一方面是作者自己的艺术追求、审美标准等主观原因决定的，另一方面恰恰说明了她对于山西女性文学的意义。在关注女性的同时，主题又较宏大，有社会责任感，这正是山西文学一脉相承的特点。若跳出山西文学的特点，融汇于其他省市的风格中去，我们又怎能界定葛水平就是山西女性文学队伍中的一员呢？其地域分类的意义又何在呢？正是由此点评判，葛水平的女性小说代表的正是山西女性文学，其女性意识也有着鲜明的地域色彩。比如女性意识比起其他激进的女性小说来说，各方面都更传统，女性形象身上没有与男人对抗激烈的反男权思想，更没有"寻找男子汉"的困扰，"身体写作"中大胆展示的性，在葛水平的小说里遍寻不见。葛水平的女性意识甚至有点落后，不仅没有解构男权文化、解构男性，甚至还让女性柔顺对待男性。这种种，其实只有一个原因，那就是，她了解到的农村女性的女性意识现状就是如此。这就是女性经验的地域性、本土性。不尊重这一客观现实，就不能真正将山西乡村女性的问题摆出来，那样的创作，还有什么意义？席扬曾对山西文学现象做过深入分析，他以作家出现为标志描述山西现代文学的史学价值：“当年高长虹、石评梅等活动在五四时期的山西籍作家的创作活动就可以被认定为最初的材料。但区域文学发展历史的描述并不这样简单，任何一位作家（包括批评家）被认定的区域作家并进入研究视野，至少应具备以下几个条件：正如他的创作活动有固定的人文环境，他的文化心态的生成和成型过程，大部分或本质上被一种区域色彩和文化所浸染，从而构成作家在终生创作中难以自我剔除的‘文化情结’；再比如，他的艺术趣味和审美意识的构成具有明显的社区特征和区域色彩（即我们可以从社区或区域的人们的生存方式、娱情方式中为其寻找对应性等）。并且，在长期审美创造性实践中形成风格或趣味的不同性。甚至还可以说，这种作家在长时间的各种审美时尚的冲击下敢于恪守并敢于以此为自豪。那么，高长虹、石评梅、李健吾等作家就难以进入山西区域文学发展过程的描述之中。”这段话是为了论述不宜将高长虹、石评梅归为山西区域文学的作家而讲的，却反证了葛水平恰恰足以代表山西区域的女性文学，因为她的文化情结、风格趣味，完完全全是被山西文化所浸染的，带着浓浓的地域特色。

带有浓厚山西地域特色，在风格、内容上都传承了山西文学特点的女性作家还有一位在全国比较有影响，那就是山西晋中的陈亚珍。陈亚珍虽然比葛水平年长，但她的作品在全国产生影响的时间却略晚于葛水平。陈亚珍以写作长篇小说见长，其实之前发表的《碎片儿》《十七条皱纹》，还有《神灯》，社会反响也不小，只是相比于2011年底出版的《羊哭了，猪笑了，蚂蚁病了》来说，还没那么轰动。陈亚珍的长篇小说具有突出的个性化特点，呈现出非常个人化的生活经验和对世间百态的观察与思考，然而这些个人化的经验组合起来，却显现出强大的精神冲击力，承载着深远的社会意义的思考。陈亚珍的性别意识不是那么自觉，可是就是在无意识的状态下，她的作品才聚焦于对女性命运和精神的探索。《羊哭了，猪笑了，蚂蚁病了》就是一部这样的作品。小说借一个灵魂胜慧的视角，笔触穿梭于过去、现在，跨越了漫长的年代，将一段长长的动荡时段下女性的命运展示给读者。著名评论家雷达认为这是一部忠实地反映了民族的质朴精神和人性情思的力作："她的灵魂思辨的犀利与滔滔不绝，她在艺术表现上的大胆与叛逆，尤其是她对中国封建的节烈与假革命之名义的节烈对于中国乡土女性的荼毒，对历次政治运动对人性的伤害之深，以及对属于中国经验的、渗透到民间底层的政治文化形态的反思，应该说都是独特的，罕见的。她似乎是与我们津津乐道的所有女作家都不一样的一位女作家，她基本没有进入过研究者们的视野。但她是雄强的，她是沃野上的一棵大树。"[①]这评价相当高，也说出了陈亚珍小说的主要特点。其乡土性、主题深刻性，再一次与山西地域文学契合了，而其不强烈的女性意识与葛水平一样，也应该是地域文化客观实际的表现。

当今的山西文坛，人们已经不能小觑女性作家的力量了，她们的作品有数量、有质量、有影响力；她们作品的题材涉及面广，乡村、都市、过去、现在，统统都可以纳入她们的叙述范畴；她们不仅可以驾驭中短篇小说，长篇巨著同样可以取得令人欣喜的成就，而且她们的力量还在不断壮大。如果说20世纪90年代还是蒋韵一枝独秀的话，现在山西女性作家已经初露作家群的端倪，蒋韵、张雅茜、陈亚珍、葛水平、小岸、孙频、李燕蓉等，这个女性作家群的崛起已经构成山西文坛一道亮丽的风景。这个女性作家群生机勃勃，她们的作品充满灵气，展示女性命运，探讨社会人生，笔触细腻有情韵，完全不同于以往山西男性作家的风格。总之，正是万紫千红，才使得山西文坛走进更灿烂的春天。在

---

①陈亚珍.羊哭了，猪笑了，蚂蚁病了[M].北京：燕山出版社，2012：3.

此状态下发展起来的山西文学，已经逐步具有一种真正意义上的史学意义和价值。

第三节 性别理论在文学研究中的作用

性别理论是从西方女性主义批评发展而来，20世纪80年代渐成风潮。之所以有此变化，绝不仅仅是概念上玩文字游戏，而是希望通过概念的厘清解决实际问题。其实“女性主义”、“女性文学”这一命名的尴尬处境与“女性”这个概念所遭遇的命运基本相同。“女性文学”这一称谓的问世，曾经给现代文学带来过进步。它以新概念的方式强硬劈开了文学这一块坚冰，使得一种新的文学类别浮出地表，向独霸文坛的男权文化背景下的男性文学叫板，并在最短的时间里发展壮大起来，使得独属于女性的文学言说得到了概念上的支持，理直气壮地屹立于文坛。但伴随而来的问题也不容忽视，且越来越引起研究者的重视。那就是，它在成就女性文学这样一种新的文学类别时，同时对它构成了遮蔽，遮蔽了这个新的文学类别的历史性和现代人文内涵。因为“女性”一词，通常的理解应该是与“男性”一词并列的关系，这就易使人望文生义地误解为这只不过是一种以性别分类的文学而已。这就像以前曾有过一段时间，文学被按阶级分类一样，无产阶级文学与资产阶级文学互不兼容，阶级就是评判文学的全部标准。现在，女性文学与男性文学也互不兼容，很明显，这样的理解是片面的。就是在这种种误解和尴尬中，女性文学研究的核心概念悄悄地向“性别”这个概念转移。在一些女性文学研究的论著中，开始频繁出现“性别”、“性别意识”、“性别立场”等词语，而此前的“女性意识”、“女性立场”等词，似有被替代之势。

美国当代妇女研究的开拓者琼·凯利–加多1976年在《标志》上发表文章说：“性别关系如同阶级和种族，是社会而不仅是自然所形成的……任何对社会制度的研究都应包括对社会制度所塑造并蕴藏于社会制度之中的两性关系。”①可见，用“性别”一词替代“女性”一词，并进一步提出性别理论，是基于对女性主义批评史的自省和反思的。它要强调的重点是，性别理论的研究对象不再仅仅是女性，研究视角更不能仅仅从女性视角出发，那种将研究对象单向度地限定在女性身上的观念，忽视了性别的社会性特点。正确的做法是放开眼界和胸襟，从男女两性关系入手，着重探讨这种主要是由社会性而非生物性决定的性别关系。也就是说，由于“性别”一词必然包含男性，把男性研究也纳入视野中，坦然承认对男女两性的界定是互为参照的，本质是拓宽了性别理论的学术包容性。不过，女性文学问世之初衷，是女性感于社会的性别歧视与男权文化斗争的武器和理论支持，现在若强调其学术包容性，是否是说要减弱其批判性呢？事实是，这并不意味着就此减弱其学术批判精神。性别理论也不是单一维度的存在，它的发展程度要受到社会经济、文化等各方面条件的制约，只要妇女还没有彻底完成全世界范围内的解放，只要人们思想观念里的男权遗留没彻底肃清，只要还存在着男女之间的不平等，性别理论就会在倡导两性和谐、构建性别差异诗意书写的同时，不忘对传统男权中心社会里性别歧视的清算。那么，就中国具体的历史状况而言，究竟应该如何适当使用性别理论？性别理论对于女性文学的意义与作用究竟何在？

之前评论者评论女性文学，指向不外乎题材、风格方面的女性文化特征。如评论婉约派，多分析其内容侧重儿女风情，语言圆润清丽，有一种柔婉之美等。审视现当代男性批评家评女性作家的作品，大体上仍然沿袭这个惯例，纠缠于该女性作家作品题材如何、风格如何的问题，然后得出的结论通常是题材选择不够大气、语言有女性特征等，最多再加上点对男性作品的评判标准，例如是否有以社会革命、民族、阶级斗

①琼·凯利-加多.社会性别研究选择[M].北京：生活·新知·读书三联书店，1998:91.

争的社会观和文学观。庐隐、萧红、丁玲都曾遭遇过这种诟病，题材太过生活化、没有家国存亡的大事件、把握不住时代的脉搏、风格偏柔弱细腻，这些都是男性评论者眼里女性作家的缺点。这样评判的语气偏歧视的原因在于，在这些男性评论者的先验意识里，刚强、理智、大义是属于男性的，是高贵的品格，而柔弱、情绪化、重细节则是属于女人的，是小女人的特点，是上不了台面的。这就是潜意识中男大女小、男刚女柔的观念和心理在起作用。以固定的或先验的题材、风格的性别定位来分析女性文学，其实质仍然是只强调男性以为的女性特征，仍然是男权文化的表现。事实上，女性文学文本中存在着由于自然性别和社会性别不同而出现的不同于男性经验的女性经验。正是这经验的差异性，构成了不同于男性文本的女性写作基础。与男人不尽相同的生理、心理构造，个人审美意向的偏差，千差万别的个性特征所投射到心理的经验差异，以上种种说明，性别不同的作家，基于不同的心理功能，产生不同的心理经验，再将他或她的个体性别经验投射到文学文本中，继而影响到文本的结构因素和人物塑造、情节设计、人物关系、话语方式等，最终构成文学文本中不同的性别内涵。这性别内涵潜隐在文本之中，等待阅读者或批评者来为之进行阐释、解读。其复杂性决定了，如果用两性刻板化的社会性别观念来解读，顽固的性别心理定式最终会使解读过程成为一种概念式的套用，而不能挖掘作品本质的精彩。这正是性别理论之于女性文学的意义之所在，因为承认了男女自然属性、社会属性的不同，就为避免以男性先验式的文学理念来解读女性作品提供了可能。

所以说有了性别理论，女性文学就多了一种解读视角和创作视角。

在明确了性别与文学主要是通过作者的社会性别意识或无意识潜在地或曲折地折射到文本中，影响到文学文本的人物塑造和话语方式之后，我们便可以大体上认识到性别之于女性文学研究，主要是一个从什么角度去发现和阐释文本中性别内涵的问题，这也就是近年来开始引起女学界关注的性别视角问题。目前已经基本达成共识的是，性别是女性文学研究的一个合理的分析范畴、一个切入点和解读文本的全新视角。伍尔芙曾经说过："多少世纪以来，妇女都是作为一面镜子，映照出两倍正常大小的男人形象，具有神奇和美妙的作用……如果（妇女）开始讲真话，镜子里的形象就缩小；那么，男性的合理性就成问题……镜子的视点至关重要，因为它担负着维持生命的责任；它刺激兴奋着神经系统，如果把它拿开，男人就会死，好像吸毒鬼不能享受他的可卡因。"这里所说的"镜子的视点"就是指传统的男性化视点，带有强烈的菲勒斯中心意识，它照射到的是女性虚无的假象，这镜像脆弱、多疑、神经质，几乎具备世间一切的负面性格。这种片面、不实的视点在漫长的男权文化统治下，渐渐成为一种人类集体无意识积淀，男性对此深信不疑，主动使用它来评判女性，女性也在无意之中渐渐忘记这并非真实的自己。这种视点心理投射到文学中，就表现为男性化的审美视点，它将女性置于被看的、客体的地位，它以男性的审美理想塑造描写女性，将女性作为男性欲望要求的载体，至于女性的内心感受、女性的欲望与理想则都处于一种缺席的位置。视角决定了研究者能够看到什么和对什么视而不见，用什么样的视角来阐释文本意义，一般来说可以看出研究者自觉或不自觉的先验性的聚焦点，看出其想褒扬什么又想忽视什么。好在性别理论给了评论者一种全新的认识论，有了对女性文学作品全新解读的可能。不过需要注意的是，性别视角很容易被误解为类似阶级分析的单一维度的分析。文学批评史证明，由单一、片面的阶级分析来定义作品，根本无法抵达文本意义的本质，更无法诠释主题的层次性、多样性，直接的后果就是造成对文本意义的遮蔽和误读。如若现在重蹈覆辙，用性别取代阶级，无疑是两次踏入了同一条河里。这是因为，性别同阶级一样，不能代表文本的一切，它只是作为文本创造者和研究者的一种类属性和类身份，不能单独构成对文本意义的发现和阐释。性别不是方法论，不能像以前那样以简单化的阶级分析来对文学进行性别分析。

西方女性主义文学批评经历了三个发展阶段：在初期阶段，主要集中在批判西方文学传统中的“厌女症”。第二阶段，主要集中在发掘被父权制文学传统掩埋的女性作家和作品，同时重新评价传统文学史中的女性作家和作品。第三阶段，对文学研究的理论基础进行反思，对建立在男性文学体验基础之上关于阅读和写作的传统理论观点做修正。中国学者在比较深入了解西方女性主义理论后，也将之用来评价作品，只是没有西方那么清晰的阶段划分而已。例如我国对古代文学史，收录的女性作者所占比例小得可怜，因此有学者着手对古代女性作家进行挖掘，尝试完善女性文学史的构建。另有一些学者开始修订构建中国本土化的性别理论，如刘慧英的《走出男权传统的樊篱》、戴锦华的《浮出历史地表》《涉渡之舟》等。对中国文学史现象有针对性的理论的系统化，都为女性文学批评提供了新的视角。

在女性文学的创作方面，性别理论也提供了新的创作视角。新时期尤其是20世纪80年代中期以来的女性文学，其最为显著的特点就在于在清醒的女性意识指导下，女性审美视点的采用。这一视点以女性的内视自审为基础，以女性的立场揭示其生存的困境或奋斗的风采。与以往男性文学中的女性形象不同的，还不仅仅是外在故事的主角和女性地位的变化，更主要的是随着女性由叙述客体转变为叙述主体，叙述重点也发生了转移。女性小说重视剖析女性独特的心理，既通过美好的女性心灵和审美理想来展示，也通过变态或异化的灵魂来揭露男权文化对女性的摧残。如陈染的《与往事干杯》《私人生活》《巫女与她的梦中之门》《纸片儿》等，都塑造了父亲的形象，这些父亲都是不可理喻的，是强大不可侵犯的，也是让人敬畏暴虐的。她将父亲或恋父情结书写为心灵的创痛，这创痛必然要引来自我的抗争。在《巫女与她的梦中之门》中，恋父情结已被女性的复仇心理与弑父愿望所取代，最终采取报复行为时，“我”感到了快感。这与男性的对抗情绪，对女性心理的深刻剖析，女主人公们在面对无奈的生活及生存的种种困境时不屈的抗争，都是自觉立足于女性的视野，从女性的视角去描写生活、刻画，其女性意识的流露自觉而强烈，女性的视点清晰到位。当然，还有许多女性作家对创作视角的转换还没那么自如，常常虽已用大量笔墨去塑造女性主人公，但与同时期的男性作家笔下的女性形象区别不大，但相信随着性别理论的渐趋成熟，尤其是女性主体意识的成熟，女性创作视角的转换一定会越来越自觉熟练。毕竟，创作者都有表述自己个体真实经验的欲望，作为一个女性，假男性视角来表达心理、观念，一定会有“隔”的感觉，以往缺乏成功的女性视角的范本，现在随着性别理论与创作实践的成熟，一定会有越来越多的作者去尝试新视角，将女性自审带入更深的层次，从而具有自觉的女性审美意识，对传统男性视点文本的反叛会更为深入彻底。畅想未来，曾被传统的男性文本津津乐道的对女性客体化的审美，会渐行渐远，注重对女性本真内涵的挖掘，从审美的深度层面展示女性独特心态、独立思想的女性形象，一定会丰富文学长廊。

有了性别理论，还可以提供一种全新的叙述模式。

传统的男性文本中，“英雄救美”、“才子佳人”、“秦香莲与陈世美”已经是人们习惯了的故事构成方式。在这些故事里，男性形象正面高大的，就扮演着“拯救者”的角色，而那些纯洁天真、花容月貌、坚贞痴情的女子们，处于各种各样的困境，等着英雄救她们出苦海，再用爱将之包围，抱得美人归的那一瞬，女性成了男性的私有财产、附属品；男性形象反派丑恶的，破坏的一定是既有的社会秩序，那么最后结尾处，一定有一个象征着更高权威的人出来惩恶扬善，恢复被搅乱了的社会秩序，并且还强化了这一秩序，警告后来人不要试图再次打破它。其实细细想来，这样的叙事模式其实是父权社会的产物，是一种典型的男性话语叙述模式。女性从属于男性，权威护卫既有的男权秩序，那个男性世界就会一直井井有条地发展下去。追根溯源，这些模式起源于父权制社会，男性本位、菲勒斯中心主义已形成一股强大的集体无意识，积淀在人们的文化心灵里。但是，对于今天已获得自觉女性意识的作家，无论是中国的才子佳人、红颜祸水，还是西方的王子公主、邪恶妖女，他们的故事早已经失去了吸引力。于是，当代女性作家在解构以往传统叙事模式的基础上，开始构建自己全新的女性文学的叙述模式。当广大女性作家女性意识觉醒、自主意识树立后，随着女性视点的确立，叙事框架定会全面反转。传统男性文本的叙述人通常是全知全能的上帝视角，然而，上帝从来就是男性，所以文本讲述男人的故事本来就是自然而然的事。现在，在广大女性作家笔下，上帝被抛弃了，讲故事的换成了女人，那为女人而言说，并言说女人的故事，也就不足为奇了。于是，男人被从神坛上请了下来，他们不再是救世主，不再负责缔造英雄神话，女人笔下的男人终于被还原了本来的面目，他们也会卑微懦弱，也会鼠肚鸡肠，他们不再闪闪发光，反而常常被生活折磨得灰头土脸。这样的故事也许少了几分童话色彩，但却更显真实。张洁的《祖母绿》《方舟》《红蘑菇》，张辛欣的《我们这个年纪的梦》《最后的停泊地》，王安忆的《流逝》《锦绣谷之恋》，铁凝的《麦秸垛》《玫瑰门》《无雨之城》，还有林白、陈染等女性作家的作品，都更生活化地、不动声色地构建了自己女性文学的叙事模式。

总之，有了性别理论，全新的解读视角、创作视角、叙事模式都应运而生，传统男权文化独霸天下的局面被打破了，文坛注入了新的元素，显得更有活力了。

以上仅仅是简单分析了性别理论于女性文学的意义与作用之一角，事实上，性别理论与女性文学研究的关联点绝不仅仅是性别视角、叙述模式问题。中国女性文学一路走来，随着理论内在体系与外在条件的不停碰撞，已经渐渐形成比较成熟的性别理论作为其基础理论支撑，加之一代又一代女性作家的亲身实践、探索与思考，已经为我们解决了许多的问题，又提出了新的问题供大家思考。譬如女性“身体写作”被商业化的问题、性别的自然属性与社会属性相融合的问题、传统受众心理与新的叙事模式相衔接的问题，还有社会文化心理发展落后于文学理论发展的问题等。

总之，性别理论与女性文学研究已经亲密结合，还需众位同人一起努力，将此领域内的问题一一解决，将女性文学的发展再往前大大推进一步。

Thinking
About Memoir
Abigail Thomas

蒋韵　中国作协会员，当代著名作家。籍贯河南开封，1954年3月生于太原。1971年至1974年在太原建筑材料厂工作，1974年至1978年在太原房地局水电安装队工作；1978年至1981年系太原师专中文系学生；1981年至1992年在太原师专中文系、艺术系任助教和讲师；1992年至今在太原市文联从事专业创作，现任太原市文联主席。

1979年开始发表文学作品，迄今已发表小说、散文随笔等近三百万字。作品曾获第四届鲁迅文学奖全国优秀中篇小说奖、赵树理文学奖·长篇小说奖、《中国作家》大红鹰文学奖、《北京文学》奖、《上海文学》奖、《小说月报》百花奖中篇小说奖等文学奖项，诸多作品被翻译为英法等文字在海外发表出版。

◎蒋韵主要作品创作年表

长篇小说：

《红殇》内蒙古人民出版社，1995年；北岳文艺出版社，2002年。

《栎树的囚徒》花城出版社，1996年；台湾麦田出版股份有限公司，2003年。

《我的内陆》中国青年出版社，2001年；台湾麦田出版股份有限公司，2002年；重庆出版社，2013年。

《隐秘盛开》北京十月文艺出版社，2005年；台湾麦田出版股份有限公司，2005年；作家出版社，2012年。

《人间》（与李锐合著）重庆出版社，2007年；台湾麦田出版股份有限公司，2007年；长江文艺出版社，2012年。

《行走的年代》上海文艺出版社，2010年；台湾麦田出版股份有限公司，2012年；韩国子音母音出版社，2010年。

中短篇小说：

《落日情节》《上海文学》，1990年第11期。

《现场逃逸》《小说选刊》，1997年第4期。

《想像一个歌手》《十月》，2004年第1期。

《心爱的树》《北京文学》，2006年第5期。

《琉璃》《人民文学》，2012年第4期。

《朗霞的西街》《北京文学》，2013年第8期。

第二章　蒋韵的小说创作

第一节　蒋韵小说创作概述

在当代文坛，蒋韵一直是个独特的存在。

从1979年在《安徽文学》发表处女作《我的两个女儿》开始，几十年的创作生涯获奖无数，成就丰厚，然而相对应的研究性文章却不多，这不得不说与蒋韵作品的“难以归类”有一定的关系。她的作品与同时代的文学创作潮流、文学流派总是保持着距离，呈现一种疏离状态。她始终坚守着自己的独特风格，以敏锐的洞察力、细腻的感知力，讲述、描摹社会变迁中历尽坎坷的人们。虽然早期的作品《我的两个女儿》《生命之河》也曾踏过伤痕文学、寻根文学的大潮，但联系蒋韵其他作品的精神内蕴来考察其实质，我们会发现即使外表与时代的主潮流相似，在真正的立足点上，还是有明显的不同。伤痕文学本质上属于一种政治思考，集中于批判特殊时期的政治历史带给人们的苦难，它并不关心普遍意义上的人性论。蒋韵却与此出发点有很大的不同，她只是换了一个视角去讲述生活的真相，讲述他们那一茬人在那个苦难背景下的生活与梦想。这一点个人化的东西逐渐发展成为蒋韵日后创作的基调。到

《生命之河》时，这篇有着寻根文学特征的小说打开了蒋韵创作的另一扇大门，那就是关于历史、家族、命运，关于人类文明的终极意义。很明显，这不仅仅是一个人从哪里来、到哪里去的问题，《生命之河》打开的是关于生命的大门。

蒋韵的确是个有独到艺术追求的作家，她将人生感悟、文学追求、审美认识，通通借助空灵的生花妙笔流泻成文字，她感叹美好事物被迫的渐行渐远，鄙视人们对物欲兴致盎然的追求。面对科技高速发展的今天，她为人们失落的精神家园悲叹。她执着地歌颂着心中诗意的人生，用一部部作品来再现或挽留那些美好流失的过程与灿烂的瞬间。

《失传的游戏》收集了蒋韵创作于20世纪80年代末20世纪90年代初的十篇小说。《落日情节》《冥灯》《古典情节》《失传的游戏》《裸燕麦》等，蒋韵用女性细腻的感觉给读者讲述着一个个孤独伤感的旧日故事。“与其说作家在讲述她们的人生故事，倒不如说，她们只不过是蒋韵看取人生看取生命风景而精心构筑的一扇扇窗户，是她探求广漠人生的一个视角。在我看来，蒋韵本来就不是那种看重讲叙人生精彩故事的作家，而是那种细细慢慢地品味咀嚼着人生意义和意味的作家，以女性的特殊感觉和方式。”[①]那么蒋韵究竟咀嚼出了怎样的“人生意义和意味”？我们借助于小说集《失传的游戏》中的几个短篇尝试解读一下。

阅读《冥灯》的第一感觉常会是没读懂。分析小说的结构，也不过是梳理出三个毫无关联的死亡事件片段。北方姑娘范西林到黄河边上的一座小城参加一个会议，偶然间撞上了枪毙犯人的一个场景。然后范西林由此想到了另外两个死亡事件，一个是动乱年代因暴乱而死的无名者，另一个是亲手杀死自己丈夫的杏花。毛时安是如此解读这个故事的：

虽然这有关死亡的两个故事片段，前者深深扎根于她那

①蒋韵.失传的游戏[M].太原：北岳文艺出版社，1994:3.

一茬人深埋的心理情结，原本完全与她无关的黑夜，因着偶然遇到的那个示众的死囚，而成为一种永远的郁结，驱不散解不开，使她从此“无可选择地落入到了那个黑夜中来”，具有明显的“代”的心理印证。而后者却显然来自于她女性对自己生存困境及其选择的深层心理体验，有着更广阔的人生指向，是超越“代”际的关于“女人”的思考，特别是对于人的生存的神秘终极的了悟和渴望。杏花临刑前说：“我想通了。”可是，“所有将要继续活下去的人，永远无从知道杏花在早晨清澈的阳光中想通了什么”。而作家和读者所渴求的不就是想通什么吗？甚至那个来自童年回忆中的示众的死囚，他的符号所指也并不是现实性的而是非实在性的，一个有关遥远终极的神秘。

关于生命与死亡的命题，其实是存在于每个人的集体无意识当中的。《冥灯》因此而称得上是蒋韵的一篇优秀之作。它不同于庸常世俗的故事，靠凶杀艳情的刺激性表述来媚俗，也不是融入主流意识，严肃地讲一个关于生命思考的哲学问题。蒋韵关注的是片段性、即时性的情绪感知，它偏离于所谓宏大叙事和流行创作之外，却先验性地存在于真正使她震撼、使她困惑的情感记忆之中。毛时安曾推测说：“我相信，她生命中的某一时刻和那场震惊世界的大动乱和某一个夜晚（大约在一九六六、六七年间）的一次死亡事件有着某种神秘的联系。这种有形或无形的联系给作家以极其深刻的心理刺激，其强度足以成为一种影响终身的创作情绪。”[①]这也许有一定的道理。许多论者都注意到了蒋韵对死亡这一文学母题的偏好，如果分析其原动力，当与蒋韵经历中这强刺激的情感记忆有关。所以我们在《失传的游戏》中屡屡邂逅死亡：郗凡死

①蒋韵.失传的游戏[M].太原：北岳文艺出版社，1994:8–9.

了，将痛楚留给了生者（《落日情节》）；张兰死了，留给陈周记忆中一片绝艳的桃花；谢莹死了，留给陈叔叔不知生而为何的怅惘（《旧盟》）；冯明伦在没什么充足理由的情况下吞服了安眠药；叶旦妮轻描淡写地像一只大鸟飞出窗外（《旧街》）。《失传的游戏》中的十篇小说，竟然有六篇与死亡有关。这种种或成真或擦肩而过的死亡，记录着蒋韵瞬间情绪的同时，也表露出蒋韵对生命与死亡的态度。借《旧盟》中的话来说："谢莹不需要苦难，不需要在受尽凌辱与摧折之后微笑着说：'总算熬过来了。'所以她毅然而去……她以一个从容自在的死保全了一个玲珑美丽的自尊的生。"当然生与死之厚重，绝不是三言两语说得清的，笔者想表述的意思仅仅是，蒋韵似乎并无意探讨生死的大命题，更无意将之概念化或哲学化，她只是讲述着自己的真实情绪，讲述着自己对死亡的主观化的感受，效果就已足够动人。

《失传的游戏》中这十篇小说给读者的另一个深刻印象是留白。蒋韵并不注重故事的完整性，甚至只要情绪表达饱满了，故事就任它残缺。《冥灯》中三个死亡故事缘何被结构进了一篇小说中？《旧盟》中王七和七十一的故事对于故事主线（假如故事有主线的话）起什么作用？《相忘江湖》中的廖志平是怎么失踪的？这种种来龙去脉，蒋韵交代得并不清楚，却也并非全无线索。恰恰就是这残缺的情节，挑战着读者去探索、去补充，继而产生了一种全新的阅读感受。尤其是像《冥灯》那样情节上几无关联，全凭情绪导引的故事，或如《落日情节》那样叙情绪重于讲故事的方式，总是会令部分读者莫名其妙。郗童两段无疾而终的感情，发展变化的过程交代的并不细致，然而情绪气氛对于感情的伤害却一针见血：

她对他说，她不能丢下母亲不管，因为母亲习惯了这种相互厮守的日子。他听了，久久不语，他总不能不让她尽人子之道，他却又不甘永久地搬到她家去住。他受不了弥散在她家上空的那一团鬼气，每到一些日子，比如清明，比如鬼节，比如九月初九，就会有浓郁的线香的气味，绕梁三匝，无孔不入，把座人住的屋子弄成阴惨惨的鬼宅。他只好接受了这种支离破碎的生活，重新过起类似单身汉的日子，到处打游击吃饭。

这样情绪到位的讲述方式，不管是有意还是无意，轻易就将读者拉进了特别的阅读体验中。这种体验不同于读者阅读习惯中早已建立的倾向性、先验性的审美感受，阅读它，初始的感觉往往会有些摸不着头脑，因为故事的走向超出了我们的预计方向。《盆地》中她与林县家师傅和老袁竟然都没发展出一段爱情，那气氛明明很微妙，怎么就止于暧昧了呢？甚至小吉莲与老袁之间究竟是怎么回事也不说清。《旧盟》中，隋小安明明暗恋陈叔叔，甚至与男性交往时会下意识地将陈叔叔作为参照，可是他们之间怎么就“忽觉心平如水”了呢？细细琢磨，这恰是蒋韵的高明之处。在我们的情感经验里，青春萌动的时刻不会都发展出一段爱情，倒是那种微妙的感觉格外动人。蒋韵果然是写情绪的高手。

《栎树的囚徒》是一部女性家族史小说。蒋韵为它设计了一个新颖的结构形式，全书共五章，结尾有一个短小精悍的《尾声》。每一章各由一个此家族中的女性人物以第一人称叙述，依次为天菊、苏柳、贺莲东、苏柳、天菊，这样以不同“代”的女性第一人称叙述人结构全书，其意义所在，刘思谦曾做过说明：“第一，是建构了一个涵盖了四代众多人物的、从清代末年到20世纪后期一个世纪、一个家族的兴衰起伏聚散离合的历史的时空结构。第二，也是最重要的一点，是从小说结构形式上把这个家族里的女人们推到了言说的主体与前沿位置，从而改变了世世代代女人在历史上被男人言说的状况，改变了世世代代女人在历史言说中的缺席和失语。她们在同为女人的女性叙述人对家族的历史言说中，不仅打破了千年的缄口沉默开口说话，而且个个都有自己的堂堂正正的名字，不再是无名的范陈氏等等。她们以自己的姓名、自己的音容笑貌、喜怒哀乐出现在家族史中，恢复了家族、家庭这一社会的基本单位本来就是由男人和女人共同创造的这一历史的本质的真实。三个家族史的女性人物按顺序排列的五次主体言说，好比五束射向幽深暗哑的历史隧洞的强光，照亮了被历史幽闭和扭曲的家族女人们的生存，让我们聆听到她们生命跳动的脉搏和呼吸，触摸到她们艰难的有苦也有乐的生命挣扎与悲壮凄凉的毁灭。这是隐藏在几位女性叙述人后面的同为女性的隐含作者蒋韵，以女性个人为本位的创作思想在小说结构形式上的创造性思维。”①当然论者也注意到了这种结构和蒋韵的叙述方式上的不足，如刘思谦就指出：“由于第一人称叙述人以‘章’为单元出现多达五个单元，而每个单元又没有严格按照时间顺序来叙述，加之家族亲属称谓关系复杂重叠，给读者和阅读带来不便，不同指称对象的‘我父亲’‘我母亲’‘我舅舅’‘我舅妈’‘我表姐’等等，常常不知道是指谁，成为‘混乱能指’。”②戴锦华也就这种结构的叙述语言提出了自己的看法，认为叙述语言缺乏变化，“语言风格的不变使得小说结构受到一种威胁”③。

《栎树的囚徒》不仅在结构方式上为女性提供了言说的权利，在人物塑造的策略上，蒋韵也赋予女性刚烈、美好的特质，同时解构了男权意识。蒋韵首先打破了男性大家长的男权家族模式，将这个家族的精神家长认定为祖母陈桂花。她目不识丁却性情刚烈，面对南阳提督谢老道咄咄逼人的追问，她以不卑不亢的态度拒绝说出儿子的下落。被官军用刺刀剜出双眼作为人质押回城的路上，陈桂花洞悉谢老道的用心，大骂谢老道之后纵身跳入伊河。

---

①②刘思谦.蒋韵小说的女性主义性别美学观照[J].扬州大学学报(人文社会科学版),2009:13(1):62.

③刘恒，戴锦华等.蒋韵长篇小说《栎树的囚徒》谈片[J].当代作家评论,1997(3):69.

我祖母陈桂花飞翔而去，纵身投入伊河。祖母纵身投入伊河的美景永存我心。祖母飞翔而下，像一片起舞的金叶，像一只纵情的鸟，像一条回家的鱼。祖母回到了河流的家，从此和伊水融为一体，汩汩东去，奔向天涯。这才是我真正的祖母，奔流在千里伊水中，而不是端坐在朴园的祠堂里。

那个飞身跳河自尽的刚烈祖母才是朴园实质上的精神象征，而不是那个画像上“目光呆板、线条僵硬，和我梦中的亲人毫无相似之处”的富贵女人。这充满生命力、个性丰满、耿直刚烈的女性形象，在段金钗、关莨玉、贺莲东身上无血缘地被继承。段金钗初遇土匪范老九时不惊不惧反而“嫣然一笑”，嫁做刀客婆时爽利有情义，及至日后服毒自尽时的决绝，都有着阳刚的内蕴；大家闺秀关莨玉带给朴园的热闹、书香之家的贺莲东洞明世事后的坚韧，与传统弱女子的形象都大相径庭，活着她们是一道亮丽的风景，死去也永留一幅绝艳画面。反观朴园的男性，虽然范福生与范先琴是这个家族宗法意义上的家长，但是无论是常年在外征战的范福生，还是或离家出走，或流浪在外，或困于狱中的范先琴，他们都是实质生活中的缺席者，他们从来也不是女性的引路人或拯救者，他们甚至无法掌控自己的命运，“我想理性之光从没有照彻过他的心灵。他的精神是一片沙漠，寸草不生。他空有奔腾的热血，汹涌的生命冲动。他的生命力有多强，他的盲目性就有多大。占山为王的绿林生活最适于他这样心智简单的莽夫，但是他遭遇了一个大时代，他卷入了个历史的大漩涡”。正是在这样一个意义上，蒋韵的《栎树的囚徒》与其他的家族小说区别开来，被冠以“女性”二字。

《我的内陆》是一部关于城市历史，寻找精神家园的作品。其中飘忽于文字中的精神气质就是“失落”二字，是蒋韵那一茬人的失落、历史文化的失落、人类精神家园的失落。从《题记》开始，这种浓浓的失落感就流泻于笔端：

> 在我的城市，孩子们把杨花叫作——“杨不赖赖”。此刻，正是“杨不赖赖”爬满梢头的季节，满地都落满这种虫子似的红色花朵。“杨不赖赖”可以吃，它和榆钱、槐花一样，拌上面粉，是蒸“不烂子”的好原料，吃起来，有一种特殊的清苦香味儿。只不过，如今，没有人再吃“杨不赖赖”，“杨不赖赖”早已成为我们这个城市的过去。

其实，随着“杨不赖赖”逝去的又何止是“这个城市的过去”？那些个只剩个名字的地点街道、那些埋葬在岁月中的人物故事，其内蕴本就不是外表展现的那么简单。蒋韵在《引言》里明确说到一次亲历的文化采风或者叫作考察活动，本意是触摸过去，未曾想到带来的却是更深的迷惘与困惑，“想要走进别人的命运之中是多么艰难啊。想要走进历史的腹中是多么艰难啊。那是一次奇特的体验，我们满怀信心奔向一个单纯而晴朗的目的，却发现那里歧义丛生，歧义像阴郁的荆棘一样遮住了我们天真的视线”。可是毕竟，蒋韵将一座城市过往的容颜，这城市中一段段被尘封的往事，用她清新动人的语言记录了下来。伴随着记忆，伴随着与这个城市相关的历史知识与传说，这座内陆城市承载的过去越来越趋近精神的自省与人文的厚重。可见，蒋韵是在借助《我的内陆》完成一次精神的归乡之旅。这部小说既是在完成对一座城市的历史书写，也兼而完成了对历史与现实问题的诘问，由书中那些穿越时空呼啸而过的人物身上，我们跟随蒋韵回到历史中徜徉。这样的精神之旅，记录它时不需宏大与经典，却富有新意，它铺满了女性的生命体验，既是个人的又是群体的，是女性生命足迹的历史。之所以这样说，是因为小说并未停留在自我的展露与观照上，蒋韵讲述的是他人的人生故事，这些他人或许是虚构地生存于历史中，却以“真实”的感觉留在了

"我"的现实人生里。无论是林萍、程美们或荒诞或压抑或疯狂的生命狂热，还是陈枝、李红梅这些"花园"里上演着传统悲剧宿命的现代女性，抑或是老蒙娜们无论是爱情还是生存际遇永远被时代拒之门外的悲喜剧……这都是一个渗进见证者或亲历者经历的记忆。

全书共七章，讲述了约十几位女性的生命故事。独立开来，每一位女性的故事都可单独构成一篇精彩的短篇小说，但这些故事绝不是随便堆砌在一起的简单集合。阅读过蒋韵以前作品的读者，很容易就将思维的重点惯性地放到找寻这些故事的内在联系上。当这些故事被赋予了共同的时代与地域背景时，不难发现，他们都曾是那个波澜万丈、激情澎湃诗的时代的儿女。无论是一人徒步去延安的狂热的小姑娘林萍，还是与母亲殊死抗争的程美，抑或是曾经拥有浪漫坚定爱情的陈枝，她们都活得如诗般澎湃热烈，惊心动魄。"那才是生命的华彩，自由奔放。"① 然而现实却在扼杀这些或疼痛或美好的精神需求。"九十年代不需要任何浪漫激情，不需要悲壮、崇高，不需要诗，不需要痛苦也不需要美。"② 吴光们被这个没有感情只有欲望的时代抛弃了，但是，他们灵魂不死。吴光后来定居国外，有一个被友人传为笑话却又令听者伤感的生活细节："他生活在人家的土地上，却坚决拒绝学习人家的语言。他开车出行，路过加油站，停下来，向加油工默默伸出两个手指，说一声'two'。从一到十就是他掌握的全部单词。执意沉默，却在心里用最忧伤的母语诉说着无边的情话。他的注视仍然在远方，在他抛下的祖国。"③如果我们走进那些逝去的岁月，还没人要我们反思政治狂热的盲目，那么我们也一定会被那个年代的乐观精神、生命激情和美好信念所感动。这些恰恰是物质丰富却精神苍白的今天的我们所不具备的。在我们嘲笑他们的狂热、幼稚、盲目、冲动时，我们往往忽略了自己精神上的疲软。有论者说："其实，蒋韵作品塑造了无数个吴光、老蒙娜、林萍式的人物，他

①②③蒋韵.我的内陆[M].台北：台湾麦田出版股份有限公司，2002：54，102，102.

们从那个时代出发，被赋予了新生国家所特有的激情和朝气，尽管物质匮乏但精神自如，他们都具有纯真、自信、乐观和英雄主义浸润的堂吉诃德式的个性和气质，他们总是能够带给读者自身困兽犹斗的内心。”[①]蒋韵确实有着一往情深的古典情结。《我的内陆》中这些表面看来具有悲观与感伤色彩的故事，其内在的精神气质却是令人怀恋的。他们历经时代动荡、物质匮乏却心向明月，为了守住尊严甘愿付出生命的代价。很显然，这一点与现代文明浸润的现代人的精神气质相去甚远。蒋韵之所以对过去时空里发生的人与事情有独钟，源于她的情感记忆。“这世上，只有这里，这片土地，能这样不动声色地给我以外的感动。”（《〈我的内陆〉后记》）蒋韵这么说，是因为太原这个内陆城市虽不是她的故乡，“却因为有了生育和血脉的传承，渐渐地，成为亲爱。成为血肉的经历”（《〈我的内陆〉后记》）。那么对于那段她成长在其中的岁月呢？那些早已与她的生命融为一体的激情岁月，又怎会不令她怀恋难舍？遗憾的是，这方土地还在，这方土地的精神却迷失了。“现在我闭上眼睛，还能回到那样的时光之中：天很蓝，白云很柔软。没有那些碍眼的丑陋的高层建筑阻挡我们眺望的视线。这是唯一、唯一温情的时刻，让我硬不起心肠说这个城市的坏话。”[②]当下生存情境的渐趋冰冷，人们逐渐失落了精神家园，怀旧必然会成为反观自身与社会的一种姿态。事实上，“正像在任何一种信仰体制下，真正有信仰的人仅属少数一样，在任何一个发生精神危机的时代和民族，真正感受和保持着危机张力的也只是少数人。而且，这往往是同一类灵魂，正因为在信仰问题上认真严肃，才真切感觉到失去信仰的悲哀”[③]。《我的内陆》的价值就在于此。

《隐秘盛开》是蒋韵的又一部力作。蒋韵一开始就说明：“这个故

①阎秋霞.试论蒋韵作品中理想人格的审美意义[J].文艺争鸣,2013(1):127.

②蒋韵.我的内陆[M].台北:台湾麦田出版股份有限公司,2002:16.

③周国平.守望的距离[M].太原:北岳文艺出版社,2004:209.

事，其实，与死亡有关。也可以说，与爱情有关。所以，它可以在任何一个时间、任何一个地方开始，比如，2004年早春的巴黎；比如，1969年严寒的吕梁山区，故事中的人物朝我们走来时，你无一例外地都可以从他们身上发现某些共同的东西，那就是，让人疼痛至死却不能放弃的爱意。”由此我们可以推断出，作者希望读者抱着超越时代与地域的心态来阅读它，将具体的故事与情节上升到一个普遍的人类精神价值的意义上来解读。

蒋韵《隐秘盛开》书影

小说以潘红霞为主线讲述了几个“爱的天才”的故事，潘红霞、幸福和拓女子。潘红霞是一个土生土长的小城姑娘，她平凡而明朗，懂得珍惜与感恩，最关键的是她懂得爱。十四岁时对竖笛姐姐，成年之后对刘思扬，她都是奋不顾身、全心全意、狂热又无私地爱着。知道刘思扬身边有情投意合的人，她便悄悄隐藏起自己的情感，还以倾听者的身份被强拉进别人的故事中。这静悄悄的爱恋一爱就是一生。民办教师幸福也是一个爱得隐秘、情感却浓烈繁盛的人物。他在小说文本中没有占用过多的篇幅，甚至只是存在于小玲珑的叙述中，但是他对待爱情的方式与潘红霞不谋而合——都是奋不顾身、至死不渝，却不肯让对方知道，更不求对等情感的回报。无论是潘红霞还是幸福，他们的爱都超越了凡俗尘世中一般意义上的爱情，超出了物质的范畴。那是一种完全意义上的精神层面的信仰，是不掺杂任何杂念与欲望的纯粹的爱。这爱如空谷幽兰，清香灿烂却隐秘无人欣赏。如果潘红霞和幸福是“爱的天才”，那么，拓女子就是一个爱的“圣徒”。这个穷乡僻壤的农家姑娘，貌不出众甚至稍显笨拙，对“爱”却有着异乎寻常的执着。她为了自己梦想中的美好爱情不惜用自己的血肉之躯一次次去与注定的命运抗争，她坚定、虔诚，只可惜，现实不肯眷顾她，穷其一生，拓女子也没到达心目中爱的圣地。

蒋韵对潘红霞们给予了充分的尊敬与怜惜，用她饱含情感的语言，带我们走进这些“爱的天才”的灵魂中，去感知他们的快乐与悲伤。她颂扬这圣洁、纯净、完美的精神之爱，实际上是在表达一种古典的诗性的爱情观，这是一种拯救当代人们情感危机的策略性诉求，然而蒋韵可能自己也不自知，她对情感的认识其实就在一种悖论中。“爱的圣徒”拓女子的女儿米小米代表了一种世俗之爱，她用实际的物质的爱情历程，体会着母亲未曾体会到的另一层伤痛，这浸染了物质世俗味道的爱看似距离爱的本质越来越远，但实质上也许在与现实的冲撞中，反倒切进了爱的本质。毕竟，完全把爱与物质分开，把精神与肉体分开，是不符合客观规律的，甚至是不符合唯物观的，过分地排斥物质，只会导致人的本质的变态。总体来看，在物质当道、精神家园失落的当代，倡导婚恋的精神主体性，对于克服物化时代的精神疲软是有一定帮助的。但是，单纯强调一方面而完全否定另一方面会走向另一精神迷途。尽管不同时代、不同语境，人们对爱情婚姻的看法不尽相同，但是坚持物质与精神并重的爱情婚姻观，始终是两性和谐、家庭稳固的必要条件，也是婚恋叙事的基本价值尺度。蒋韵给自己钟爱与尊敬的“爱的天才”们无一例外地安排了悲剧结局，甚至让他们都以癌症的方式来诀别人世，却单单给感情世界不那么纯净的米小米以幸福的结局，这不能不说是一个很有意味的安排。也许在蒋韵心中，也不知该如何解决现实世界里灵与肉、物质与精神的爱的悖论吧。作者表现出的矛盾心态，恰是对精神之爱在世俗世界里境遇的怀疑和否定，如何处理爱情中理想与现实的不可调和性，这也是每个读者的困惑和无奈。

潘红霞认为“爱是一个人的事情”，所以坚持将澎湃盛开的爱藏在自己的心里。幸福老师最后的信中对呼延小玲说："爱你，是我有生之年的秘密，不到最后关头，不到我的最后一刻，我决不会告诉你。假如，我能够好起来，我会很快乐地娶一个和我'般配'的姑娘，一个农民的女儿，结婚成家，生几个孩子。我会很爱他们，珍惜他们。可即使如此，我仍然爱你，呼延小玲，我爱你，到死。"[①]幸福老师为了爱得平等，也选择了一个人爱的方式来从精神上跨越婚姻伦理的困境。蒋韵将这种有尊严的爱置于一个值得尊敬的地位来高度赞扬，却忽略了这爱的方式所附带的另一层面上的不平等。当幸福老师假设他能好起来时的计划时，灵与肉分离所带来的不平等就不公平地降到了那个实质上还不存在的幸福老师未来的"般配"的妻子身上。当他隐秘地将对呼延小玲全身心的爱保存起来，只将物质的自己与"般配"的妻子结合，精神的自己永被封存时，实质上他就已经以"爱的天才"的名义，残忍地把他的妻子置换成一个地道的精神世界的被缺席者。在潘红霞身上，"你一点也看不出通常出现在她这种境遇中的女人弃妇似的表情，她一点不怨天尤人，生活得很光明，甚至，很明亮"。可是假如潘红霞身边有一个像她爱刘思扬一样爱她的人呢？那对于这个人，爱情是否还能够如"一个人的事情"般问心无愧？不理清这个矛盾，同样无法解决的物质与精神的悖论就还会困扰对理想爱情的解答。

《行走的年代》存在同样的问题。陈香与潘红霞一样，暗恋的坚贞情感就是她们生活的支柱，只不过一开始貌似陈香比潘红霞幸运，她与自己爱的诗人莽河有了一夜情缘。这灵与肉的完美结合成为日后陈香生活的精神食粮，更幸运的是陈香还有了与莽河爱的结晶，这便足够陈香生活在为爱献身的崇高感里一辈子了。她以为即使莽河永不再出现，诗人的灵魂从此也会永远陪伴自己，"又疼又甜蜜"地幸福下去。戏剧性

---

①蒋韵.隐秘盛开[M].北京：北京十月文艺出版社，2005：64.

的情节晴天霹雳般上演了，一个偶然的机会，陈香在一本书中看到了诗人莽河的照片，得知那个和她共同孕育小生命的“莽河”竟然是个冒牌的，这就意味着她用全部生命爱着的儿子不是诗人的后代，而是一个来历不明的野种。从此，陈香的生活天翻地覆，她既无法接受自己被玷污了的身体，也无法原谅自己冲动下想要杀死儿子的瞬间罪恶感。她采取逃避的方式来固守实质上早已不存在的精神圣地，结果她不仅带给了永远包容她的周敬言无尽的伤害，甚至最后等于变相害死了自己的儿子，还带给完全无辜的真的莽河一定的困扰。当然陈香这个人物是令人感动的，她最令人震撼的地方在于，她在“行走在80年代”的众多理想主义者之中极具代表性，她对爱有一种献祭般的神圣感，性格又刚强决绝。在她的生命里，诗已经成为一种爱的图腾，是生命的象征。小说中的其他人物，诗人莽河、叶柔、洪景天、马梅龙，在这种精神的特质上，属于同一类人。他们勇于追梦，有冒险精神，做事遵循自己的感觉，不臣服于现实，他们的生活“永远在别处”。

无疑，这样的一群人让人热血沸腾，可是回到那个老问题上来，爱的精神与物质怎样权衡？无所顾忌地坚持“爱是一个人的事情”是否会伤害他人？也许周敬言是个世俗爱人，他的宽容、善良与大度与陈香们做事情时的义无反顾相比显得格格不入，可是蒋韵花很多的笔墨，正面塑造的这个世俗爱人，与精神“圣徒”、“爱的天才”人物形象互补时，我们不会觉得他破坏了陈香们的震撼力，反倒觉得爱情的定义分出了层次，愈发厚重。读者也愈发想找到答案，现实人生，何为爱的真谛？当然，蒋韵的态度是明了的，“其实生活中人有一种爱的能力，这种能力就造就了爱的天才，爱的天才是要为他的天赋承受更多的痛苦”。《隐秘盛开》《行走的年代》之所以感动那么多的人，这种纯粹而浓烈的爱一定是重要原因。也许，在这个过于强调物质的、过于现实的时代里，古典爱情、“爱的天才”才是真正应该被怀念的吧。

蒋韵的作品非常丰厚，正如一些评论家所言："蒋韵的成就远在她的声名之上。"[①]以上仅仅是选取了部分作品做了简单的介绍，还有许多佳作未有论及。好在评论界虽然对蒋韵的研究很不到位，但对蒋韵作品的解读还是有一些颇有影响的论文问世。据统计，对蒋韵作品的评析主要集中在《古典情节》《冥灯》《栎树的囚徒》《我的内陆》《隐秘盛开》以及《心爱的树》等作品上。这些文章从主题思想、古典情怀、传统文化、女性命运、诗意悲情、死亡意象等多方面对文本做了细致准确的解读评析，反映出理论界对蒋韵研究的渐趋深入和重视。忽来哉的《古典情怀的现代尴尬——读蒋韵的〈古典情节〉》篇幅虽然不长，却切中要害："然而古代的或过去的生存空间与现在的生存空间毕竟是两种不同的生存空间，隔着时间与历史的烟云，因此所谓'古典'只能是一种心造的幻影、精神的向往。""'古典情怀'在现代难以找到切实可行的出路，它只是一些人心中的绿洲。"毛时安在《一个古典女性的现代凄迷——读蒋韵小说〈大雪满弓刀〉》中说："古典的美丽在今天除了死亡，就是变质。"一针见血地指出蒋韵内在的精神焦灼感。郭剑卿的《穿越生死的智慧之灯——蒋韵〈冥灯〉赏析》和《蒋韵小说研究》，从死亡关注、女性书写、精神故乡等多个角度对蒋韵的《失传的游戏》《栎树的囚徒》《我的内陆》等作品做了比较有价值的分析。赵黎波的《无地自由——评蒋韵《栎树的囚徒》中的女性形象》由解读题目入手，结合男权文化、女性书写的问题，逐一分析了小说中几位女性形象的悲剧宿命。特别值得一提的是王春林的研究，他的《女性生命的咏叹——评蒋韵的〈栎树的囚徒〉》，指出了蒋韵此部小说的原创性在于"这是一部由女性作家创作的以女性为叙述者，以所述家族故事中的女性作为关注重心的长篇小说"。"至为关键的问题在于文本是由谁的角度而写的，女性形象是由谁的意识来观照刻画的。正是在这个意义上，蒋韵文本中

---

①王尧，林建法.小说家讲坛[J].当代作家评论，2005(4)：59.

对女性叙述者及女性叙事视点的设定才特别引人注目，才显示出了其鲜明的‘原创性’特色。”文中还指出：“蒋韵所关注的并不是个人一己的情感生活与私人世界，她所关注的乃是超越个人生活的更为阔大的家族生活。”这一认识使蒋韵的小说明显区别于时下流行的女性写作方式。另一篇文章《女性精神的悲情表达——评蒋韵长篇小说〈我的内陆〉》也很有影响，文中指出《我的内陆》的题旨所在是“对女性命运的关注思考，对女性精神存在的高贵与脆弱的探测表达”。这一说法提供了对蒋韵其他作品解读的一条路径。此外《“身份认同”与生命悲情——评李锐、蒋韵长篇小说〈人间〉》，从“身份认同”的角度深入细致地分析了蒋韵夫妇这篇重述神话的优秀作品。刘思谦在《扬州大学学报》一连发了三篇文章，统一在一个大题目下——《蒋韵小说的女性主义性别美学观照》，分别是《女性家族史小说中的女人们——读〈栎树的囚徒〉》《束手就擒的“爱情”——〈上个世纪的爱情〉〈走入深渊〉解读》和《女性历史叙事：日常生活中的“个人”——评中篇小说〈心爱的树〉》，非常细致全面地从女性主义的视角解读了蒋韵的四部作品。还有一篇很有分量的文章，王德威的《隐秘而盛开的历史——蒋韵〈行走的年代〉》，台湾版的《行走的年代》以此文为代序。文中王德威为“行走的年代”下定义，“那是一个动荡的时代，充满粗粝而狂暴的喧嚣。也是一个浪漫的时代，有着一切不可能都变成可能的憧憬，和一切可能都变成不可能的怅惘”。一直以来，就有论者反复强调蒋韵作品饱含诗意，可究竟这诗意指的是什么？此文中提到，“蒋韵最终要写的是那个时代浪漫和现实纠结下的狂喜和伤痛，还有事过境迁后留下的巨大的空虚”。借此题旨入手，王德威分析了蒋韵作品的诗意感觉究竟来源于何处，“诗是什么？是文字符号的幻化，也是深情的印记；是革命，也是乌托邦；是行动的历史，也是虚空的虚空”，“诗以象征语言提炼生命经验，将所有感官的震颤凝结于一刻，而叙事则一再提醒我们时间流程所必然带来的生命裂变”。这无疑是由形式而深入到内在意蕴上来解释蒋韵作品的诗意，很有价值。此外，曾平的《乱花渐欲迷人眼——评蒋韵的长篇小说〈隐秘盛开〉》、梁涛的《揭开隐秘的心灵世界——评蒋韵〈隐秘盛开〉》、郭剑卿的《爱情书写中的文化认同与性别视野——关于蒋韵〈心爱的树〉》等文也很有学术独到之处，提出了不少有价值的见解。

对蒋韵作品综合类的研究文章，很多带有阶段性的特点。较早对蒋韵小说进行阶段性综合研究的主要有李国涛、段崇轩、毛时安等。1986年，李国涛发表《蒋韵论》，首先分析了蒋韵的一些小说，在文本评析的基础上，得出蒋韵早期作品的一个创作走向是“塑造她那一茬人的文学形象”这样的结论。这一定位非常准确。事实是，蒋韵不仅20世纪七八十年代的创作有此特征，之后的许多作品也都有很强的时代环境、时代人的特点。段崇轩在《童话的幻灭——蒋韵小说的一种解读》中，首个指出蒋韵小说的童话情结。在蒋韵的作品中，会反复出现一个丑小鸭式的人物形象，“丑小鸭，她的外表虽平凡，但内心却有一个瑰丽的童话世界，有一份远大的志向，有一种纯真的天性。这就注定了她的人生是艰难曲折的，社会给她的不公平也会比常人更多。写这样一种形象，自然会表现出更多的人生况味来，也必然会折射出更多的社会内涵来，因此她的典型意义就更强”。毛时安的《美丽的忧伤》首先认同了李国涛和段崇轩评论蒋韵作品“塑造她那一茬人的文学形象”的观点，认为蒋韵小说毫无疑问有着明显的“代”的印记。继而指出蒋韵区别于其他女性作家的独特性在于既塑造“代”的群像，又“是这一代中的这一个。她同时以‘代’和‘个’的角色投入创作”。毛时安重点论述了蒋韵这一时期的创作中多涉及死亡的现象，“她对于死亡独具的生存意义的近乎执着的关注和顽强的表现”，并推断“我相信，她生命中的某一时刻和那场震惊世界的大动乱和某一个夜晚（大约在一九六六、六七年间）的一次死亡事件有着某种神秘的联系。这种有形或无形的联系给作家以极其深刻的心理刺激，其强度足以成为一种影响终身的创作情绪”。“解读蒋韵是件令人振奋有冒险性的活儿”一说就是出于此文。

1995年至1999年间对蒋韵小说进行综合性研究的有李锐、成一、韩石山等。在《栎树的囚徒》研讨会后，李锐、成一分别著文《漂流的故事》《无处安放的诗史》全面论述蒋韵小说，“蒋韵的小说，尤其是1989年以后的小说，一直沉浸在这样一些漂流者的故事和对漂流本身的体验和表达”，“蒋韵小说一向偏重写意……叙事总被某种无处不在的意境所弥漫熏陶”。韩石山却突出强调了蒋韵作品在意境与凡俗关系上的进步，认为蒋韵过去的小说一直在追求典雅的叙述、典雅的境界，到《栎树的囚徒》却已经做到了酣畅淋漓的表述。珍尔在《孤独者的追寻与幻灭——蒋韵小说创作谈片》一文中，对蒋韵作品孤独者形象的塑造颇有感触，“最能给人留下深刻印象的，是一批孤高自许、落落寡合、沉默少言、形单影只的孤独者形象”，并抓住了“苦难”、“死亡”、“夕阳”等关键词对蒋韵作品进行了论述。

21世纪以来，对蒋韵进行研究的论者渐渐多了起来，傅书华、杨矗、徐艳蕊、郭剑卿、戴红稳等都多次对蒋韵进行了综合式的研究。傅书华的《人类的“十四岁”诗吟——论蒋韵的小说创作》在肯定李锐、成一等人对蒋韵的研究解读的基础上，指出将蒋韵作品“归结为是中国文化破碎、解体的历史过程中的‘一个漂流的故事’，是‘悲剧里的悲剧’，‘是宏大的历史进程中的生命感受’”虽然有一定道理，蒋韵本人也比较认可这种论断，但是“这种解读的影响正有将蒋韵归入‘类’从而覆没、遮盖蒋韵创作独特性的可能”。傅书华从探寻蒋韵创作的初始动力源开始，首先得出结论：“蒋韵这一茬人，在十年浩劫初期，正是十四岁左右，既是人真正脱离母体初具独立意识的时候，又不能如其时十七八岁的红卫兵们接受某种既定思想风云于一时，自己没有相对成形的思想，却又开始对人也有了敏锐的初始的感受，面对的却又是一个破碎的世界，一个无人顾及无人关注他们的社会。他们用一双天真、好奇、纯净的眼睛观看世界，世界的破碎、扭曲又像烙印一样烙在他们尚未被社会格局所拘囿的鲜嫩的心中，这注定了他们是敏感、漂流、无根、充满渴求、寻找的一茬人，注定了他们成为对美的消失充满忧伤的一茬人，也使他们成为最能体现人初始面对与人对立的世界的种种感觉的一茬人。每个作家，都有构成自己创作独特性的生命记忆、情感记忆之根，它会长得花繁叶茂，硕果累累，但却都源于、生长于这一根之上。构成蒋韵创作独特性的生命记忆、情感记忆之根正在这里。”继而指出光研究到这里还不够，“蒋韵的深刻性、独特性在于她将这样的一种人生形态、情感形态提升到了一种形而上的程度，成为人、人类在自身成长史中的一种存在形态，成为人、人类初始的面对与自己对抗的无法完全认知、把握的外部世界及由此带来的对自身命运的关注的存在形态及相应的情感形态、审美追求”。由此观点出发，傅书华指出了蒋韵作品悲情与女性描写与之前论点的相关性，最后对蒋韵小说的语言和结构也做了适当的论述。这篇文章观点新颖有创见，对其他研究者很有启发意义。杨矗在《蒋韵解读》中认为“‘文革’中的同龄人是蒋韵进入创作的原始出发地”，并指出蒋韵作品有哲学化、寓言化、诗性化倾向，还把蒋韵的创作放在文学史的宏观背景下进行考察，认为她“远承‘红楼’和西欧‘古典’，上接鲁迅、沈从文和西方现代派，下通先锋、新潮”。还有一些值得注意的文章，如郭剑卿的《蒋韵近作中的女性意识及其文化意义》一文，从女性主义角度来阐述蒋韵小说，是继戴锦华之后比较有影响的从女性主义出发研究蒋韵的。从女性主义的视角研究蒋韵的文章，还包括之前提到过的刘思谦的三篇，都很有创意。另外，戴红稳、徐艳蕊都撰写了许多研究蒋韵的文章。

由以上内容可以看出，对蒋韵的小说研究已经取得了不少成绩，当然也还有许多空白点，尤其是对比蒋韵创作实绩的丰厚，对她的研究还远远不够，还需广大同人一起来填补研究的空白点。

第二节　蒋韵作品中的诗意

蒋韵的小说创作一直在持续的发展中，韩石山就曾指出她的叙述语言由“枯峻”到“酣畅”的变化①。李锐也说过：“蒋韵的创作，1989年以前还是跟着新时期文学一点一点地往前走……1989年以后，她找到了自己的主调。”②在不断的探索与自我完善中，蒋韵作品有一点却始终未曾变过，那就是作品中满溢的诗意，这已是读者的一个共识。不过大多数论者仅仅只是谈到蒋韵作品有诗意，具体这诗意从何而来，却未做深入探讨。

读蒋韵的作品，诗情画意的感觉首先来自于她空灵优美的语言。可以说蒋韵小说的语言深具中国古诗词的传统韵味，常常给人韵味悠长的画面感。描写废园，“夕阳还没有落尽，竹影斑驳，鹧鸪在远处的废园里啼叫着”③。描写叶北刚，“他有一种凋零的孤独的美丽，就像一朵幽暗中的白菊”④。这样或苍凉娴雅，或寂寞孤独的句子在蒋韵的小说里俯拾即是。她还选择合乎自己情感认知和审美感受的创作方式，在汹涌情感的驱动下，用自己意随笔至的超强表现力倾泻出构思于脑中的画面，以抽象的文字符号形象地表现情绪的瞬间。《心爱的树》写到梅巧的寂寞无奈“闲得发慌”的日子时，蒋韵这样写：

---

①②李国涛，韩石山.生命与历史：诗意的消解——蒋韵长篇新作《栎树的囚徒》讨论会[J].当代作家评论，1997(1)：18，21.

③④蒋韵.红殇[M].太原：北岳文艺出版社，2002：21，5.

> 她伸手一抓，摊开手掌，满掌的阳光。又一抓，握紧了，再摊开，又是满满一掌。这么多的时光要怎么过才过得完？

这样的语言是很有穿透力的，略带酸楚的忧伤语言，慢慢地浸润到我们的心里，又化作泪水潸然而下。也许，催人泪下不是语言的最高境界，但能悄悄将人心底最幽深的、缥缈的感触准确地表达出来，品味这样的语言，就是享受。再如《栎树的囚徒》中她赞美祖母的眼睛，“是绝美的景色，风光无限……春天鲜花怒放，秋天层林尽染……夜晚托出星月，黄昏吞没落霞”。当这美景被谢老道毁掉时，“太阳轰然坠地。一万只金鸟狂飞而去。……长风突然而起，万山悲鸣。我家绝世美景陨落的日子天地为之动容。官军把祖母的眼睛挑在枪尖，就像挑着奇珍异宝。祖母血洗的眼睛亮如星辰，灿若春花，它呵呵笑着鲜血淋漓照耀着提督大人的惊恐”。海德格尔说：“诗之道就是对现实闭上双眼。”[①]这就是普通语言与诗意语言的区别。普通语言指向语言以外的客观世界，要求言语符合客观现实的逻辑，遵守现实中的各种原则。诗意语言所营造的是主观的艺术世界，它虽然可能与现实不符，但却符合情感的逻辑。这样的描述绝非普通意义上的写实，而是一种心理上的真实感。这正是文学言语的诗意性，也是它独特的魅力所在。祖母形象的壮美、刚烈激起读者心中共鸣的豪气，那一瞬间，只有这样激荡的言语才足以表述心中的情绪。诗意的语言总是由“此”指向“彼”，超越“在场”而指向“不在场”，也就是说，诗意语言具有无穷的意味。欣赏这样的语言，我们不能纠结于它是否突破了客观规律，而应该追问情感真实的艺术效果。这样大量使用描述主观情感的句子打破了小说创作的成规，赋予小说以诗情画意的同时，使小说语句充溢着丰沛的情感。

---

①海德格尔.人，诗意地安居——海德格尔语要[M].郜元宝译.桂林：广西师范大学出版社，2002：73.

是的，蒋韵作品诗意的感觉还来自于充沛的情感。“感荡心灵，非陈诗何以展其义？非长歌何以陈其情？”（钟嵘《〈诗品〉序》）抒情性本来就是诗歌的典型特征。诗情画意的句子只是具备了诗意的表征，强烈澎湃甚至奔突决堤的情感才是诗者的灵魂。蒋韵在《〈行走的年代〉题记》中就引用了汤显祖《〈牡丹亭〉题记》中的名句，“情不知所起，一往而深，生者可以死，死可以生”。情不仅仅是在传奇剧本中具有令人生或死的力量，在蒋韵的小说里，人物也常常置身于这样的境况。众所周知，蒋韵青少年时代的黄金岁月是在“文化大革命”中度过的，作为特定历史时期那一代人的蒋韵，在经历生活的磨砺和粗暴对待后，不仅没有被磨灭掉生活的热情，相反她愈发渴求人能够“诗意地栖居”，能够真正精神自由地生活。蒋韵在作品里塑造了很多勇于突破现实桎梏，为尊严、为爱与美而不惮牺牲的诗性的人。李国涛说：“不论蒋韵个人是否意识到这点，实际上她在做着一件很重要的工作，就是塑造她那一茬人的文学形象。”王德威这样概括那个时代：“那是一个动荡的时代，充满粗粝而狂暴的喧嚣。也是一个浪漫的时代，有着一切不可能都变成可能的憧憬，和一切可能都变成不可能的怅惘。”也许对于伤痕文学或反思文学的小说家来说，那是一个痛楚多于诗意的年代，但对于蒋韵来说，那是“无比珍贵的时刻，诗意的时刻”，“那永远是一个诗的年代：青春、自由、浪漫、天真、激情似火、酷烈，一切都是新鲜和强烈的，无论是欢乐还是痛苦，无论是身体还是灵魂”[①]。此处的诗意在更深的层面上是一种时代精神、时代意识、时代情绪的个体化的诗意书写。正因如此，蒋韵笔下的许多人物都活得酷烈而决绝。《行走的年代》里，陈香仅仅因为诗人热血沸腾地朗诵了一首最新发表的诗就义无反顾地爱上了他，即使这诗人两天以后就永久离开了这座城市，杳无踪迹，她也丝毫无悔。“诗人，他们是一群被神选中的人，你不能用俗世的标准来衡量他，也不能用俗世的价值观来判断他、评价他、约束他。”[②]因

①②蒋韵.行走的年代[M].上海:上海文艺出版社,2010:197,31.

此她一直活在“又疼又甜蜜”的回忆中，视身边真正珍惜她的爱人于无物。当得知真相，与她有过肌肤之亲并留下骨肉的诗人莽河是个冒牌货时，她的反应才是真正震撼之处，也是解读蒋韵作品诗意的密钥。陈香首先是无法接受儿子小船，因为只要小船在，那种被欺骗的龌龊感就会永远如影随形，“我已经像没有办法拒绝我的生命那样拒绝你了，拒绝羞耻、欺骗、伤害，你将和我一起永在”，于是一瞬间她甚至萌发了杀死亲生骨肉的念头。当她从瞬间的昏头昏脑中清醒过来时，她最终选择了杀死自己，目的仅仅是为了与龌龊感“同归于尽”。然而这还不够，被救活的陈香活在了愧疚中，因无法原谅自己而选择了离婚，最后还间接害死了儿子，将自己的人生经营得一塌糊涂。蒋韵借老周之口如此解释她的行为：“这个女人，生来是要做烈士的，是要赴汤蹈火和献身的，为爱，为信仰，或者，为罪业。”所以，她酷烈的行为方式与时代的激情似火不谋而合。那就是诗的时代，任何被触动的人都可以为之献出全部的身心。不仅仅是耽于爱情中的女人，也包括被激情感动的友人，甚至是仅有一面之缘的陌生人。洪景天放弃一切随莽河远走国外就是一例。这里的诗歌与诗人身份其实具有形而上的抽象哲学意义，它不是实指诗歌这种文体，而是泛化为一种精神，一种义无反顾、勇于冒险、热血激情，甚至带点盲目的狂热生命力，这正是蒋韵所欣赏的时代激情。

这激情不仅仅表现在生之态度上，在蒋韵的作品里，更多地表现在死之抉择上。蒋韵笔下的死决绝而唯美，它护卫的是生之尊严。谢莹死了，因为不想揭发朋友，“她以一个从容自在的死保全了一个玲珑美丽的自尊的生”[①]。程美如一只大鸟般从楼上飞身而下时，捍卫的是自己青春的自由。还有《栎树的囚徒》中那一个个美丽生命的陨落，都美得令人心颤。先是祖母陈桂花的死，“我祖母陈桂花飞翔而去，纵身投入

①蒋韵.失传的游戏[M].太原：北岳文艺出版社，1994：83.

伊河。祖母纵身投入伊河的美景永存我心。祖母飞翔而下，像一片起舞的金叶，像一只纵情的鸟，像一条回家的鱼。祖母回到了河流的家，从此和伊水融为一体，汩汩东去，奔向天涯”。之后段金钗的死，“第二天，人们发现她尸体时她就这样遥远地笑着，鸦片的芳香将长久地掩盖尸体的异味。外面阳光似锦。我家女人命中注定要死于一个绝好的天气。两百里外，洛阳城的牡丹盛开不败。六百里外，阳山的杜鹃盛开不败。牡丹杜鹃遥相呼应，为她壮行”。再是关莨玉的死，“我们家族最后一个自杀的女人悬梁弃世。她悬挂在西屋房梁上，修长如树。她把自己悬挂在了一个时代的门口。彩蝶纷飞、牡丹盛开的嫁衣有种凝绝静止的热闹，是热闹的化石。那上面每一朵花瓣都灌了铅，蝴蝶的翅膀力负千钧。她随这永远不再的热闹而去。她为它殉身。初升的阳光破窗而入，照在她身上，看上去她就像这个新鲜早晨的一道流血的伤口”。蒋韵用重笔泼墨般渲染着死之壮烈与美丽：一方面，突出表现了人物情感的强烈与决绝，与诗强烈的抒情性呼应；另一方面，也从创作心理上突出了诗意。傅书华在《人类的“十四岁”诗吟——论蒋韵的小说创作》一文中，曾分析蒋韵作品创作的初始动力源，他认为蒋韵这一茬人，在开始初具独立意识的青春期，遭遇的却是十年浩劫带给世界的扭曲与破坏，“这注定了他们是敏感、漂流、无根、充满渴求、寻找的一茬人，注定了他们成为对美的消失充满忧伤的一茬人，也使他们成为最能体现人初始面对与人对立的世界的种种感觉的一茬人”。并进而将此现象的深层意义确定为“从具体的‘十四岁’的生命记忆、情感记忆出发，通过审美提升，走向了一种超越特定时代内容超越特定时代的人的艺术永恒”。“如此一来，蒋韵的作品中所写的重点就不在那些特定时空之内的社会内容上”，而是“与诗有了同一性，诗，成为她的作品之魂”。这一论断不仅解释了蒋韵作品颇多死亡意象的心理原因，也从美好东西的短暂性上找到了一种“异质同构的同态对应关系”，从而从形而上的意义上深入挖掘了作品中的诗意。王德威也说蒋韵“有意无意地将她有关诗的故事化为隐喻，用以烘托出一个时代的‘感觉结构’。诗是什么？是文字符号的幻化，也是深情的印记；是革命，也是乌托邦；是行动的历史，也是虚空的虚空”。虽然他们对此诗意的形成没做细致分析，但这些看法无疑开启了研究蒋韵作品诗意缘何而来的一扇门。

但分析若止于此，将会有一个问题存在，那就是如何处理叙事与抒情的关系。小说是一种叙事文学，叙事文学必定要讲故事。在中外传统的小说学中，故事性、情节性被认为是小说最本质的标志，“故事是小说的基本面，没有故事就不成为小说了”[①]。一篇小说中大量存在非故事性的成分，会不会破坏小说的原有属性特征呢？这一点我们需要从小说自身的发展来看待。任何一种文体都是在前人不断探索、不断创新的基础上，在不同的时代具备相对固定的文体特征，不存在绝对不可改变的情况。以小说为例，在注重故事性的基础上，加入一些诗性思维不仅不会破坏小说的艺术性，反倒可以增添故事的可读性。诗性思维是一种发散性思维模式，有别于一般叙事时使用的线性思维模式。我们可以借用语言学理论来解释。现代语言学认为，语言体系由语言符号及其相互关系组成。索绪尔指出：“在语言状态中，一切都是以关系为基础的。”[②]即语言作为一个符号系统，其各个要素之间是彼此关联，而不是孤立存在的。“有时是意义和形式都有共同性，有时是只有形式或意义有共同性。任何一个词都可以在人们的记忆里唤起一切可能跟它有这种或那种联系的词。”[③]索绪尔认为人类语言活动有横组合与纵聚合两个向度。横组合的关系索绪尔描述为：“在话语中，由于词与词相互链接，它们之间的关系是以语言的线性性质为基础的……这些要素按先后顺序排列在言语的链条上。这些按线性排列的组合称为组合体，它总是由两个或更

①福斯特.小说面面观[M].苏炳文译.广州：花城出版社，1985：23.

②③索绪尔.普通语言学教程[M].高名凯译.北京：商务印书馆，1980：170，174–175.

多的按先后顺序排列的单位组成……在组合体中一个要素只是由于与其前后的要素对立才获得价值。”[①]这里，索绪尔提到的组合体就是句段。纵聚合关系与横组合不同，索绪尔认为：“……在话语之外，词与词之间却获得另一种关系：有某些共同点的词在人们的记忆里联系起来，因而形成具有各种关系的词群。……这些在话语之外形成的联系和话语之间形成的联系决然不同。话语之外的联系不是线性的，它们只存在于人们的头脑之中，构成每个说话人的内部语言库的一部分。”[②]因此，索绪尔也把这种关系命名为联想，即横组合是句段关系，纵聚合是联想关系。而结构主义的另一个代表人物雅科布森则指出：“语言的诗性功能得之于把日常语言活动中只在联想关系中展开的词，放到句段中间加以表现。”也就是说，诗意语言在构思时，纵聚合的联想关系是最主要的，联想的思维模式具有非固定性、自由性和放射性特征，这正是诗性思维模式。一篇诗意盎然的小说，它在话语构成上是由诗的抒情话语（纵聚合）与小说的叙事话语（横组合）共同组成。诗性思维正是把属于抒情话语，即联想关系的纵聚合中的词、句大量地安置于叙事话语的横向结构之中，使横组合成为了构思时的架构，即成为容纳情志的情节性支架，而纵聚合则成为填充材料的方式，即情志的抒写和表达。如《我的内陆》胜利逃亡的故事中，林萍参加红卫兵长征的故事可能就算是故事的主线了，即作为小说横组合的叙事话语而存在，而历史上的太原这座城市相关情状的描写、民风民情的介绍，都属于纵聚合的诗意抒写。其中人物的故事仿佛是一种诗意情感的支架，那种对时代的感叹，青春时的孤独与盲目、狂热与悲伤，这些才是故事的灵魂，是作者真正想要表达的东西。另外，从广义上讲，在语言中，句段不仅可以指句子以及词组、词、词素等更小的语言单位，还包括句群、段落、篇章等更大的语言单位。也就是说，各个层次的言语链条上都存在这种横组合关系。那

①②索绪尔.普通语言学教程[M].高名凯译.北京：商务印书馆，1980:123.

么在小说的整体构思上，就出现了一种意念化结构形式。这种结构形式实际上是与联想特征相联系的，即采用了纵聚合的诗性思维方式来结构素材。《冥灯》就是一篇典型的采用了诗性思维的小说。分析小说的结构，可以找到三个彼此毫无关联的死亡片段。北方姑娘范西林到黄河边的一座小城参加一个会议，正好撞上小城枪毙一个男犯人。以此事件为联想的生发点，引发了两个关于死亡的片段，一个是杀死自己男人的杏花的故事，一个是因参加宗教暴乱而成为死囚的犯人游街的场景。范西林作为一个死亡的旁观者，被触动的是人们面对死亡时的姿态。因暴乱而死的无名者洞开的嘴里滴落的一团血水，使"她生平第一次看到了她永远无法洞悉的东西，那东西从本来极遥远的地方向她逼近"。杏花在临刑的早晨说"我想通了"，却也给人们留下了困惑。这是生与死的界限，是生者永不能参透的神秘，当然还有女性的生存困境与艰难抉择的生命体验。这些属于意念层次的东西，超越了一个线性故事的信息承载量，也给习惯了线性思维的读者出了一个难题，转换思维模式，用诗性思维来理解，故事的题旨就清晰了。这就是蒋韵作品处理叙事与抒情关系时的一个诗意表现。

可见，蒋韵作品的诗意绝不仅仅来自于表层的语言和酣畅淋漓激烈果决的情感，这些仅仅是蒋韵诗性思维的外在表现，是诗意的一种表象的衍生物。真正的诗意，就深藏在作家的灵魂里，蒋韵是一个真正的诗者！

第三节　《心爱的树》的文本分析

蒋韵荣获第四届鲁迅文学奖的作品《心爱的树》打动了无数读者，也是被评论比较多的作品，不同论者尝试从不同角度解读它，有从爱情模式分析的，有从底层叙事入手的，有缅怀传统文化的，也有感叹女性视角缺失的。这些观点无疑为理解该小说提供了不同的思路，却也有一些过于硬套理论的说法在一定程度上干扰了读者读这部作品时获得的直觉的感动。蒋韵在当代文坛一直是个特立独行的存在，她的视角是内省式的，尊重自己对这个世界经验式的认知。对于文坛呼啸来去的各种创作潮流，她完全了解，却很少应和。因此，解读她的作品若用流行的思路做切入点，往往有一种似是而非的牵强感，倒不如抛开所谓的文学理论，用心去感受、去倾听，反倒容易触摸到作品的灵魂。

对于这部给蒋韵带来意外惊喜的作品，她在发表获奖感言时这样说：

> 《心爱的树》是一个关于君子和承担的老故事，它椎心泣血遥远的歌哭，仍然能使今天的人们为之动容、动心，这是生活给我的惊喜。也让我又一次体会了，这世界上，总有一些东西，是亘古不变的。那养育君子、侠士、剑客和诗人的文化故土，对我而言，将是一个永恒的吸引，也是一个永恒的承担。

显然，从蒋韵的创作初衷来看，重点是在大先生身上，是在亘古不变的普遍人性上。虽然结合其他作品，读者可以看到蒋韵并不缺乏女性意识，作为一个情感细腻、笔触精准的女性作家，她的作品常常思考女性作为主体在客观世界中的地位、作用和价值，会探秘女性对自身存在的特殊性的认识，但她用笔一直非常节制，不会高举女性主义的旗帜刻意制造男女的对抗关系以突出女性，也不会借由女性的所谓“身体书写”来彰显女性的主体地位。她的女性意识是温和的，是与男性意识和平共处的，不争论谁主宰谁的你死我活的问题，更不会刻意贬低男性形象。她作品中种种刚烈、美好女性形象的创作根源，就是单纯源于她自身是一个女性；她更了解女性的生命经验，也为自己人生记忆中的美好女性们而感动。由此认识入手我们可以感觉到，在《心爱的树》中，蒋韵无意解构男权文化，更无意塑造一个女权主义者，非要从女性主义视角去分析此文的话，就削减了故事本身震撼人心的力量。

我们不妨从人物形象塑造上来阐释这个问题。梅巧是一位受五四新文化运动熏陶的现代新女性，“她一脸的稚气，两只幼鹿一样的大黑眼睛，很温驯，嘴唇则像婴儿般红润娇艳，看上去格外无辜”。就是这样一个外表柔弱的女孩子，却是那种能豁出去的女人，她像“一匹青春的、骄傲的小母马”，有“春草似的嘹亮霸气”。她可以“狠歹歹”地说出只要让她念书，七十岁也嫁的赌气一样的话；她可以坚持六年一边孕育四个孩子一边拿到女师毕业证；她可以爱上丈夫的学生然后抛家弃子，与席方平私奔，即使穷困潦倒也无怨无悔。可以看出，蒋韵在塑造梅巧这个人物时秉持了她一贯的诗意。蒋韵在《〈行走的年代〉后记》中说：“那永远是一个诗的年代：青春、自由、浪漫、天真、激情似火、酷烈，一切都是新鲜和强烈的，无论是欢乐还是痛苦，无论是身体还是灵魂。”蒋韵怀念那样的充满生命力的诗意时代，也一再塑造着各种各样具备这样精神的人物，梅巧就是之一。她那不顾一切豁出去的个性，勇敢追求自由的激情，一跪之后义无反顾离去的决绝，正是蒋韵欣赏的性格，而这些行为绝不适合用女性主义来解释。女性主义写作发展到今天依然保持着一个形态，就是解构男权文化规约，建构女性自我。可是梅巧的出走并不是娜拉式的出走，她的目的不是要背弃一个封建男权家庭（关于这个家庭是否是男权文化的象征符号问题，笔者后边会阐释），更不是为了实现女性的自身价值。考察梅巧的年龄与心态，可以看出来这就是一个正值青春期的不那么安分的叛逆女子而已。她像所有不安分的年轻人一样向往更大的天地，她用绘画表达她的郁闷，画中会将屋瓦全部涂成浓烈的红色，“一片红色的屋顶，铺天盖地，蒸腾着，吼叫着，像着了大火”。大先生评价说“恐怖”，蒋韵的用意则是“生活永远在别处”。心灵永远有所追求、不妥协、不为外界变动所挪移，执着到不惜以生命为代价，这样的人物，蒋韵愿意借她们精神的翅膀代替自己飞翔。所以梅巧的出走不是向男权文化叫板，不是要对男性宣战。

女性主义写作常常借助颠覆男性形象来解构男权，《心爱的树》却全无此迹象。小说中主要的男性形象当然是大先生。这不是女性文学叙事策略中常见的虚伪、自私的男权符号象征式的人物，反倒是虚怀若谷、深明大义、会爱肯包容的现代君子。大先生是个深受中华古典文化熏陶，又懂现代科学知识的先生，但他绝不是一个老夫子的形象，更不是给女性带来灾难的封建大家长。他表面古板，不苟言笑，内心却细腻宽容，藏着深厚的人性美。他理解自己的娇妻并尊重她的意愿，信守承诺让她读书完成学业，在梅巧毕业后不甘心困居家中而憔悴枯萎时，送她一张国民小学校的聘书。要知道，在20世纪20年代，女性正集体遭遇现代性困境，父权制社会传统的根深蒂固的男性中心文化对女性的强制性规训是这样的："女人不妨聪明，但却不可能干。能干在家事上犹自可恕，若在社会事业上也要显其才能，便要使男子摇头叹息。"（苏青《〈结婚十年〉后记》）大先生却能不顾社会大环境的要求，送自己的妻子去工作，这做派与男权明显是背道而驰的。当梅巧爱上席方平决意离家出走时，大先生愤怒了，他劈头给了梅巧一掌，看着口鼻流血的梅巧，大先生浑身冰冷怔住了。这个情节设计得很好。读者看完小说都明白，大先生是作者极力褒扬的人物，塑造这样的人物，一不留神极易将人神化或符号化，失去其真实感与可信度。大先生的怒而动粗破解了这个危险，将一个欲爱而不能、真心被伤害男子的真实反应表现了出来。尤其是对大先生第二天的情绪描述，更是令人叹服蒋韵对人物心理的准确把握与呈现。小说以凌香的视角写道：

> 爹的脸，阴沉着，一家人，仍旧是，大气不敢出。可是爹的咀嚼，好像，没那么凶狠了，爹的咀嚼声没了那一股杀气，而且，爹的饭，也吃得很少很少。

一段短句组合，显露出小凌香的不安与猜测，而大先生脸色虽阴沉依旧，那咀嚼时细微的变化却正好反映出他爆发后的一丝悔意。且真实的人们的情绪也往往如此，气头上想毁灭一切的怒火一旦爆发出来，即使过后事情并未解决、愤怒依旧，但情绪总会平稳一点。由后文零星的信息读者可以推测，对于梅巧后来的行踪及落脚之地，大先生其实是知道的，也就是说，假如大先生决意不放过这两个背叛自己的人，他完全可以追得他们无处安身，但是大先生却没有这么做。这个细节的情感状态，蒋韵将之处理得空而不白，再次显出了她的深厚功力。这篇小说最让人感动的部分是大饥饿年代来临后，梅巧一家生活陷入了困境，大先生从自己嘴里省下救命的食物，心照不宣地通过凌香带给梅巧。那个年代，人人都面临饥饿的威胁，大先生的以德报怨已经是伤己的程度了，加之世事洞明的大先生完全可以想象那些食物其实席方平也会分享，但还是不由分说，“指挥着大萍，装这个，带那个”。这样的恩义行为，完全可以解了读者的疑虑，这的确不是一个女性主义色彩的小说。

当然，单纯考虑席方平的形象，是有点解构男权的味道。这个与《聊斋志异》人物同名的大先生的得意弟子，与《聊斋志异》中的席方平一点都不像。他受着大先生的恩惠却拐跑了大师母，有能力带女人走却没能力给女人幸福的生活，甚至连基本的生存都维持不了。他背着忘恩负义的骂名却全文未见其悔过，看起来道德上的硬伤显而易见。他的人物设置方式很像女性文学常见的“男子汉死了”的叙事策略。但深入一层思考的话，我们就会明白，蒋韵并不打算向这个方向引导读者发起对男性的批判。她选择与《聊斋志异》人物同名的名字来命名这个男人，虽没有过多笔墨突出他的性格与心理，但妙就妙在这里，《聊斋志异》中席方平为了反抗封建统治制度受尽折磨也不改初衷，对应的正是小说席方平为了自由的爱情而奋不顾身的精神。也许他没有给梅巧富足的生活，但是“牙袋”的情节意味着他给了梅巧相依相伴、白头到老的爱情守护。这对于看重精神胜于物质的梅巧来说，其实就足够了。加之与大先生这一人物呼应，虽然身为男性的席方平被蒋韵无意识地解构了，但同为男性的大先生却承担起了救助的责任，说到底，这篇小说还是没有解构男性。

当然大先生身上不是全无男权的痕迹，若那样的设计绝对是不真实的，毕竟大先生是生活于男权思想还很严重的时代。就以大先生对大萍的态度来说，就可以看出这个人身上颇有些大男子主义。他对女子的第一眼判断就是视觉上的，好像将女子不自觉地放在了被看的位置。梅巧“坐在窗下做针线，听到门响，一抬头。这一抬头受惊的神情，就像一幅画一样，在大先生心里，整整藏了五十年”。他爱这个“嘴唇像鲜花般红润，两只大大的清水眼，吃了惊吓，就像，鹿的眼睛”的冰雪聪明的女子，而对大萍却是另一种反应。这大萍“一切，都和从前的那女人，反着来”，“没上过学，没念过书，斗大的字不识一筐”，“脸若银盆，肥臀粗腰，敦敦厚厚，磨盘一样撼她不动”。大先生对她是“哭笑不得”。然而就此就判断大先生男权，难免显得刻意。大萍的出场是为了与大先生一起彰显人性的大善之美。一个“大”字，绝非简单随意的潦草命名，人们之所以称呼并非排行老大的大先生为“大先生”，是出于尊敬，那理解大萍的行为，也足以当得起这个“大”字。刚到大先生家的她，“二话不说，进门来，先抱起了大病中的孩子，把这没娘的幼儿，裹在她肥厚温软的怀中，眼里流露的，全是怜惜的神情”。一出场，这个女人的善良就显露出来。她还是一个过日子的好手，她为孩子做朴拙却温暖的衣物鞋子，将家里家外填充着过日子的热气与实在，她甚至引得读者开始考虑精神与物质哪个更重要这样形而上的问题。她尽心尽力照顾着大先生却不求回报，她热火朝天自顾自忙碌仿佛精神粗线条，但事实上她并不是一个感情迟钝的女人。当大先生终于被感动，伸手拽住她并开口问“你不嫌我”时，大萍的反应让读者感叹，这也是一个懂爱的女人啊。再后来，饥荒来临，大萍在院中空地种粮种菜精打细算，大先生却将高价买来的食物与营养品带给梅巧，大萍什么不知道啊，却从来不说什么。大萍一开始对梅巧孩子流露出的母性、对大先生毫无怨言的照顾、对梅巧和席方平的物质接济，全然是因了她本性善良。她不是被夫权压制下的封建旧式妇女，虽然她没文化，在外在的条件上与大先生极不般配，但以大先生的为人，我们可以推测出，他说过要一辈子对她好，就会信守承诺。大萍只是不说，不等于不能说，以上种种其实大萍都有选择权，她只是自愿选择了善良与宽厚。当然大萍这个人物在小说后半段一直像影子般被屏蔽在大先生的大男子主义下，但还是那种感觉，作者只是为了浓墨重彩表现宽恕与包容这样的大爱，无意识中忽略了大萍的话语权并不足以说明这就是一篇女性主义的小说。

正是基于同样的原因，蒋韵并没有将大先生身上那些看起来有点封建残留的大男子主义剔除，反倒毫不避讳地表现了出来，因为传承传统文化中美德的东西已经不是这篇小说要思考的终极目的，蒋韵更关心普遍的、超越时代与阶级的人性之美。理解了这一点，小说中好多细节的处理我们就很容易把握其用意。梅巧与席方平的故事“以传奇开始，却没有一个传奇的结局”，蒋韵如此写道：“两个心高万丈生死相随的有为青年最终落在了生活艰辛的窘境之中，不是所有的浪漫出逃，最终，都会在巴黎的塞纳河边、伦敦的老街区，或是上海的樱花树下，戏剧性地落脚。而更多的时候则是，这世上，又多了一对贫贱夫妻而已。”这样一个结局，除了能让这篇小说避免落入老夫少妻、少妻与人私奔的俗套之外，还给表现题旨创造了条件：即使生活沦落至此，两个守护爱情的人也依然不离不弃。梅巧将全部的智慧都用在了打理席方平的吃食上，自己吃掺干菜、掺糠的窝窝，直至浮肿到脸上像戴了橡皮面具。即使如此，她依然对席方平说：“我不让你把我扔到半路上，那样我也活不了——你要救你自己，救我！所以，你必须闭上眼，狠下心，吃！”至此，席方平几乎再未表现过异议，有人认为这是席方平性格上的又一个缺点，这实在是一个不值得爱的男人。事实也许是另一种可能，恰恰是因为席方平了解梅巧，懂她难以说服的脾气秉性，所以才按照她所希望的方式努力活下去。还记得两人初识时，梅巧让席方平看她的画："那些燃烧的暧昧的屋瓦、那些波涛汹涌凶险邪恶的树冠、那些扭曲变形阴恻恻的人脸，看得他惊心动魄。他用手轻轻抚摸它们，爱惜地，心疼地说道：'你这不屈服的囚犯啊。'"席方平知道梅巧想要的是什么、在乎的是什么，所以再难过他也会努力活下去，不辜负这个女人心中的期望。这样一个结局还为表现凌香提供了可能。凌香是梅巧最疼爱的孩子，可是为了追求自由的爱情，这个决绝的母亲抛下了年幼的女儿。这样一种选择本就会在孩子心中留下恨意，假如两人最后生活过得滋润又风生水起，无疑会更加激发孩子心中的仇恨。可是，偏偏命运艰难，人生无常，面对世间种种不可控的力量，生命是何等的脆弱与渺小。小说中讲到凌香去寻找母亲的途中，曾结伴乘船，结果一船人都因为敌人轰炸沉船死去了。这个看似插曲似的故事，既渲染了凌香寻母的不易，也是凌香心理转变的外因刺激。当终于见到母亲，"从茅屋里，钻出来，蓬着头，青菜叶粘在手上，一身的柴烟味"，再想想那和她一样年轻一样茁壮健康的生命瞬间灰飞烟灭的那一时刻，既然生命无常，人生多舛，还有什么是放不下的？还有什么是不能原谅的？所以，说完那句必须要说的、要让母亲知道的，看起来绝情，其实蕴含委屈的一句话："你说过，永远也不会丢下我，八年来我没有一天忘记过这话——我来，是要告诉你一句话：你——不值得我这么、这么样牵挂！"说完这句话，她就能"重新成为一个善良温情柔软的孩子，一个悲天悯人的孩子"。这细腻复杂的心理、这带着孩子气的倔强心理，蒋韵表达得太传神了。之后凌香将父亲的爱传递给母亲，帮母亲和席方平度过人生最艰难的一段日子，都是因了这命运偶然的启示。人可以恨、可以抱怨，但过后留驻于心间的，只应该是善念。当然两人的穷困潦倒最主要的还是给了大先生爱的机会、宽宥的机会。虽然大先生早就原谅了梅巧，但最后感动梅巧，收获战胜命运残酷的爱的胜利，毕竟才是人性的圆满。

最后说说题目《心爱的树》吧，这里的树与人物的品性其实是有着象征对应关系的。在故事中，蒋韵为我们描述了两种树：柿子树和大槐树。小说里的柿子树是长在河东的君子树。人们通常所说的河东，一般指的是晋南，是黄河和汾河的交汇地，被看作是中华民族的摇篮，而山西大槐树则被看作是根祖文化之图腾，代表着传统文化里最悠久、源远流长、优秀的部分。其实据蒋韵自己介绍，《心爱的树》这个故事并不发生在河东，但她一直深深被晋南养育君子、侠士的文化故土所吸引，于是把大先生等几个人物，拉到了河东。“我其实是写了一个君子，我赋予主人公‘大先生’的是一种人性意义、审美意义上的君子，而不是传统道德意义的。把十六岁的你，收藏在我心里，走过四十多年风雨……这就是儒雅君子大先生之爱，痴情的爱。”蒋韵说大先生最触动她的是最深厚的人性之美。无论爱也好，背叛也好，都不那么简单。人面对背叛时，并不会摒弃所有的爱，这其中有很多复杂的东西说不清楚。从这个角度来欣赏《心爱的树》，比单纯从性别意识来定位它，意义要宽广得多。

张雅茜　中国作协会员，国家一级作家。1950年生于西安，长在甘肃，1962年随父母回原籍山西芮城。1990年调入运城市文联，曾为运城市作协副主席、山西作协全委会委员，现为山西女作家协会副会长、运城学院河东文化研究中心兼职教授。

1988年开始文学创作。曾在《十月》《中国作家》《上海文学》《长城》《芙蓉》《黄河》《山西文学》等刊物发表小说多部。现已出版长篇小说、中短篇小说集、文化散文、报告文学十六部共三百多万字。作品被《新华文摘》《北京文学·中篇小说月报》《散文选刊》等转载。短篇小说代表作《净土》入选《山西文艺创作五十年精品选·短篇小说卷》，《角儿》获2004—2006年赵树理文学奖·中篇小说奖。

◎张雅茜主要作品创作年表

长篇小说：

《烛影摇红》北岳文艺出版社，1999 年。

《依然风流》百花文艺出版社，1999 年。

《此生只为你》大众文艺出版社，2009 年。

中短篇小说：

《红颜三重奏》《黄河》，1989 年第 5 期。

《相对无言》《山西文学》，1995 年第 4 期。

《真情永远》《长城》，1996 年第 2 期。

《孟姐》《上海文学》，1996 年第 5 期。

《好戏连台》《中国作家》，1996 年第 6 期。

《大山无言》《山西文学》，1996 年第 8 期。

《红桑葚紫桑葚》《黄河》，2005 年第 3 期。

《磨坊与紫色》《十月》，2006 年第 5 期。

《角儿》《中国作家》，2006 年第 11 期。

《盲》《中国作家》，2008 年第 6 期。

小说集：

《红颜三重奏》陕西人民出版社，1992 年。

《净土》北岳文艺出版社，1995 年。

《五里一徘徊》中国文联出版社，2001 年。

《角儿》北岳文艺出版社，2010 年。

第三章　张雅茜的小说创作

第一节　张雅茜小说创作概述

张雅茜1986年的处女作《村前的路》获《运城报》同题小说一等奖，1988年以短篇小说《枣树沟风流韵事》正式步入文坛，至今已发表文学作品三百多万字。张雅茜祖籍山西芮城陌南镇，是一个很古老也很有文化底蕴的小镇，但张雅茜并没有出生在那里，因为父母为躲避战争偷渡过黄河，到西安做了商人摆摊谋生，张雅茜就出生在西安。后来她随父母到甘肃的一个小城一直待到十二岁，1962年随父母回到山西芮城陌南镇。读书期间，因为父亲曾被打为历史反革命而一直入不了团，加之不能忍受歧视，1965年退学回到农村。1972年，被选为山西省第四次妇代会后补委员，去大寨参观学习，回来组织铁姑娘战斗队，参加县文化馆组织的文艺表演赴地区会演。后来调入城关预制厂，边演戏边做工。再后来就到了芮城县的永乐宫文物管理所，做了八年文物管理员。一个偶然的机会，所里安排她试着写写宣传永乐宫的文字材料《吕洞宾的传说》，结果非常成功，这也让张雅茜发现了自己对文字的特殊感觉，自然地生发出写小说的念头。之所以这么详细地介绍张雅茜的经历，是因为她的许多小说都带有强烈的自传色彩，了解她的过往经历，有助于深入了解她的作品。

《红颜三重奏》是张雅茜的第一本小说集，收录了她早期的《河水拍打着堤岸》《背影》《净土》《红颜三重奏》《活葬》《沙窝渡》《枣树沟》等中短篇小说共十一篇。在这本小说集中，已经可以初步看出张雅茜的小说特点。何西来在这本书的序中写道："她（张雅茜）笔下的描写对象主要是女性，她始终关注着、思考着她们的命运。"的确如此，张雅茜在给何西来的信中也明确了这一写作的初衷："女人天生就是一个悲剧……我一直想探索女人的命运，探索自我价值的实现，但却一直在惶惑中。"那个时候的张雅茜，对于女人的命运抱着一种宿命论的悲观色彩，也许是个人经历中尚未能看到女人的出路，在她笔下，那些女人们虽然性格不同、遭际不同，对命运的反抗程度也不同，最终的结局却都笼罩着悲剧的色彩。

《红颜三重奏》选择了一位母亲的视角，讲述了三个女儿各自的人生故事。大女儿一平聪明懂事，孝顺隐忍，可是丈夫却是个只懂用钱说事、不懂爱的人。在受尽丈夫的气后，坚持不肯放弃工作的一平终于当上了百货公司的经理，对于真正的爱的渴望却将她带入了一场婚外恋的痛苦中。二女儿二平，性格泼辣大胆，争强好胜，凭借自己对商机的准确把握和精明又肯吃苦的精神，终于挣了钱，当了老板娘买了新房，却因聚众赌博害了自己又连累了丈夫。小女儿小平，本是母亲最看好的才女，有大学中文系毕业的学历，还温柔贤惠，她原本可以成为诗人或最起码是一名模范教师，可她为了更好地照顾丈夫、照顾家调进资料室当了一名资料员，她将全部的精力都放在支持丈夫身上，完全失去了自我。不承想最想抓住的往往是最抓不住的，在她执意反对丈夫出国，试图更牢固地占有丈夫的情感时，因其强烈的占有欲和不理智的行为，导致夫妻反目，失去了家庭和丈夫。在这篇小说里，不论是温柔贤淑的，还是泼辣刚强的；不论是坚持经济独立、保持自我的，还是全心付出、忘记自我的，最终都没能对抗过似乎与生俱来的女人的厄运。

假如《红颜三重奏》中女人们的厄运还有一部分是出于偶然，或者说还有别一种可能的话，那《活葬》的故事就是一个让读者也觉得真的是无能为力的悲剧。小菊的父亲在小菊尚未出生时就在越南战场牺牲了，从那以后，母亲、奶奶和后来来到这个世界的小菊就相依为命，而奶奶一直未从丧子之痛中彻底走出来，甚至一年四季让小菊为父亲戴孝，头上只能扎白色的缎带做装饰。不过，这个家庭也不是全是悲伤，军烈属的光荣、五好家庭的荣誉，都让这个家苦中也有那么一丝甜，而支撑这个家的，就是小菊寡居的母亲。母亲吃了多少苦难以尽述，但就从一次黄河发大水，全村人都去滩边捞柴火的场景中，就可以看出这个没有男人的家庭里，女人做出了多大的牺牲。而这些，就家里的实际情况，其实是可以改变的，比如招赘一个男人。这样一个男人果然出现了，可是守旧的八爷和奶奶却不允许，理由荒谬得可笑："柱儿是烈士，她该守着这份光荣。她嫁了，这老的小的谁管？她招了，外姓人岂能进这光荣家？"被逼无奈又渴望能享有一点自己人生幸福的守寡的年轻妈妈，选择了私奔，可心中固有的善良与母性又将她重新拉了回来。即便做出如此牺牲，这个可怜的女人也回不到当初了，村人、婆婆，甚至女儿都不原谅她，她该怎么办？她该往哪里去？现实就是如此残酷，这样的女性悲剧，不是人对抗命运，似乎还可以抱一丝奢望，它就是一出完全无解的悲剧。

《枣树沟》里初嫁人时的格子，本是一心要和丈夫过日子的，没承想婆婆鬼鬼祟祟听房、丈夫生子怀疑她是否是处女，生生毁了夫妻感情，即使如此，格子本也打算就此认了命。可是造化弄人，偏偏让她的生命里再次遭遇了知冷知热、体贴的六娃子，格子无可救药地陷入了这一场能将人烧毁的感情漩涡。再之后，灾难不可阻止地降临了，生子家暴强奸妻子，在乡政府离婚无门的格子打算去县法院，豁出去的六娃子帮她写好离婚诉讼书，骑车带格子进城打官司。丈夫和大儿子追上他们，暴打不肯还手的六娃子，然后在这一个路面都冻得邦硬的冬日清晨，扒光格子的裤子，扬长而去。格子和晕厥醒来的六娃子挣扎着去医院，在医院照顾数日后又开始奔波离婚的事，可是依然无果，走投无路的格子在一个漆黑的夜里失踪了。半年后，格子被人从六娃子床下的一个洞里搜出来，这个可怜的女人因长久不见阳光，皮肤、毛发的颜色都变白了，法院判他们重婚罪。故事还能怎样发展呢？大牛结婚了，亲家通情达理，仿佛给了格子生存的尊严与勇气，可是尚在狱中的六娃子怎么办？直到小说结尾，张雅茜也没给出一个肯定的结局，只好安排格子再次失踪来保有读者心中那一点美好的念想。

这部小说集中还有一篇小说叫《净土》，先发表在《上海文学》上，1999年入选《山西文艺创作五十年精品选·短篇小说卷》。这篇小说创作于1991年，张雅茜自己的影子很明显。这是一篇很有特点的小说，它的独特之处在于，故事情节性不强，主宰全篇的其实是一种情绪。张雅茜在运城高专讲演时曾谈到过这篇小说的创作心理：

> 熟悉永乐宫的人可能都能看出，这篇小说的故事就发生在那里。而且我想告诉大家，在我的生命中真的出现过那样一位道士。故事其实很简单，甚至可以说没有什么故事，只是一种情绪。我曾在我的一篇散文《缘分》里写到过，永乐宫在我生命中的重要性，可以说没有那八年的生活，就没有我的许多作品和我的现在。它记录了我走上创作的心路历程，在那里，我整天面对着精美的壁画，认识了许多艺术家，从他们身上感到了自己虚度生命的悲哀，又从这种悲哀中觉醒寻找到自己的人生定位。这篇小说虽然发表得早，但技术性很强，我用一种很美的语言营造出一个带点神秘意味的氛围，使故事本身与那些精美的壁画很吻合。比如我写道士的过去是用几幅照片串起了一段经历，想象的成分很明显，却又给

读者留有一个空间。再比如我形容道士用美术术语，先是一幅速写，既而是白描，最后才赋予他色彩，这也和背景很和谐。这篇小说很精致，虽然自己的影子很浓，仍然是虚构的成分多，但人物的那种感情是自己的。

这段话其实说出了张雅茜作品具有魅力的一个缘由。她总是情不自禁地将自己生命中的一些经历、思考融入作品中的人物身上，将自己曾有过的真实的情绪体验整合进作品中，当它们化为小说中的人物情感时，便显出一种超强的真实性，极易打动读者。比如《净土》《那天我出嫁》，再比如《河水拍打着堤岸》，小说中都有许多主人公的心理活动，或苦涩或澎湃，都写得真实细腻。

随着时代的变化，张雅茜笔下的女性形象也悄然发生着变化。细观小说集《红颜三重奏》以后的作品，张雅茜关注女性命运的大方向一直没有变过，从《活葬》《枣树沟》到《孟姐》《相对无言》和《五里一徘徊》等一系列作品，都依然在表现对女人命运苦涩的沉痛而惶惑的思考。只是随着社会开放程度的增加、经济的增长，人们的观念意识也有了很大变化，尤其是随着西方女权主义思想传入中国，对我国妇女的独立自主意识也有了一定的促进。虽然山西地处内陆，文化的发展、观念的变化都不是很迅捷，可是毕竟女性逐渐有了更多在社会上施展才华的机会，一些勇于打开自己、走进社会去实现自己人生价值的女性形象进入了张雅茜的作品。

2001年结集出版的中篇小说集《五里一徘徊》中收录的十篇小说，就有很多不同于张雅茜以往作品的女性形象。《孟姐》《山桃花》《好戏连台》《大山无言》《五里一徘徊》等，都出现了有思想、敢想敢干的新女性形象。

《大山无言》写了一个叫夏萍的文联女干部随地直机关扶贫攻坚队

下乡搞扶贫攻坚战时发生的故事。与夏萍分到一个队的是广播局即将退居二线的于成山局长、文化局的宣传干事刘敏和电影公司的谢一飞。他们都来自文化口，对扶贫工作来说没什么实际的物质帮助。他们的特长就是宣传报道，在舆论上为这次攻坚战摇旗呐喊。他们被分到一个条件很不好的，叫作刺梨沟的地方。这个村子路途最远，但队长于成山说，这个村子其实是最有希望摆脱贫困的，因为那里已经有弟兄仨成了万元户，只要总结他们致富的经验并加以宣传，就有可能带动全村人一起致富。乡长还透露了一个值得宣传的点，说吴家弟兄有钱不忘扶持贫困，接了一位孤寡老人回家赡养。这激起了夏萍的斗志，决定好好采访好好宣传。可是当他们第一次见到那个老人时就感觉哪里不对劲：三孔窑洞两孔温暖如春，门前积雪打扫得很干净；另一孔则挂着锁，窗纸都没了，留下几个黑洞，屋里冰窖一般寒冷，可是那个据说是被接来赡养的老人就住在这孔窑洞里！后来经过多方了解才知道，这个孤寡老人是被吴家三兄弟买来给父亲结鬼亲用的。这样一来，事情的性质就全变了，这根本不是“扶持贫困”，还涉嫌买卖人口，如果照一开始领导的意图来宣传此事，起码对于夏萍来说，她无法违背职业道德，昧着良心宣传。如此，工作队内部产生了矛盾，于队长和乡长主张继续宣传，夏萍坚决反对，还要向地委反映这个情况。可事实上是，夏萍所受到的阻力不仅仅来自于外部、来自于队长和乡长，她自己内心也很纠结，因为即使坚持自己的意见，不宣传吴家兄弟，也不能保证老太太安度晚年，她会连一口棺材也没有，还会连累全村的脱贫事业。个体生命对应集体利益，二者权衡，该怎样抉择？夏萍陷入了两难。与孤寡老太太的命运遥相呼应的是村里另外一个女孩子——腊梅。腊梅是村里唯一一个读过初中的文化人，是妇女主任，不仅长得漂亮，而且还有一些先进思想，但妇女干部却掌控不了自己的人生。吴老大仗着财大气粗，向腊梅爹“买”了腊梅，腊梅因不爱吴老大而想退婚，可是村干部思想守旧，吴家兄弟在村里又颇有势力，腊梅只好来找工作队求助，因为她担心吴家兄弟一旦上了电视出了名，她的婚就更难退了。故事发展到这里，又陷入无解的僵局。最后，夏萍在深夜与腊梅上山调查时摔坏了腿，退出了工作队，以这样一种稍显自欺欺人的方式维护了自己的职业道德。孤寡老太太最后还是与吴家兄弟的父亲结了鬼亲，最后又给夏萍刺激的是，老太太是自己将自己卖给吴家兄弟的。虽然腊梅的结局给我们带来了一丝欣慰，她在夏萍的帮助下进了城里的一家职业学校边打工边学习缝纫技术，可是故事发展到这里，还是有了思考的必要：女人的命运究竟掌握在谁的手里？两代女人的命运对比显示出了什么？女人的解放是否有了精神上的觉悟就足够了？经济的发展在妇女解放的事业上究竟起着什么作用？很明显，在小说《大山无言》里，张雅茜对女人命运的思考又上了一个台阶，女人命运的悲苦不完全是天生的不可逃脱的厄运，而是与物质、精神的发展水平正相关。

《好戏连台》的创作时间与《大山无言》基本同时期，最开始是发表在《中国作家》上，依然是一个叫夏萍的女子的故事，不过从身份设定来看，此夏萍不是彼夏萍，这个夏萍是石沟乡文化站的站长，是一个有想法、有才干的女干部。故事从夏萍从文化馆开会回来讲起，她是领了任务回来的，会议要求今年书记、乡长带队，丰富乡民文化生活，安排了一系列的活动计划，可是对于石沟乡来说，都卡在一个“钱”字上。书记虽然说争取拿头奖，可是也没有办法给大家批钱。关键时候，敢想敢干的夏萍想出了一个办法：请地区蒲剧团来石沟乡演三天三夜大戏，方圆几十里的村民一定都会跑来看，到时候既给缺乏文化生活的乡民过了戏瘾，又可以卖票挣钱，挣来的钱就可以排戏参加县里的文艺会演了。想法是有可行性，可真正操作起来却是状况不断，剧团演出时间临时变动、变电所因送的戏票不满意突然断电、现场失控等，让夏萍几乎把命搭上。可是还是有许多温暖在：美术老师答应帮忙搞农民画展，退休干部范局长同意帮忙组织人练太极参加冬季运动会，唢呐班子不要演出费也肯担负演出任务，只为能正正经经地上大礼堂唱回戏。为了文艺会演得奖，夏萍可真是使出了浑身解数，除了上面提到的那些，还亲自撰写剧本，组织排戏，忙得四脚朝天，但就在她为石沟乡成功的演出、轰动的演出效果暗自窃喜时，比赛结果却给大家泼了一瓢冷水：他们连决赛圈也没有进去。不是他们的节目不好，而是石沟乡没有钱请专业演员，更没有钱给评委送礼。这个故事相对于《大山无言》来说，反映的社会问题可能更具体，就是一个对社会规则的诘问。文艺会演的比赛规则要求，不能请专业演员，必须是农民自编自演，可是那些请了专业演员的反倒因此得了奖；评委评审，本该依规则公平评判，可是这些号称专家的评委却将“金钱”也纳入了评判要考虑的范畴。还有赛前夏萍见到评委会主任蒋老师时的情景，让读者都感觉到丝丝尴尬。在某些地方，这就是一种社会现状，它明明是反规则的，却堂而皇之大行其道，就如文艺会演的评委主任笑着告诉过夏萍的那样：“公道不公道，只有天知道。”那么夏萍在这个现实的人生舞台上，是输家还是赢家？对这样的社会规则，我们又该遵守还是打破它？这样一思考，故事的题目《好戏连台》都仿佛有了深层的内涵。不得不说，张雅茜讲故事的功力日见深厚了。

《孟姐》故事发生的背景是城市，但女人所处进退两难的境地却与《大山无言》和《好戏连台》很有相同之处。据张雅茜自己说：

> 这个故事来自于一种感觉。有一次我去做头发，在理发馆看见聘来的美发师与老板娘处得很好，因为年龄的差距他叫她姐姐。这句姐姐启发了我的灵感，我想这个美容店里会发生什么故事呢？那一段，运城的许多理发店都开展了一项业务叫作按摩，也就有许多来自外地的女孩子在从事这种职业，据说还有搞黄色活动的。于是我就构思了这样一个故事。

可见故事中人物所处的圈子不是一个单纯的圈子，美容美发行业，可以干净也可以污浊，全在于利益的考量与自我道德的约束，这就必然会有冲突。人与人之间的外部冲突、自己与自己内在心理的斗争等，女人就此一定会陷于两难。故事围绕三个人物展开：一个是孟姐孟欣茹，蒙娜丽莎美容厅的老板。她本来是蒲剧团的演员，但她扮相俊美却五音不准，不能当主角也不能当配角，因为她的扮相会抢了主角的风光。剧团领导虽百般努力，却无奈纠正不了她唱戏跑调的毛病，后来赶上剧团裁员，孟欣茹就下了岗，开了蒙娜丽莎美容厅。故事的另一个主要角色是小唐，是孟欣茹雇的美发师，长得帅、手艺好，关键是善解人意。因了身上这些优点，孟欣茹从未将他单纯当雇员看待，甚至还对他产生了朦朦胧胧的情愫。第三个主要人物叫苏曼丽，是个做按摩、外带色情服务的外地女孩子，也是小唐真正的心上人。就是这样的三个人，人物关系看似简单，却有暗里的人物关系将故事向前推进。美容厅因为孟欣茹的经营厚道，加之小唐的手艺好，店里的生意很不错。后来苏曼丽以非正式员工的身份挂靠在美容厅，以做按摩的名誉悄悄从事色情服务，却也暗暗提升了美容厅的营业额。孟欣茹离婚后一直单身，在与小唐长期相处的过程中，对这个善解人意的男孩子产生了感情，但孟欣茹很理智，她清醒地知道她与小唐之间不会有结果，于是转而用一种母亲加姐姐的感情对待这个男孩子，甚至悄悄为他准备了结婚的服装和礼品。她的善良并未换得相应的对待，小唐与苏曼丽两人正在悄悄打她店的主意。直到后来苏曼丽因为不满小唐对孟欣茹的态度，出于妒意而故意跟客人出台来刺激小唐，孟欣茹才发现了这个秘密。情感上受了伤害的孟欣茹并未就此一蹶不振，当小唐跟着苏曼丽离开美容厅之后，孟欣茹把美容厅转手给另外一个女孩子，自己改行搞起了女性形体训练。这个故事的主题不是那么鲜明，它就是一个充满了世俗烟火气息的城市故事，但是故事里女人的心理、女人的命运、女人对自己人生的把握等，还是值得思考一番。

在这部小说集里，女人们明显已经走出了家庭那个小圈子，她们的社会身份、社会角色也参与进了故事的结构中。但是值得注意的是，张雅茜并不认为女人们实现了自己的社会价值之后就会从悲剧命运里逃脱出来。对女人来说，社会与家庭都是构成幸福的重要因素，但家庭始终是幸福的终点。关于这一点，陈坪在《悲剧模式的超越——评张雅茜近期小说的变化》中是这样说的：

> 对那种认为女性的悲剧将在她们实现了自己的社会价值之后自动终结的观点，张雅茜是存疑的。她深信，女性对人生幸福的理解较男性更为复杂。走向社会干一番大事业，未必就一定能确保女性获得幸福。对一个女人来说，仅仅扮演好社会角色还不足以体现女性的自我价值，只有同时处理好爱情、婚姻和家庭的关系，才能获得女性生命价值的归属感。不管女权主义者怎样为自己的性别争取与男性平等的社会地位，总不能彻底抹杀男女由性别的内在规定所造成的心理差异；至少，女性要比男性更重感情、有更为细腻的感情需要，这一点并不完全是男权社会对女性本质进行文化扭曲的结果。张雅茜对此持较为本色的看法。

这一分析应该非常贴近张雅茜的想法。由她的作品，我们的确很容易就会有这样的感觉。孟欣茹自我审视时这样想："女人就是这般没有出息，经常陷进感情的漩涡不能自拔，看来女人要想活得纯粹真的太难了，首先要战胜的不是别人，竟是女人自己。"在张雅茜的小说里，女人们可以独当一面，但是她们依然是感情上的弱者，她们过度依赖感情，这才是让女人们的人生不那么幸福的原因，因为男人不会像女人一样被感情困扰。虽然张雅茜笔下已经有了夏萍这样从自我封闭的圈子里走出来的女性形象，但出于与生俱来的感性的原因，张雅茜在小说集《五里一徘徊》之后的作品，依然在探讨女人的婚姻、爱情、家庭等问题，只不过她所涉足的领域更宽了，不再单纯地将女性的悲剧归咎于性别。

张雅茜曾在中篇小说集《角儿》的封底留下这样一段话：

> 根有多深枝就有多壮叶就有多茂，这似乎是真理。但却不能移动，大树一挪地方，成活率就不高，这是自然法则。然而人们的本能是求变、求新，对于文学，更是这样。一位名家说，好小说应该是时尚的形式，而内蕴却是古典的。我喜欢这个说法。

这一段话其实说出了张雅茜的创作心理：既要求变求新，不重复自己，也要遵循内蕴古典的美。张雅茜已经有多年的写作经验，也取得了不俗的成绩，但她非常警醒，她明白要想在写作上保持长久的生命力，就必须跳出惯性思维，但又要有自己鲜明的、可辨识性的独特风格。“求变、求新”就是她对自己的鞭策，而“内蕴古典”则是她给自己确定的文学风格。她的确向着这个方向努力着，在写作素材、故事结构、女性悲剧归因等方面，张雅茜一直没有停止思考，而“内蕴古典”的风格特点，在她后来的作品中也是越来越鲜明。从她收录在小说集《角儿》中的几篇作品，《红桑葚紫桑葚》《磨坊与紫色》《角儿》等作品里，读者不仅能感受到她所做的努力，而且能感受到她羽化成蝶时的美丽。杨占平曾这样评价过其中的两篇小说：

> 《红桑葚紫桑葚》和《磨坊与紫色》同样是对张雅茜自己以往写作的超越。这两部作品虽然题材还是跟原来差不多，表现的是女性的人生悲剧；但是，主题立意更为深刻，人物形象更为复杂，艺术表达更为圆熟。故事不刻意追求情节的离奇曲折，主要是侧重人物内心世界的剖析……她们每个人都富有鲜明而复杂的个性，都与特殊的时代密切相关；她们

的所作所为，让读者无法简单地用好或坏、亲切或冷漠、可爱或可恨等概念界定。这正是小说的成功之处、创新之处和独特之处。

《红桑葚紫桑葚》突破了张雅茜以往小说不以故事情节取胜的特点，将这篇小说写得很“好看”，毕竟小说这种文体是叙事类文体，写得“好看”还是一个很重要的衡量作品成败的规则。小说选择了一个少女的视角，这就将那些在成人社会里也许还不够卑鄙与肮脏的事情描述得惊心动魄，因为这些事震碎的是一颗十四岁少女的心。故事以少女天真烂漫的校园生活开始讲述起，曾是地主庄园的校园，给少男少女们的生活带来了很多乐趣，然而就是在这个昔日地主姨太太们“争风吃醋、钩心斗角”的地方，“我们”的心思也并不单纯。“我”喜欢上了多才多艺的师杰老师，这小秘密撩得“我”心里总是痒痒的感觉，带着单纯少女的干净美好。初三年级的阴兰兰好像也喜欢师杰老师，但她的喜欢在“我”看来，就没那么单纯了，她甚至会在老师面前故意展示自己早熟的身体，带着“勾引老师”的嫌疑，所以“我”很不喜欢她，但“我”又离不开她，因为她“除了跟我争角色外，没有鄙视我的任何举动”。“我”因出身不好而无法入团，这成了“我”的一块心病。为了这个，“我”努力积极表现，被裴纹老师、三叔、文龙老师以利相诱出卖朋友，阴兰兰、师杰老师，他们凄惨的遭遇可以说都与“我”脱不了干系。幸运的是，“我”的心没有坠入万劫不复的深渊，在最关键的时刻，“我”顶住了校领导和警察的压力，守住了自己的良心。可是单纯的“我”还是无意中闯了祸，“我”写给潘解放又被潘解放弄丢的那封信最终害了师杰老师。而阴兰兰、文龙的结局也让人感叹人心的善与恶。这篇小说写得很有力度，对人物心理的细腻准确把握方便叩问心的抉择，而故事最后残酷的结局也给了读者震撼的感觉。小说命名为“红桑葚紫桑葚”，就仿佛一个青春成长过程的比喻，酸、甜、苦涩的滋味都有。有论者这样说："从题目就可看出这是写'我'这颗红桑葚如何成熟为紫桑葚的成长之痛，以及对于纯粹、明净的人性丧失的无奈。一方面，成长能够慢慢积累意义和价值；但另一方面，我们也以人性美好的丧失为必然代价。在成长中我们会变得如此世俗、如此脆弱，我们向现实臣服，为利益折腰，将那些本不该失去的美好也搁浅在成长的滩头任其曝晒和雨淋。成长之痛如同蝉的蜕变明知苦痛却又无可阻止地进行着，这是每个人在成熟后都不得不品尝的一种苦涩。"（杨丽，《坚守中的超越——评张雅茜近期中篇小说的创作》）幸好，青春虽然是残酷物语，从中走出来的少女却依然能保有一颗经历风雨而依然干净的心。这是张雅茜遵循"内蕴古典"的一个表现，她不会故意用表现人性的丑来获得作品的冲击力，她的根本主张依然在于褒扬善的力量，那些故事里的女人们的命运虽是千变万化，初衷却从未变过。尤其值得一提的是小说的结构方式，这篇小说以不同的地点，如庄园、排练厅、桑树涧、生产队、藏书楼、校园等空间的位移来组织内容，情节环环相扣。"我"一次次被勾起希望，又一次次失望，路越走越艰难，故事也收束得越来越紧张，最后几个关键人物的命运纠缠在一起时，成人社会的复杂就经过这个十四岁少女的眼睛折射了出来，作者的笔触也就此由书写女性命运伸向书写人性这样更普遍、更重大的命题。

《磨坊与紫色》是张雅茜作品中另一篇大胆突破自我的优秀作品，对人性的挖掘更深入，对人物心理的把握更独到。小说主人公梅一民是农民出身，读书时是校园里公认的才子，因为当初的妻子"有着令许多女生望尘莫及的家庭背景和优裕的生活环境，在这种生活环境中长大的女孩子会像阳光一样明媚和开朗，没有小市民的势利和小家子气，更没有农村女孩根深蒂固的自卑和急功近利"，所以娶了她。未承想，婚后种种因出身不同而带来的不和谐慢慢显现了出来。梅一民身上有根除不了的农民意识，生活习惯上也不是那么讲究，而妻子自以为是的优越感作祟，任何场合都不懂得给梅一民留面子。夫妻间的小摩擦逐步升级，终于年龄已经不小的梅一民与来自农村的保姆到乡村磨坊同居了。可是来自农村、自以为回到世外桃源的梅一民又不适应了，封闭的乡村生活，用水用电都极不方便，充电要跑老远的路去城里，洗澡也得专门进趟城。生活上不方便，思想观念上有着更大的冲突，保姆身上一开始打动他的那些传统思想，慢慢都成了让他感觉头疼的固执与不开化，而村民的蛮横举动也让梅一民束手无策，最后用一句恶狠狠的咒骂“狗娘养的！农民”，在潜意识里与农民划清了界限。习惯了城市生活的梅一民再也无法融入农民的生活。小说情节中颇出人意料的是，对梅一民离家出走与保姆同居的举动，妻子、女儿那一边根本没当回事，从帮梅一民出书、不对外人说梅一民去向等做法，仿佛暗示着妻子与女儿早已对梅一民的心理趋势胸有成竹了，她们仿佛早已知道梅一民适应不了农村的生活，他迟早还会回到他早已习惯了的城市中。梅一民自以为伟大的“不为权和钱折腰”的离家行动，慢慢演变成了一个笑话。妻子与保姆、城市与乡村，他到底属于哪一个？梅一民也迷惘了。张雅茜在创作谈中这样分析这个人物：“我塑造了一个生在乡村做了国家干部的小文化人梅一民。他走出乡村又怀念乡村，回到乡村又无法适应。马桶与茅坑的反差、追求原生态的生活却得拿着笔记本电脑去馒头铺子的案板上充电、回城里洗澡等等细节，以及城里岳母对他的轻视，乡下父母面对儿媳的自卑和娶了城里姑娘的炫耀心理，这些其实反映了两种不同文化的碰撞与相融的困难。小说结尾是梅一民找不到回家的路，换位思考，我们哪一个不是梅一民？”[①]通观张雅茜的小说创作，会发现她的小说大多数是在探讨女性的困境，她自己说过“我一直想探索女人的命运，探索自我价值的实现”，可是《磨坊与紫色》却塑造了一个男性，并且对这一形象的切入点，张雅茜很有勇气地选择了人物的心理。一般来说，女

①张雅茜.故土：文学创作的不竭源泉[J].运城学院学报，2012(1)：104.

性写男性、男性写女性，因为隔着性别的天然鸿沟，大多数人会选择写人物的外部动作，将注意力集中在跌宕起伏的故事情节上，即使涉及人物心理，也不会将心理处理得太复杂，这样便于把握塑造。张雅茜笔下的梅一民却是一个心理本来就复杂的人物，他的故事放在一篇小说中来考量，真的不是多么精彩，其实真正出彩的恰恰是他复杂的心理：他给自己的定位很高，带着孤芳自赏的骄傲，可是面对现实种种，不论是在城市还是在乡村，他一次次败下阵来。他自以为自己爱着具备传统女性美德的保姆，可是他不仅羞于在城市朋友面前承认这种关系，甚至在他内心深处也看不起这个有点卑微的农妇。张雅茜在塑造这个人物时，其实字里行间有着对这个人物的淡淡的不认同，尤其是梅一民与保姆许多相处的细节，张雅茜都不动声色地写出了这个男人性格里的自私。但是张雅茜的高明之处在于，她并未将这种性格里的缺陷单纯归咎于天然，而是深入挖掘了其社会根源：梅一民的农民出身带给他摆脱不了的小农意识，这意识里与城市文明无法相容的成分便成了遭受妻子羞辱的因素，然而经过几十年城市文明的浸染，那留在记忆里的美好乡村其实也已经不是真实的存在，他也已经无法把握乡村的脉搏，所以才会被村长的现实、村民的翻脸不认人激怒。城市与乡村都不肯彻底接纳他，他成了城市与乡村的双重外乡人，灵魂游离于城市与乡村之间，无处落脚。这是一个男人的精神困境。张雅茜不仅在人物精神心理的把握上技艺超群，在小说的整体情感设置上也很有层次感。比如对梅一民的妻子，当她自恃城里人的身份，飞扬跋扈看不起梅一民、无所顾忌地伤梅一民的自尊时，读者也会觉得无法忍受这个女人。可是看她对待梅一民的离家出走这一行为的策略时，她的不动声色又让读者暗暗佩服。再比如写到农民身上的许多劣根性时，读者也仿佛感同身受了梅一民的愤怒，可是想到梅一民父母对待城里儿媳的卑躬屈膝，还有保姆对待梅一民女儿时那种骨子里生发出来的自卑与小心翼翼，都狠狠戳痛了我们的心。我们的祖辈都曾经是土地的儿女，乡村文明与城市文明的冲突我们都无法片叶不沾身，而乡村文明在城市文明面前那种自认的卑贱，折射进读者心里的滋味，一定是五味杂陈。这就是张雅茜的高明处，耐得住咀嚼的滋味，才让人回味无穷。

张雅茜凭借中篇小说《角儿》荣获2004—2006年赵树理文学奖·中篇小说奖。这个奖对张雅茜的艺术风格方面给予了充分的肯定，正如颁奖词所说：

> 张雅茜的《角儿》，生活气息浓郁，细节描写生动，人物形象鲜活，主题耐人寻味，是一部思想性和艺术性兼具的作品。作者在叙述中，透露出深深的忧患意识和责任感，时运更迭和人物命运的浮沉起落，让读者体会到了文字背后无以言表的内涵和强烈的思想穿透力。

张雅茜部分作品书影

关于这部小说的创作，张雅茜自己的体会是："一个作家必须要有忧患意识，要有社会责任感。这些年，地方戏曲受到观众流失和经济的冲击，艺人的出路在哪里？作家应该说多少话，能起多大作用？所以，我追求思想性和艺术性的结合。"[①]"我塑造的女主角邢月兰，追求舞台艺术的完美，戏剧的经典化使她完全生活在自己追求的象牙塔中，仿佛不食人间烟火的女神。但大众化的文化需求和通俗化的现实却使她的艺术坚守显得那么无奈与苍白。无处不在的河东民俗和地方戏曲的兴衰使这个故事丰满而深刻。"[②]邢月兰的确是一个活在戏里的人，她是地方蒲剧团的副团长、台柱子，还是戏剧梅花奖获得者。在她的过往人生概念里，只有在戏台上唱戏才是有尊严的，才是艺术，再穷也不能走事（唱堂会）。可是面对市场经济对地方剧种的冲击，面对地方权贵的各种刁难利诱，邢月兰最终还是带着自己的剧团上庙会、唱堂会了。然而心中对戏曲艺术始终心存敬畏的邢月兰并没有就此放弃心中对艺术的梦想，她将与丈夫离婚时的二十万元拿出来买了舞台电视剧《梨园世家》的改编权，同时准备出演女一号。可是半路上杀出个程咬金，当初从她身边夺走丈夫乔成仁的服装厂的女老板再次横插一杠，要独家赞助拍舞台剧与电视剧，而且愿意出八十万元买回电视连续剧的改编权，但有一个条件就是让她的丈夫乔成仁出演男一号，与女一号邢月兰演对手戏。正在剧团的人都为邢月兰打抱不平时，情节又有了新反转，女老板亲自出马约谈邢月兰，并说服了她。原来女老板因为看乔成仁的戏而爱上了他，而乔成仁的苦衷又是邢月兰从来未曾考虑过的，以周大发的话说就是："邢月兰是个戏中人，会当演员却不会当老婆。为了成全她，小六子是付了代价的。连她娘家妈也交给小六子管。几十年如一日，不是件容易事。可邢月兰认为这是应该的，她就傻在不明白自己跌跤跌在哪儿。"

---

①张雅茜.此生只为你[M].北京：大众文艺出版社，2009：224.

②张雅茜.故土：文学创作的不竭源泉[J].运城学院学报，2012（1）：104.

最关键的是经济的困境乔成仁已经无力承担了，邢月兰的母亲肝癌晚期，乔成仁怕影响邢月兰唱戏都一直瞒着她，与女老板结婚后还一直负担着邢月兰母亲治病的费用，花了十来万都不止。正是乔成仁对邢月兰的这份心、女老板对乔成仁的这份心打动了邢月兰，事情顺利了：舞台剧与电视剧同时开拍，邢月兰与乔成仁出演夫妻，而电视剧也请来了大明星与邢月兰的徒弟搭档演出引起轰动效应。故事似乎结局圆满，然而小说中那种隐藏在故事背后的忧患意识，以及人物命运、社会变迁、传统艺术形式的式微却不由得让人思考。

联系张雅茜以往的小说作品来看中篇小说集《角儿》中的作品，可以发现张雅茜创作的大方向一直没有变过，仍然关注女性的情感与命运，仍然主张传达人性里善良、宽厚、坚韧等美德，对于人物心理的把握细腻而准确。而且，就上面所提到的三篇来看，张雅茜的艺术表现力越来越强，对艺术手法的运用也越来越娴熟。

除去以上提到的中短篇小说，张雅茜的长篇小说创作也很见功力，《洹津渡》（又名《依然风流》）《烛影摇红》《此生只为你》，都以各个不同的故事探索着女性的命运。

连续多年的笔耕不辍，张雅茜为读者献上了三百多万字的精彩作品，有小说、散文、报告文学等。对于不同文体的驾驭，张雅茜都显得得心应手。不过，对于张雅茜作品的研究却远远不够，且大多集中在对其长篇小说《此生只为你》的研究上。

王春林《女性精神世界的展示与思考——评张雅茜长篇小说〈此生只为你〉》在细致梳理情节的基础上，对几个主要人物的性格、心理都进行了分析，并解读了小说命名为“此生只为你”的意义。

杨占平《张雅茜小说：思考女性悲剧》从张雅茜一贯的创作特点入手，指出她着重刻画女性悲剧心路历程的特点，还通过对作品《角儿》《红桑葚紫桑葚》《磨坊与紫色》和《此生只为你》的比较，指出了张雅茜作品的自我超越。

侯文宜《河东文化与女性“爱”的归宿——评张雅茜长篇小说〈此生只为你〉》分三方面：小说的本事叙述与形而上思考、河东文化与人物宿命、浪漫心结自传色彩与女性历史，从河东这块地域的文化入手，分析了人物对“爱”的理解，认为《此生只为你》有“独特的女性传记史、女性心灵史价值，它不仅是张雅茜创作道路上一部里程碑式的作品，也是山西女性作家长篇小说创作的重要收获”，确定了《此生只为你》在张雅茜创作道路和山西女性小说中的定位。同样关注张雅茜作品中河东地域文化的还有杨丽，她的《张雅茜小说中河东文化与女性的关系》和《寒梅香愈冽　坚守更超越——评张雅茜近期中长篇小说创作》都从独特的地域文化入手，在分析河东文化对于张雅茜心理影响的前提下，针对性地解读了张雅茜作品中对河东文化的表现。

陈坪《悲剧模式的超越——评张雅茜近期小说的变化》对张雅茜小说中的渡口情结做了特别说明，还指出了张雅茜作品的变化：“新事物、新经历和新体验把张雅茜引进了一个精神视野更加广阔的天地。她笔下的女主人公开始变得心胸开阔起来，她们的烦恼和怅惘也不再拘囿于爱情、婚姻和家庭方面。”对张雅茜作品中的女性悲剧跳出了性别角色悲剧的进步给予了肯定。

张建群《一组撼人心魄的女性悲歌——河东作家张雅茜近年来中长篇小说扫描》对张雅茜近年来的几部中长篇作品，《角儿》《此生只为你》《红桑葚紫桑葚》《盲》等进行了一个比较全面的扫描。分别从百转千回的人物命运、泼辣的语言、沉甸甸的思想、曲折的故事情节、充满生活情趣的细节、别具一格的结构和故乡情结等七个方面进行了比较细致的分析。

另外还有李利芬《论张雅茜小说中的女性形象》比较集中地分析了张雅茜小说中的女性形象，珍尔《跨越渡口——河东女作家张雅茜小说漫评》和周萍《女性文学的性别叙述与性别再现》则从性别视角对张雅茜的作品进行了分析。

从以上列出的对张雅茜作品的研究文章来看，对这位风格统一又勇于超越自我的女性作家的研究还远远不够，她的作品中还有许多魅力等着我们去发现。

第二节　张雅茜小说创作的基本特征

张雅茜步入文坛至今，从最开始的叙事重情绪不重情节，到现如今故事、情感、艺术技巧样样精湛，张雅茜的小说创作可以说是一直在进步、在变化，然而有几个突出的特点却是一直延续在她的作品中。她一直坚持书写女性自身的历史，对女性命运进行着不间断的观照，她以时而抒情时而说理的诗意文字，伴随着河东文化孕育出的独特姿态与情韵，把一个个故事讲述得精彩而唯美。

一、关注女性命运

张雅茜的小说创作带有明显女性作家的特征，她不习惯将视野放到所谓的政治大事件、社会大趋势上，对重大题材、宏大叙事都没什么兴趣，而是数十年如一日地探索着女性在家庭、情感、婚姻问题上所面临的种种困境。这首先与作者的自然性别和社会性别有关，女性经验与男性经验之间的差异性，构成女性独特的写作心理与审美倾向。简单地说，男性作家的视角是外放性的，他们可能会将艺术视野更多地投射到社会、政治等重大主题上，选择的题材适于宏大叙事。女性作家则更多是内审式的，她们更加关注女性自身的生命经验，聚焦点常常落到婚姻爱情问题上。张雅茜的这一特点还与她的个人经历有关，一个本身人生经历就已足够精彩的作家，一定会有许多要讲给别人听的故事或感悟。对张雅茜来说，当她富足的情感经历时时冲进她的小说创作中时，她所思考的女性所面临的种种婚姻爱情困境，就与作家自己在现实生活中的婚姻爱情体验融为一体了。这也是张雅茜偏爱女性情感婚姻类题材的一个原因。

张雅茜的小说中，有许多值得思考的女性命运问题，也塑造了很多成功的女性形象。张雅茜曾说："女人，永远是值得写的。为人女，为人妻，为人媳，为人母，这些命中注定了的角色，几乎演绎着女人的全部生命过程。她们给人类以美丽，给人类以仁慈。为了更多的美丽，为了更多的仁慈。这是我书写女人的理由。"不知不觉，张雅茜就完成了女性命运的历史书写。在她笔下，有传统到逆来顺受、完全没有自我的女人，也有主体意识明显的当代女子，个个熠熠生辉。《沙窝渡》里的舅家奶，每天早晨要先到北窑里端出舅家爷的尿盆再去干别的，吃饭总是在厢房，十月怀胎生下儿子却不能自己带孩子，要主动抱到大奶奶的北窑去，只能每天早晨趁着去端尿盆的机会，悄悄瞥一眼睡在大奶奶怀里的儿子。但对于这样的不公，舅家奶却没觉得有什么需要抱怨的，甚至还对大奶奶心存感激，因为是大奶奶教会了她织布、纺线、缝鞋、做袜。当那个时代的气息扑面而来时，读者自会思考女性的命运缘何于斯，或嗟或叹，都是一曲女性悲歌。《女儿石》里的如玉，渴望自由，倔强到令人心疼，她一直在努力摆脱束缚，摆脱被掌控的命运，不管是对她有抚育之恩的姚书惠，还是对她心存愧疚的吴小力，其实带给她的都是摆不脱的过往记忆的压力，所以她一直在试图逃离，逃离姚书惠对她的控制，逃离那强加于她身上的污点。现实社会的无奈、舆论杀人的寒冷，都是这篇小说中反映出的问题。

张雅茜是一位拥有温和女性意识的作家，她的女性倾向和立场都不着痕迹地体现在故事中，没有强烈的两性冲突，女性追求自由、平等、尊严的意向都是在作者娓娓道来的故事里渗透着。《此生只为你》中的宋梅影，与丈夫潘解放暗生嫌隙的导火索就是新婚夜，丈夫对她是否是处女格外紧张，后来经验证确定自己的妻子是处女后，那沾沾自喜的得意深深地伤害了宋梅影。还有每一次宋梅影遭遇打击时，跳出来保护她的总是那个泼辣的母亲，而宋梅影的父亲就要懦弱许多。当然这主要是因为那个特殊年代，宋梅影的父亲被打成历史反革命分子而被迫谨小慎微地过日子的缘故，却也在叙事策略上无意识地对父权进行了解构，还有小说里的三位男性，没有一个能给宋梅影想要的美好、尊严的生活。

需要特别指出的一点是，张雅茜关注女性命运、表述个体生命经验的创作模式与许多女性意识强烈的作家都不同，尤其是与那些将身体当作武器来对抗男权的创作者有更大的区别。张雅茜作品中对个体生命经验的融入，更多是精神层面的介入，换言之，她的小说探讨的是女性婚姻爱情中精神层面的困境，明显不同于那些“身体写作”、欲望写作。

总之，张雅茜的小说创作中，女性形象无论是传统的，还是现代的，她们身上都保留着女性的传统美德，她们善良、宽容，身上充满了人性的美好，她们是支撑张雅茜创作大厦的主体。在《此生只为你》中，作家就很明确地表达过对传统美德的颂扬。洪流老师在纯阳宫临摹壁画时，最爱“捧灵芝玉女”，因为她的妩媚与性感，让人感觉到的是女性的端庄，是雍容、华贵，最主要的是善意、慈爱，是女性骨子里的天性。这是张雅茜借洪流老师之口表达的自己对女性的看法。但是这些美好的女性都是命运多舛，这与张雅茜“女人天生就是一个悲剧”的较悲观思想有关，也与现实中很多确实无法解决的女性困境有关。比如《活葬》中的那位母亲，她的出路在哪里。还有《盲》里面的盲女赛桃花，她又该如何打破自己魔咒般的悲剧。张雅茜用小说的形式向人们描述了女性在婚姻爱情方面的种种困境，向人们展示了过去与现在众多女性的生存状态，提供了很多形象的例子供人们思考，女性如何掌控自己的命运，获得幸福。

二、诗意语言建构诗意空间

张雅茜的小说很讲究语言的韵味，她将建构小说的诗意空间作为赋予艺术魅力和美学价值的方法。诗意空间是文学作品整体艺术结构的一种品质，是一种诗意的弥漫。德国18世纪浪漫主义诗人诺瓦利斯指出："在我看来，把普遍的东西赋予更高的意义，使落俗套的东西披上神秘的外衣，使熟知的东西恢复未知的尊严，使有限的东西重归无限，这就是诗意化。"[①]这段话点明了建构诗意空间就是使现实世界艺术化的一个过程，可以使文学作品内蕴更丰富、更深刻，增强作品艺术的美感。这一过程需要作者对现实世界进行心灵的点化，正如黑格尔所说："在艺术里，感性的东西经过心灵化了，而心灵的东西也借感性化而显现出来了。"[②]但这一心灵化的过程却非所有人都能胜任，作者需要对蕴藏在人类生活中的诗意进行深刻的感悟和体味。作家只有带着一颗敏感的、具有高度艺术感知力的心，对生活进行深刻的感悟和体味，才可能从外在形象逼真的描绘过渡到内层意蕴，在叙事过程中不断拓展诗意空间，使小说具有更高的审美价值。

看张雅茜在《此生只为你》中的一段诗意语言：

你临走都背负着那个十字架，在天堂里重如，九峰山。压着你腰，你背，你四肢，你胸腔里那颗，曾经勃勃，不甘，忽儿急速忽儿平缓的，机器。

在你弃我而去的，日日夜夜，我曾经，让仇恨蓄满，每一根毛细血管，它们烧得我浑身疮痍，满目焦黑。

我庆幸。我释然。你把仇恨带走了。我又还原成，我自己。

最后一个地窖院中，那棵老杏树，繁花似锦的半边，一夜之间，落红满地。

---

①刘小枫.诗话哲学[M].济南：山东文艺出版社，1986：33.

②黑格尔.美学（第1卷）[M].朱光潜译.北京：商务印书馆，1979：49.

这段话的情境是高扬已经去世了，在高扬深深伤害了宋梅影之后，他内心也不宁静，就这样带着没有机会说出口的“对不起”，沉重地走了。在他生前，宋梅影爱过也恨过，爱有多深，恨就有多深，所以当宋梅影如释重负般地说“我庆幸。我释然。你把仇恨带走了。我又还原成，我自己”时，其实她的内心并不是解脱，她的伤感都藏在“落红满地”这一个萧索的画面里。这样的句子，从形式上看，如果分行排列，就是一首诗歌；从情境意蕴上看，更是情感丰满，艺术化、形象化地将感情的层次表达了出来。选用这样诗一样的句子，可以增加感情的分量与冲击力，它可以导引读者的情感重点，在节奏强烈的抑扬顿挫中，读者的情感容易产生共鸣。

众所周知，张雅茜的小说很注意人物情感与心理的把握，描述人物情绪的语句占很大比例，或者说她的小说抒情成分比较重。诗意语言无疑是最适宜抒情的语言，或柔软或强烈的情绪，都可以借助诗一般的语言很好地表现出来，而且这样的语言，其实也在强调叙事的重点。王春林曾分析过《此生只为你》中倾诉式的短句形式：“由于我们通篇所读到的其实都是女主人公宋梅影的内心独白与情感倾诉，所以，选择运用这样一种节奏明快、断句得当的叙事语言，就可以使小说获得更好的艺术表达效果。比如‘期待着那一天，我正式成为，高扬名正言顺的妻子。不，爱人’。这样的一句话本来也可以被表达为‘期待着那一天我正式成为高扬名正言顺的爱人’，但这样一来，作家所要强调表现的语意重点也就不明确了。一个不容否认的客观事实就是，只有采用现在的这样一种句读很多的短句式，才能更好地将作家的思想意旨传达给广大读者。”①

---

①王春林.女性精神世界的展示与思考——评张雅茜长篇小说《此生只为你》[J].运城学院学报,2009(8):112.

小说诗意语言的运用、诗意空间的建构都需要作者深厚的艺术功力。这是一个十分复杂的问题，张雅茜通过自己的创作实践，成功地探索出了适合自己的语言风格，使她的小说读起来特别值得回味，且最大限度地调动了读者的艺术想象力。

三、突出河东文化的地域性

任何一个成功的作家都有深厚的生活源泉，张雅茜将自己的艺术之根深深地扎在关东故里河东文化这块丰美的土地上，从早期的作品《河水拍打着堤岸》到长篇代表作《此生只为你》，可以说，河东情结始终是缠绕在张雅茜作品中最古老又最生动的灵魂。

河东文化是三晋文化中的一支，晋北文化粗犷豪迈，晋中文化崇尚开放，与这两支不同，河东文化生长壮大于土地肥沃的晋南地区，这里的传统更注重耕读治家，因而，这一支文化有着家族本位宗法文化的典型特征。另外，因农耕的顺遂，这里的人民几乎没有向外大规模迁徙的历史，并有一种内在的满足与自信，发展到现代，渐渐演变成一种心理上的保守性、因袭性。这里的人们往往被"规矩定我"所缚，而非晋中文化那种"我定规矩"的霸气。这种文化因袭的传承性，在张雅茜的小说里，首先表现为对善的推崇、对人性中美好品格的继承。《孟姐》中的女主人公孟欣茹，会因为美发店里一个女孩子诚信实在的做法而感动，并在自己盘下这家店面后，也继续这种经营理念。善念也是需要共鸣的，不是任何一个人都会被别人一次微不足道的善意表现打动，只有那些本身就心存善念的人才会这样，所以孟欣茹将自己的雇员小唐当作亲弟弟一样对待，不仅不克扣这个外地来的打工仔的工钱，还精心为他准备了结婚娶媳妇的礼物。正是这一份善，最终让本来心怀鬼胎的小唐和苏曼丽带着一份愧疚离开了。其实他们走的那一刻，读者不会感觉到寒意，反而会有一丝不舍的伤感，这就是美好情感的力量。张雅茜的小说从来不让人性恶掌控作品的灵魂，所以读她的小说，最后留在心中的，都是心的美好。

不过，河东文化也积淀了许多消极观念，比如男尊女卑、从一而终等女性规范。反映在张雅茜的作品里，就是有很多女性逆来顺受，失去了自我而不自知。《红颜三重奏》里的母亲，对丈夫一生的信条是“一切顺从丈夫的意志”；对女儿的道德要求也如此，明知大女儿一平过得不幸福，却也努力阻止女儿寻找另一处感情的栖息地。《红桑葚紫桑葚》中，师杰老师与裴纹老师偷情，如果平等看待男女在婚姻家庭中的地位的话，那么两人应该受到相同的道德谴责，但是师杰老师却分明是虽被法律严惩，却得到了“我”的原谅，而裴纹老师在小说的字里行间，却都是被否定的，当然这里面有裴纹老师耍心机的原因，但除此之外，浸染在张雅茜骨子里的传统观念，还是干扰了她对这件事的态度。

也正因河东文化作为背景，长篇小说《此生只为你》中宋梅影这一女性形象便显得尤其可贵。自打十四岁的宋梅影被洪流老师一幅心血来潮的速写击中心门后，得到洪流的爱便成为她的理想、她的信仰。然而男尊女卑、恪守妇道等绑缚在女性身上的绳索却越勒越紧，与潘解放的婚姻中，曾被怀疑不是处女；家庭生活中，永远不可能获得同等的家庭地位；女人有了孩子、家庭，就必须放弃自我，为家庭、孩子做出无止境的牺牲；胆敢背叛家庭，就会遭世人唾弃……在这种种森严的传统礼法下，宋梅影却一次次以飞蛾扑火的决绝，勇敢地追求爱情，追求她梦想中的自由、尊严、美好的生活，这样的壮烈情感，怎能不令人动容？

河东文化自有它的魅力，张雅茜以自己独特的人文底蕴，将河东文化作为自己最坚固的后盾，不断突破自己，创作出更震撼、更成熟的作品，为山西文坛增加了一道亮丽的色彩。

第三节　《此生只为你》的文本解读

阅读张雅茜的长篇小说《此生只为你》一定会感动，感动于那个执着的女人，一次次碰得头破血流后，又挣扎着爬起来，义无反顾地继续向着梦想中的生活前进。这一次，张雅茜将一个一生追寻爱的女子的故事讲得荡气回肠，然而这又绝不仅仅是一个爱情故事，正如蒋韵在这部小说的序《比生活更坚韧》中所说："那不是爱，那是固执的、一往无前的、令人肝肠寸断的人生的希望——能够自由、美好、尊严、浪漫地生活。而不仅仅是'过日子'。""宋梅影以为她誓死捍卫的，是爱情。其实，更准确地说，这个女人她以命相许的，是一个人生的境界和理想。"宋梅影所向往的，一直就是心中梦想的生活方式，至于这个故事表层的、宋梅影对于爱情的执着追求，不过是她通向这梦想中生活的挪亚方舟。

这部小说核心的故事其实是从女主人公宋梅影十四岁时开始讲起，"我"手术后在纯阳宫博物馆休养时认识了丈夫的朋友——宋梅影，并成了好朋友，得知"我"写小说，她将自己的日记赠予"我"，"我"以第一人称的视角讲述这个女子从十四岁开始的爱情历程。故事并非以线性的时间线索来讲述，而是采用倒叙的方式讲起，但梳理故事的线索并不困难。十四岁的宋梅影是一个情感细腻、能歌善舞、长相漂亮的小女生。在那个特殊的年代里，因为她出身不好，父亲是一个历史反革命分子，这就注定很多时候她都不能像出身好的人一样，挺直腰杆争取自己想要的。假如她是一个情感粗陋的女人，那可能会是她此生的幸运，不幸的是，她多情而善感仿佛与生俱来。当过私塾先生的老爷借用宋代一位诗人李重元的"月笼明，窗外梅花瘦影横"的诗句，给她起了"宋梅影"这样一个如诗如画般的名字，仿佛冥冥中注定了她热烈倔强、傲然迎接风霜剑戟的命运。

她坎坷的人生开始于读书时候暗恋上洪流老师。洪流是音乐老师兼校文工团团长，第一次与宋梅影的见面就因为同时念出“月笼明，窗外梅花瘦影横”的诗句而显得有点不一样的味道。而洪流老师“幽默风趣，才华横溢，风琴、二胡、笛子、扬琴，还有小号，只要他拿起来，都会使它们发出悦耳动听的声音，让我们着迷”。“他看我唱歌时，眼神里会流露出一种东西，闪电一般掠过，让我脸红心跳。”面对这样一个毫无老师架子的才子，学生们会想：“跟那样的人一起生活，肯定快乐无比，幸福无比。”如果情节的发展仅止于学生对老师暗生的好感，那也许后来的事情就会简单得多，可是正如日记中宋梅影的回忆一样：“如果说没有那幅速写，我就是一名普通女生，就不会让男老师，无意间拨动我情窦初开的心弦。命中注定，我将为自己的心动，痛苦一生，快乐一生，追求一生，也失败一生。”情动就在一瞬间，洪流老师完全出于心血来潮为宋梅影画了一幅速写，然而“那个下午他肯定没有感觉到，我会在他画我的那一刻爱上他，如果这叫作爱的话。他忽略了一个十四岁女孩情窦初开的想象力。忽略了那种一厢情愿的杀伤力。忽略了他随意或者说有意的一次美术习作带给一个女孩一生的影响，以及难以抹去的记忆”。自此以后，小女生宋梅影的心理就完全成了一种坠入爱河的状态：“我只知道，阴兰兰再和他亲近时，我会恨她。李淑平抱着儿子来时，我也会恨她。我甚至悄悄在心里盼望，他们最好吵架、打架、离婚，文龙老师和妻子，不就打闹着离婚吗？可我又希望他们不要离婚，因为我才十四岁。或者说，最好等我长大再离婚。”张雅茜对小女生的心理把握得非常准确，特殊年龄的心理决定特殊年龄的行为，所以坠入爱河中的宋梅影并没有像成人女子一样就此展开追求攻势，或者来一个第三者插足等滥俗的桥段，而是主动自觉地担负起了洪流老师与廖静老师传递隐秘信息的使命，只为了能更经常地见到洪流老师。后来洪流老师和廖静老师之间的私情暴露，洪流老师因破坏军婚罪被判刑，宋梅影把对洪流老师的暗恋埋进了心底。按常理，慢慢成熟起来的宋梅影应该可以找一个心仪的意中人过自己幸福的二人生活，可是因能歌善舞进了宣传队的她被县武装部部长看上了，想让她嫁给自己的傻儿子。虽然在母亲的拼死抗争下，她挣脱了嫁给傻子的厄运，可也因为嫁给潘解放的决定做的太仓促而在感情上一开始就留下了遗憾，这也是宋梅影终生无法忘记洪流老师的一个原因。

宋梅影坎坷情路的第二站就是与潘解放的婚姻生活。要说两人的婚姻关系，并不是完全没有感情成分的凑合。就像宋梅影在日记里说的那样：

> 人生如戏，还是戏如人生？多少年后我仍然想不明白，就像上帝早就编排好的密码，缘分是那么不可抗拒。为什么我苦苦地恋着那个人，最后却与潘解放走到一起？反省自己，并非只为了婚姻，而是确实爱过。

他们的感情首先建立在同病相怜的出身上，宋梅影的父亲是历史反革命分子，潘解放的爷爷也是反革命分子，并且父亲是畏罪自杀的。在特殊的年代里，身份的相似会自然拉近两人的心理距离，再加上由于一起参加了公社组织的毛泽东思想宣传队，在队里进一步培养出了感情，开始了两人之间的恋爱。宣传队一起割草干活，潘解放会悄悄把自己割的草归拢到宋梅影的草堆里；会在她因为怕蛇吓得不敢睡觉时，借口上厕所一遍遍跑出来给她壮胆；会偷偷摘“敬德访白袍”的甜瓜给她吃，这体贴的照顾当然会暖热女孩子的心。当然仅如此还不足以让宋梅影决定嫁给潘解放，事实是，武装部部长的介入为两人感情的升温起到了催化作用。武装部部长为自己的傻儿子相中漂亮的宋梅影，可是宋梅影却与潘解放感情很好的样子，为了搬开绊脚石，武装部部长让宣传队队长老贺以偷甜瓜为由，将潘解放弄进了劳改队。不过武装部部长千算万算也没算到宋梅影有个当过童养媳的泼辣的娘，宋梅影的娘闯进公社院里，用童养媳的身份理直气壮骂了武装部部长，保护了自己的女儿。躲过一劫的宋梅影在看到劳改队里受苦的潘解放时，瞬间就打定了嫁给他的主意，“夕阳如血，映在解放远去的背影上，他脚步蹒跚，让我那一刻柔肠寸断，泪水潸潸。我突然决定，嫁给他，无论怎样，都要嫁给他。马上就嫁，不要彩礼，也不要嫁妆，爹娘不愿意，哪怕私奔”。宋梅影的娘可以用泼辣阻止武装部部长的仗势欺人，却无法动摇女儿一心要嫁给潘解放的坚定意志。看到潘解放背影时那一瞬间的疯狂决定，是那个武装部部长未曾料想到的，然而更让人料想不到的是，这对通过自由恋爱、穿过重重阻力、好不容易走在一起的夫妻，却也好景不长。儿子大风五岁、女儿小雨两岁时，凭借一次如同天上掉下馅儿饼的好运气，宋梅影进了机械厂的宣传队，成了挣工资的公家人。随着身份的变化，尤其是在家中经济地位的变化，宋梅影与丈夫之间的矛盾开始越积越多。工资分配问题、洗衣服等家务问题，这些以前都不值得一提的小事，现在都成了引发矛盾的大问题。其实细究原因，这些都是表象，真正导致夫妻关系恶化的种子并不在于宋梅影成了公家人，而是两人思想观念的差异，是潘解放心中的男权思想。新婚之夜，当潘解放执念于妻子是不是处女，并最终经验证后那种如释重负的表现，就已经深深伤害了夫妻间的感情。后来那些因生活琐事引发的争吵、打闹，其实都是思想冲突升级的表现。给两人的婚姻带来致命一击的，是洪流老师的再次出现。此时的洪流老师刚刚劳教出来不久，在闹离婚，被机械厂请来当宣传队队长，还将宣传队改名叫文工团。第一场演出时，宋梅影与洪流老师分别饰演喜儿和杨白劳，“喜儿”眼中对“杨白劳”无意中流露出的绵绵情意被台下看节目的潘解放看到了，被嫉妒和担忧冲昏头脑的潘解放做了一件让自己后悔一辈子的事——给厂长写了一封匿名信，这封匿名信将夫妻关系推到了冰点。要说潘解放的心理也可以理解，在那个时代，在一般人的眼里，一个拿工分的民办教师，比不过拿工资的工人阶级，洪流老师又“是大聪明大智慧，骨子里透着家族血脉的遗传。透着城市文化的熏陶。透着与生俱来的先天优势。透着成熟中年男人的一种独特魅力”。而宋梅影暗恋洪流老师的心理，他也知道，所以其实潘解放的疑虑是对的，毁了他们婚姻的，不是观念的差异，不是他小肚鸡肠，而是宋梅影心中被暂时压制住却从未忘却的对洪流老师的爱。宋梅影自己也承认这一点：

> 其实后来我才明白，我哪里是在声讨解放，而是在表白自己。表白自己根本就没有爱过解放，只是当初为了，为了那个承诺。我其实，一直没有放弃那个隐藏在心底深处的，秘密。那个，从十四岁起就盘踞，对，盘踞在脑海里的东西——等待洪流老师与妻子离婚。

不过，宋梅影与丈夫婚姻关系破裂的脚步被洪流老师与潘解放人为延缓了。洪流老师摆出拒绝的态度，潘解放努力坚持改善与妻子的关系，后来宋梅影又因为与王合作在旅馆约会一事被迫重返乡村，两人的婚姻就这样勉强维持了下来。如果日子就这样不再起变化，也许宋梅影的情路会少一点波折，可是随着“文化大革命”结束，父亲平反，宋梅影有机会再一次走出乡村，做了公家人，进纯阳宫博物馆当了一名保管员。随着宋梅影社会身份的再次变化，夫妻矛盾愈发激烈了起来。在这紧要关头，一个给宋梅影的感情带来重磅伤害的男人步入了她情路的第三站。

高扬是省戏曲研究所的作家，是一位经过自己不懈努力而终于摆脱农村身份变成城市人的人生赢家。为了体验生活，到纯阳宫住了很长一段日子。由于宋梅影长得漂亮，会表演，还是一个有着一定写作才能的写作爱好者，所以，两人之间的气场渐渐相合了。就是在高扬住在纯阳宫的这段日子里，寂寞过着自己日子的宋梅影被高扬的才情点燃，爱情的梦又醒了。可是两人的想法并不在一个频率上，宋梅影要的是长相厮守的婚姻，高扬却从来没想过要离开妻子。在宋梅影投入全部感情、构想两人的幸福生活时，高扬日记里的话深深地刺伤了宋梅影的心："前几天梅影在信中又问我，什么时候才能拿到离婚证。我心里很烦躁，梅影她哪里能体会到，我与凤茹是患难夫妻，哪能说离就离了？她太天真了。说心里话，我有点后悔，当初为什么轻易表态？哪知道她就认死理，人在情绪中的话她就当了真？现在弄得我骑虎难下。如今谁不找情人，别人为什么就没有这麻烦？"这日记中的话仅仅是暴露了高扬看待宋梅影的心理，还远没有揭穿他全部的真实，等到宋梅影将日记里的话当他面背出来时，等到洪流老师出面劝阻时，这个自私的男人才将他全部的丑陋展示给宋梅影看：

> 谁跟你们是朋友？我就撒野怎么啦？你算宋梅影什么人？你不就是那个搞当兵的女人，进去坐了几年的画家么！难怪你帮她，难怪你整天在宫里混，名曰画画，其实在跟她勾搭嘛。感谢你啊，圆了她少女的爱情梦。可她告没告诉你，她已经跟我上床了，她要我离婚，她要嫁给我？……我今天就不尊重女性，你能把我怎么样？我就不当文化人，我就是个农民，你能怎么样？你不就一个副科级么！我还副处级呢，你管得了我？我今天非要让这婊子说清楚，你有了新欢也得打个招呼不是？你以为你是什么好东西我离不开你？你以为我是求你来了？我是咽不下这口气告诉你！

多么丑陋自私的男人，直到这个时候，宋梅影才认清了这个男人的真面目，可是她已经回不去了。潘解放在宋梅影对其长期的冷落中，被一个年轻的裁缝温暖了心，小裁缝是真的死心塌地地爱他。最终，高扬去世之后，洪流老师的妻子也差不多同时离开了人世，重新找到爱情的潘解放在离婚协议书上签了字，好像曾经阻碍洪流老师与宋梅影在一起的状况都发生了改变，他们眼看着就可以在一起了，可是，被宋梅影爱了一辈子的洪流老师最终也没能属于她：在为洪流老师寻找女儿的路上，宋梅影与老师一起遭遇车祸，老师永远地走了，和宋梅影心头的爱情梦一起消失了。在这场车祸中，宋梅影断了双腿。最后，心如止水的宋梅影将自己的人生故事记成了日记——此生只为你。

关于《此生只为你》的题解，王春林在《女性精神世界的展示与思考——评张雅茜长篇小说〈此生只为你〉》中这样说：

> 关键的问题在于，尽管宋梅影已经有过这样一系列曲折坎坷的情感经历，尽管她在几十年的人生岁月中为了真爱的追求而付出了极为惨重的代价，但她却到最后也都没有放弃对于一种真诚感情的向往和追求。这一点，在小说的“尾声”中，当她的女儿询问宋梅影究竟应该使用怎样的书名时，宋梅影所作出的“此——生——只——为——你”的回答中即不难得到有力的印证。那么，宋梅影回答中的“你”到底是谁呢？是洪流老师吗？这样的一种理解当然也是能够行得通的。但在我看来，一种更为恰切的理解方式却是不应该把“你”理解为某一个具体的人物，而应该理解为一种抽象意义上的真切爱情。这就是说，尽管宋梅影一生都在追求着的真切爱情都因为各不相同的原因而化成了泡影，但宋梅影自己却并没有因此而丧失了对于爱情的真诚向往。从某种意义上，真切的爱情对于如同宋梅影这样的女性来说，简直就是可以替代一切的宗教信仰。甚至于，我们也完全可以说，张雅茜小说中所刻意探究表现着的爱情问题，其实也只是应该被视作某种人类精神的载体而已。只有那些执着地追求着真切爱情的女性，才可以被看作是有着真正精神追求的女性。很显然，只有在这样一种意义上理解张雅茜的这部长篇小说，理

解她的小说标题，方才算得上是真正切中了张雅茜的精神脉搏。从根本上说，我们既可以把张雅茜的《此生只为你》解读为一首关于爱情的颂歌与悲歌，也可以解读为一首关于女性精神的颂歌与悲歌。

这样的解读，在拓宽了小说主题范畴的同时，还将宋梅影的精神进行了深化。宋梅影一生追求爱情的举动其实仅是一种外在，如果结合宋梅影独立、倔强的个性来看的话，宋梅影内心对独立精神的追梦般的执着，才是真正令人感动的所在。

对于这一点，李敬泽在书的封底中也表达了类似的看法：

或许这只在女性的书写中一息尚存——那种承受而不妥协的态度，那种坚韧和热烈，那种傻和痴，那种虽九死而犹未悔。

这固然是为了尊严、自由和浪漫的生活，但我们是多么软弱，而生活是多么强大，人正在失去选择的勇气和力，或许只有一件事，可能会让她或他脱出这个时代的计算机程序，那就是爱情，爱情是生活的意外，是反计算机的，是反过日子，爱情是人向着不可能证明可能，爱情是大苦。

男人的世界中，爱情已成往事，世界已在意料之中；这是愚钝的智慧，这是生存和成功。女人们生活在男人的世界里，但其中有极少数异教徒，她的血管里流着敏感和灼热的血，她注定不幸，因为她仍然确信，“一生”是为了自身生命界限之外的某个“你”，为此不成熟，为此玉碎了，而瓦还全着。

在生物界，拒绝适应世界的动物必将灭绝，《一生只为你》是那敏感而偏执的生灵濒临灭绝时的长歌。

《此生只为你》可以看作是张雅茜小说创作中一个里程碑式的作品，小说延续了张雅茜对于女性命运进行观照的一贯主题，在女性形象塑造、心理把握等方面都更显成熟。特别值得一提的是，在这篇小说中，张雅茜完成了一个超越，就是她对男性形象的塑造、男性心理的剖析都更深入了。之前的作品《磨坊与紫色》中，张雅茜对男性人格的把握就已经显出了功力，这一次更是有了明显进步，她将洪流、潘解放、高扬这样三个人生经历不同、性格不同的独特男性都塑造得独特而具有代表性，为成功揭示女性命运的悲剧成因打下了坚实的基础。令这部小说有惊艳感觉的还有它那诗一般的语言："在你弃我而去的，日日夜夜，我曾经，让仇恨蓄满，每一根毛细血管，它们烧得我浑身疮痍，满目焦黑。""最后一个地窨院中，那棵老杏树，繁花似锦的半边，一夜之间，落红满地。""那一刻，女人捧它在掌中，泪飞如雨。""站在色彩斑斓的菜地，我悟到，人其实可以活得，如此简单。"这样诗一样的句子，俯拾皆是，不仅为小说的很多场景营造了诗一般的意境，带来了诗意效果，更主要的是导引了读者的情感重点，放慢了读者的思维速度，使读者有足够的时间在接受语言所承载信息的同时，品味它附着的情感。总之，这部小说的情节、语言、结构、意蕴等各个方面都显示出张雅茜不俗的艺术创作力，当得起是她的代表作之一。

陈亚珍　中国作协会员，国家二级编剧。1959 年生于山西昔阳，1975 年在昔阳县运输公司工作，1982 年调榆次市百货公司，1993 年任晋中地区文联《乡土文学》编辑、副主任、副主编。现供职于晋中文联，任《乡土文学》副主编、编辑部副主任，为山西影视艺术家协会会员，晋中影视艺术家协会副秘书长、晋中作协副主席。

1982 年开始发表作品，作品创作以长篇小说为主。《碎片儿》获北方六省一市优秀图书二等奖，《神灯》获北方八省一市优秀图书一等奖。《十七条皱纹》获 2004—2006 年赵树理文学奖·儿童文学奖。《羊哭了，猪笑了，蚂蚁病了》为中国小说协会 2012 年上榜图书。创作的剧本《唢呐魂》《地委书记》《土岭纪事》等多次获电视剧类奖。

◎陈亚珍主要作品创作年表

长篇小说：

《碎片儿》河南文艺出版社，1999 年。

《神灯》河南文艺出版社，2001 年。

《十七条皱纹》作家出版社，2005 年。

《羊哭了，猪笑了，蚂蚁病了》北京燕山出版社，2011 年。

长篇纪实文学：

《陈荣桂与陈永贵》京华文艺出版社，1999 年。

散文集：

《玫瑰：撒下一地殷红》中国戏剧出版社，2010 年。

第四章　陈亚珍的小说创作

第一节　陈亚珍小说创作概述

陈亚珍的人生经历可谓丰富，做过售货员，开过大货车，与工农商学都有过交集，这些经历为她日后的写作提供了取之不尽用之不竭的素材。陈亚珍曾经说过："我不是科班出身，也没有机会得到文学方面的正规训练，可以说哪班列车也赶不上，也许这恰恰成全了我的独立。我说的独立，不是指离群索居的外性生活态度，而是独立思考的空间。人一旦有'遗弃'感就有了思想的巨大空间，也有了反观社会，反观人群的力量。现在看来不是科班出身，恰恰对我的语言创造是个巨大的释放。一个写作者能讲故事，有想象能力是先决条件，但这只是初始写作阶段。具有独创性往往需要思想、精神、情怀、视野等诸多元素。只有站在人群的高端，才能发现人群的异端。"（《灵魂拷问者——作家陈亚珍访谈录》，见陈亚珍博客http：//blog.sina.com.cn/s/blog_48cae03f0102dzej.html）正是因了这"独立思考的空间"，她的作品才从种种所谓时尚的文学潮流里脱颖而出，收获诸多奖项，广受赞誉。

纵观陈亚珍的作品，小说、散文、剧本、报告文学，可以说涉足面很宽，但长篇小说无疑最能充分而尽兴地表达她自己。陈亚珍的第一部长篇小说《碎片儿》是一篇带有自传性质的作品，其风格类似伤痕文学，但细细品味其立意，又可以发现它与伤痕文学有很大的不同，在立意上要高远得多。伤痕文学标志着新时期文学的开端，是人们对刚刚过去的噩梦般日子的强烈控诉，作者偏重于从政治、社会、人际的角度考察浩劫产生的原因，其精神实质是彻底否定“文化大革命”，相对来说，缺少对文化心理、人性特点的分析，而陈亚珍的《碎片儿》却在这一点上有很大突破，她将重点落在人性与社会的冲突上，这就跳出了特定时空的限制，使小说的主题具有了普遍的意义。

《碎片儿》写的是一个不向现实妥协的女人的故事，她在经历了婴幼儿时期被家庭遗弃、少女时期被社会遗弃的痛楚后，灵魂扭曲，情感破碎，人生仿佛被撕成了碎片，最终因爱与理解、因自己不屈服的抗争而走向温暖。小说从现实讲起：时已成为女企业家的沈跃，精心准备礼物回到当年“决裂”的家看望父母家人，遭冷酷对待后焚毁礼品，冲出家门伤心而去。骨肉至亲，究竟有什么样的仇怨会闹到这步田地？在读者的疑问下，沈跃的故事从尘封的历史中走了出来，渐渐清晰。沈跃小名跃跃，选择来到这个世界的时间很不巧，正值大跃进时期，父母同为共产党员要起模范带头作用，因此跃跃当县长的父亲为了革命工作干脆阻止这个小生命的到来，母亲虽坚持生下了她，还是被迫将孩子交给一个农妇喂养，这就是跃跃的奶妈。奶妈对跃跃有着不亚于骨肉亲情的爱，即使在大饥馑的时候，跃跃因与奶妈的小女儿惠明抢奶吃，间接导致了惠明惨死，但熬过失女之痛的奶妈还是一如既往地疼爱跃跃。后来跃跃被接回到母亲身边，却因思念奶妈彻夜哭闹被家里包括保姆在内的所有人嫌弃，后来好不容易与家里人渐渐融洽一点时，家庭遭遇巨变，父亲被打成走资派，母亲没有能力养活五个孩子，刚刚享受到一点家庭温暖的跃跃被过继给了乡下的姑父。姑父姑姑虽也爱她，但因为误会，姑姑多次打她，姑父也因严厉而使得跃跃感受不到足够的爱。“文化大革命”后期，在母亲的奔波与姑父的通情达理下，跃跃又回到城里的家，却又因为土气与不卫生被姐妹弟弟排挤，在学校也被恶少欺负。用各种办法讨好家人无果后，跃跃开始反抗了，先是在家里由卑微转变成无法无天，继而在学校为了入团而揭发母亲，与家庭“决裂”，最终众叛亲离。心灰意冷、走投无路的跃跃主动申请当了知青，返回阔别已久的团王庄。之后经历了结婚、产子、创业的种种艰难与痛楚，终于重新收拾了自己灵魂的碎片，走回了温暖中。

《碎片儿》对人物心路历程的描述非常细致，准确揭示了人物的心理。小说《引言》部分留下的疑问，在后文中通过对人物心理的层层剖析，渐渐给出了答案。跃跃成长过程中受到的来自各方面的伤害，是扭曲、撕碎她灵魂的黑手。小说中很多地方写到了家庭的冷漠，甚至是仇恨。从奶妈家刚回到母亲身边时，因忙碌而暴躁的母亲根本未顾及孩子的情感需要，对孩子的奶妈态度冷漠而不近人情；二次回城后，被家里姐妹嘲笑为“虱精”，在学校被同学陷害后，回家不仅没得到慰藉，反而是变本加厉的一顿暴打，还被家里所有人当贼防范。正是这一次次爱的拒绝，才将一个孩子逼得敏感而倔强。小说中对社会因素的揭示更有力量。在学校同学们叫她是“乡巴佬”，老师欺软怕硬，明知冤枉了她还袖手旁观任由学生家长暴打她。为了改变自己的处境，被当时政治所欺骗的跃跃在学校努力表现，为了入团不惜揭发自己的母亲，她在台上揭发，她的姐妹们在台下挨打，就是在这样的政治骗局里，蝼蚁一般的小人物跃跃众叛亲离了，这是她心理发生巨大变化的一个关键节点，也是她个人命运走向的一个关键转折点。整个小说写得很有深度，很多地方都是从细节入手，反映的却是时代的大背景。如跃跃在批斗会现场一次次想要冲到父亲身边，又一次次被打下台的场景，语言描述的镜头就聚焦在这个懵懂的小女孩身上，可是读者头脑中领会的却是时代的风云巨变；还有奶妈家小女儿惠明之死，那个情节中的很多细节就像特写镜头一样在读者眼前被一一强调，那滚烫的榆皮面糊糊、发现食物时小女孩瞬间发亮的眼、以迅雷不及掩耳之势扑向食物时的动作、亲眼看见女儿惨死却无能为力的悲伤母亲……跃跃眼中的这个世界，看似个体的、偶然的，实际是时代的、典型的。正是这样的社会造就了对应的人性，所以姑父姑姑显得厚道却又狡黠，院长大娘善良又粗鲁泼辣，保姆“圆规”集丑恶与善良于一身，乔键正直却无意中推波助澜了跃跃的痛苦人生，周喜屯阴险又无耻等。

《碎片儿》中的苦难是时代的苦难，但陈亚珍的着眼点却不在于反思政治，她一直关注的都是社会中的人以及人世间最珍贵的情愫“爱”。“世界上缺衣少食是肉体上的一点痛，如果人世间缺了爱，心灵就会冷！所以我的文学核心就是呼唤真情呼唤爱。没有爱的世界是畸形的变质的世界！……当一个人的内心充满了爱与善念的渴求，才会对万灵拥有怜悯之情。那么，假如人与各种关系都有爱心，社会的‘和谐’才能实现。所以我认为：爱是人类的最高法度！”这是陈亚珍的创作宣言，也帮助我们把握着她的作品精神。所以《碎片儿》中各个人物处于特殊的政治时代时，她们身上发生的故事只是个媒介而不是目的，她们的心路历程是怎样的？她们的人性曾遭遇怎样的社会影响？也许这些才是读者真正需要理解把握的。所以小说的成功之处是引发我们思考苦难背后的人性，思考社会、文化、观念、人性之间的种种冲撞，这比仅仅听了一个精彩的故事，祭奠了一个苦难的时代，要有意义、有价值的多。

《神灯》与《十七条皱纹》是继《碎片儿》之后的另外两部长篇小说，在延续第一部长篇小说关注人性与社会的基础上，这两部作品的立意指向更明确。作者已完全走出了个人的情感表述领域，洗去了《碎片儿》中强烈的个人色彩，将关注点全部转向社会众生，正如著名评论家杨占平所说：“从《碎片儿》等三部长篇小说所体现出的创作价值取向看，陈亚珍是自觉地以边缘化的立场，书写自身的生活体验和个人隐私的内心世界，这一点与陈染、林白等作家的特点相似……但是，这种方式往往容易忽略作品的精神力量，导致对人生现实缺乏反讽和批判的品格。近年来，一些个性化作家的作品引起争议，主要就是因为存在这个问题。陈亚珍在写作《碎片儿》时，可能已经注意到了作品应当给人以力量，也试图加强批判的力度，却做得还是不够；到了《神灯》就做得比较好了，具有了很强的精神冲击力；而《十七条皱纹》对社会现实的诘问，是那么尖锐，让人们不得不对现实社会中的某些所谓道德规范、某些对人对事的所谓评价尺度产生怀疑，进而思考更多人生与社会存在的问题。”①

《神灯》讲述的是面对时代的变迁与进步，一个封闭、落后的偏远乡村如何一步步跟上时代脚步的故事。神灯沟是一个地处深山、有着上千年历史的北方乡村，它有着深厚的文化传统，还有一盏象征着人们的希望，同时又象征着人们的愚昧的神灯。在这里，人们生活极度贫困，这当然主要是因为缺少土地，但还有一个原因也不容忽略，就是这里的人们长久以来已经习惯了以“乞讨”为生，习惯了依靠政府的返销粮。在这里，人们身上沿袭着落后愚昧的封建思想，又慢慢滋长着不劳而获的惰性，大家早已忘记了站着做人是什么滋味。村人有着自己的生存哲学，遇到困难的第一反应就是“跪”，而村长万有善治理村庄的观念是“欠”，让大家伙在“欠”下他种种情分的基础上，自觉拥护他。当全村人勒紧裤腰带培养孤儿万治穷成为文化人，并接替了村长一职时，各种矛盾也随之而来：个人的恩怨情仇、进步思想与愚昧守旧观念的冲突、社会变迁与传统文化的激烈碰撞……最终，倔强、执着的万治穷克服了种种困难，终于带领全村人渐渐走上了脱贫致富之路。在这部小说中，作者借助讲述一个小村庄的变迁，以浓缩的场景、典型化的笔法展现了新中国成立以来，中国农村面对政治、经济、文化的种种变革，如何一步步跨越了人性的善与恶、文明进步与愚昧落后、封建传统与现代理念

①杨占平.山西文坛30年作家掠影[M].太原:三晋出版社,2009:210.

的种种冲突，艰难走向光明的过程。

《神灯》给读者留下的一个最重要的印象就是小说中几个人物的成功塑造。在这一点上，陈亚珍的叙述特点与蒋韵、葛水平等作家有很大的不同。蒋韵的小说诗性特征明显，作者看重的更多的是情感、情绪的表达，故事叙述或呈片段非线性组合，或在情节、人物、情感三者关系上将情感设置为中心，情节、人物皆为情感服务。葛水平的小说则是戏剧冲突明显，作者更注意如何构筑一个引人入胜的故事，这一点可能与葛水平戏剧演员的经历有关。陈亚珍的人物塑造更趋近典型性，《神灯》中的几个主要人物万治穷、万元成、万有善等，可以说各代表一类人物形象，但又个性突出。万治穷一出生就成了孤儿，在村长万有善的倡议下，村里九个哺乳期的女人轮流用自己的乳汁喂养他，之后他就轮流在村里人家吃饭，可以说是真正吃着百家饭、穿着百家衣长大的孩子。后来村里又合力将他送出去读书，成为神灯沟第一个文化人。懂得感恩的他因此从小就下定决心，一定要报答村民的养育之恩。神灯沟因缺少土地而极度贫困，村人常要靠下跪乞讨为生，两任村长万有善、万治穷毕生的梦想就是带领村民脱贫致富。尤其是万治穷，他带领村民凿洞改变河道，硬生生与河道抢出了一眼望不到头的良田，解决了村民的温饱问题，但他觉得还不够，他还要带领村民过上更富足的生活，可就在他想建鱼池养鱼时，却遭受到有史以来最大的阻力。在村里依然享有号召力的有善叔不支持，从小结下的仇人万元成也回来捣乱，将大家手里仅有的几个钱都骗去修庙。但即使被误解、被打骂，甚至被责为忘恩负义，承受巨大压力的万治穷也不肯只顾自己，依然努力坚持着要报恩，要带领全村人一起致富。这个人物身上集中着不屈不挠、意志坚定、知恩图报、精神高贵等品格，是一个理想与现实完美结合的人物，是善与美的化身。他的死对头万元成则被塑造成大恶却最终未失善念的矛盾结合体。万元成的母亲香姑在新婚夜丈夫即被抓了壮丁，香姑独自支撑生活时被蛇咬伤，被村中一男子搭救，之后为答谢救命之恩，一次失身有了万元成。村人知道真相后，万元成母子的生活几乎走上了绝路。无家可归的他们住进了三皇庙，万元成从此背上了孽种之名，母子二人成了全村唾弃的人物。而当时年纪也还小的万治穷作为孩子王，带着其他孩子欺负过万元成。突遭生活打击，又被孩子们排挤，万元成的心态扭曲了。他烟熏村民，虐杀村里的猫，甚至后来在不知真相的情况下强奸了自己的妹妹，还失手杀死了母亲。为逃命万元成离乡背井许多年，长大成人后他的报复方式变得更毒辣却也更隐晦。他利用万有善的失衡心理离间他与万治穷的关系，使得不到支持的万治穷在村里的致富计划举步维艰；他利用村民贪图便宜又有严重落后的封建思想这一点，骗村民出钱出力重修三皇庙；他还利用水妹子的医术哄骗愚昧的村民，让村民像敬奉神灵一样敬奉“转世的三皇姑”，既骗取村民钱财，又骗取全村人对他感恩戴德，万元成就是要让全村人跪拜在他的脚下！最后在万治穷的感召下，这个拐卖过人口、贩过毒的恶人放下所有的仇恨，将二十八万元钱留给万治穷修鱼池。关于万元成的转变，有论者认为显得突兀，其实究其心理过程，陈亚珍早已一步步做了铺垫：首先这个孩子由善到恶是因了村人不公平的待遇，还夹杂有一点点的妒意，觉得村人尤其是万治穷对不起他。但他良知本就未完全泯灭，他救助水妹子，虽后来有一点点利用她的意思，但他对水妹子也是真的好；还有他对母亲的愧疚是他心上抹不去的痛。这两点就是万元成最后由恶又转回善的关键，一是他内心深处其实是看重水妹子的态度的，所以水妹子最后的举措对他本就是一个冲击，再加上最后得知替他葬母的竟然是宿敌万治穷，这个活在仇恨与愧疚中的男人就具备了充分的理由完成最后的突变。还有万有善这个人物，这是一个十分复杂的人物，他善良又狡黠，懂得利用村民的感恩心理，靠“欠”字诀建立他在村里至高无上的霸主地位；他真诚而又虚伪，他一次次伪装大公无私而渐渐真的无私起来，他可以压制私心送万治穷而不是自己的儿子去上学，明知这样的结果就是将来万治穷接替他在村里的位置，也还是心甘情愿培养这个孩子；他聪明而又愚昧，他的生存哲学和处理村民实际问题的能力在他那个时代都是出类拔萃的，然而后来却成了万治穷建养鱼池计划最大的拦路虎。这个人物思想性格的把握其实很有难度，尤其是多个矛盾面和谐地集于一身，塑造起来若非有很合理的理由，这个人物就会失真，然而陈亚珍却成功完成了这个复杂矛盾的人物，还写出了时间流逝在他身上的不同印记，真是笔力不凡。

总之，《神灯》通过人物之间的恩怨情仇，将社会的变迁与人类的生存很好地融合在一起，将人物性格的形成与变化都给出了现实的原因，这就将社会与人性这样一个抽象的问题进行了形象化的思索与探讨。

《十七条皱纹》的故事没有风云变幻的政治背景，但人性问题依然值得放在这看似和平的社会背景下探讨，而潜移默化的精神荼毒也许杀伤力更强。故事从一次突发事件讲起，主人公叶雨枫莫名其妙被卷进了一场并未参与的打架斗殴事件，又莫名其妙成了“犯罪嫌疑人”，再然后就作为“不安定因素”被学校开除了。无法面对父母的十七岁少年选择了离家出走，可没有什么社会生存能力的少年突然被扔到社会上，必然会被卷入社会底层。自此，这个在学校已经初步见识了冷酷与阴暗的少年，在社会上经历了更多的丑恶与腐朽。小说分为A、B、C三条线：A线交代当下发生的事件，B、C两条线则交叉叙述叶雨枫在社会与在学校的经历与感受。正如小说封底所介绍的：

> 在阅读过程中，如果你想知道印入孩子眼中的社会缩影，那你可先看B线；如果你想知道印入孩子眼中的校园缩影，你可先看C线；如果你想知道社会和学校给孩子造成的一切后果，那你就A、B、C全文关注。

仔细分析叶雨枫的生活与心理，在他的心上重重划下痕迹的其实有三个由小渐大的环境，最小、最靠近的是家庭，其次是学校，第三个是社会。这三层呈包含与被包含关系的环境，共同将这个曾经眼神清澈的快乐单纯的少年变得复杂而心灵痛楚。

一、家　庭

叶雨枫父母的家庭教育其实在结构上就已犯了大忌，就是父母意见矛盾不统一，这很容易让孩子觉得无所适从。叶雨枫的母亲想法比较理想化，也比较重视孩子的感受，而父亲的生存哲学却世俗而卑微，文中有一段话对此有概括性的介绍：

> 父亲的生存哲学就是这样息事宁人。他一贯坚持以柔克刚！他说人活到八十岁，牙掉了，谁见过舌头烂了的？父亲说这世界就是狼吞虎咽的世界，你生来就是被吞噬的角色，所以你就必须以吃亏为本。若继续硬下去，班房就在眼前等着呢！
>
> 可母亲却不这样认为，母亲认为人活着就该有些刚气，尤其是男人，没有血气方刚的质量，怎么可以称之为男人，要不上帝造人时为什么要做两个构造呢？
>
> 母亲很希望把我塑造成她理想中的男子汉，因此母亲有意无意训练我性格中的勇敢，心底里的善良。但母亲的“善良”并不含怯懦和隐忍，母亲的“善良”建立在爱憎上，她希望我有正义感，讲道理，坚持做人的气节。可是依了父亲我总是受人欺负。依了母亲，我勇敢了，反抗了，保持了做人的气节，可在是非面前我又无处讲理！

这一段话中，母亲的意见明显更容易获得赞同，因为它充分尊重了人性，而问题也偏偏就出在这里：假如世界作用于人心的外力与自然的人性是一致的，那人性自然不会被压抑、被扭曲，叶雨枫也许就不会受到不公正的待遇。可这段话中有两处却指明了现实的不堪，“这世界就是狼吞虎咽的世界”，“依了母亲，我勇敢了，反抗了，保持了做人的气节，可在是非面前我又无处讲理！”母亲的观点就仿佛叶雨枫现有的观点，天真美好，而父亲的观点就好似叶雨枫即将遭遇的社会，它冰冷残酷却无可逃避。二者交锋后的结果总带着那么一点让人无可奈何的预示：“再美好的理想也敌不过现实的残酷！”所以父母争论后永远都是母亲败下阵来。在这样的家庭环境中，叶雨枫的思想早已飘摇不定，那一步步走出家庭、走进更广阔的环境时，迎接他的就是残酷现实。

二、学　校

从进入幼儿园开始，小叶雨枫就开始接触爸爸“生存哲学”里的“被吞噬”了。小红花不是孩子们所理解的奖励好孩子的荣誉，而是老师阿谀谄媚的手段，年幼的孩子用自己所能观察理解的方式解释这件事，“小红花多是被那些坐小汽车到幼儿园的小朋友得去了”，于是孩子眼里的世界变形了。小学阶段，这样的“被吞噬”越来越多，座位问题、富家子用钱收买友谊问题、被夸大的图钉事件等，这一桩桩看似鸡毛蒜皮的小事，却是一刀刀越划越深的心灵伤害，孩子们的心灵不再纯净，他们懂得了钱比努力重要、权比真相重要，成人社会的恶习，浸染了这些祖国的花朵。越往高年级上，世界越不堪，“脚”的出现，彻底打乱了叶雨枫的人生步骤。为了校足球队队长一职，“脚”挑起事端，纠集人马引发了一次斗殴事件，混乱中“脚”的头被打破了。事情本来很清楚，叶雨枫既未参与，叶雨枫的朋友们也是被迫反抗，然而事情的走向却远远出乎孩子们的意料。“脚”的父亲“有钱能使鬼推磨”，他实际操控了对这件事的“判决”：派出所“小题大做”，以一张孩子们印来玩的“名片”为证据，判定实际并未参与的叶雨枫为“犯罪嫌疑人”；家长胆小怕事、自私推诿，逼迫孩子们将罪名统统推到叶雨枫身上，让这个孩子有理无处诉；学校更是不问青红皂白，将无辜的学生开除了事。罪恶肮脏的黑手就依靠这样的事件肆无忌惮地伸进了校园，抹杀着真相，混淆着是非，将美好、善良、正义的东西渐渐逼入角落，直至阳光再也温暖不了孩子们的心。叶雨枫和他的朋友们曾那么真诚热情，钟炜家庭贫困，交不起学校的费用，这帮孩子们想尽办法帮他解决实际困难，还发动同学捐款；司马有着难以启齿的隐痛，其实说白了不过是青春期正常的生理反应，在叶雨枫和妈妈的帮助下也有所好转；程超被朋友们重新点燃了热情，从行尸走肉中又活了过来。这是一群多么可爱的孩子啊，可是他们都在受着不同程度的伤害，钟炜父亲之死，司马被老师当众撕碎的尊严，还有叶雨枫截然不同的人生……尚未完全步入社会，他们就已经遍体鳞伤。

三、社　会

当叶雨枫真的两脚完全踏入社会时，他终于彻彻底底看到了金钱以及金钱衍生出的一切，是如何一步步吞噬人的灵魂，将人变成恶棍，变成荡妇，变成魔鬼的。一个妙龄女孩为了能有五块钱果腹，竟然就要出卖自己的处子之身；一个年轻的女孩子试图有一份工作却由人暗箱操作被顶替，走投无路而绝望自杀；一个龙钟老妇拾荒者本身就已被压在社会最底层，却还昧着良心碰瓷，讹诈送水工五百元；还有曾与叶雨枫共患难的民工老万，那个曾经的百万富翁，竟狠心偷走叶雨枫的血汗钱……这一个个场景的罪恶之源都是金钱，金钱让人变得没有廉耻，金钱夺去了人的良知，金钱巨大的杀伤力几乎可以横扫一切。它不仅会毁掉二狗子这种本来就有性格缺陷的孩子，让他们步上犯罪的道路，它甚至也会毁掉像欧阳一样的正义好女孩，让这些对世界还懵懂着的孩子错误理解生存的哲学。

叶雨枫步入社会后的B线里，有一个人物是作者花费较多笔墨去描写的，就是那个后来与叶雨枫姐弟相称的妇人。她的男人很有钱，给她开了一个洗车行，让她住在别墅里，但并不在意她。这个妇人过着不正常的感情生活，发展出了变态的情欲，甚至与她的“狗”建立了肉体关系。这个女人虽然在叶雨枫走投无路时收留了他，但在叶雨枫心里，她就是个淫妇。她收留叶雨枫的动机本身就不单纯，她会故意逼他干一些有伤尊严的活，以发泄自己不正常的心理，还会骚扰这个十七岁的小男孩，总之，无论行为还是心理，这个妇人都是一个丑恶的变态者。然而在小说的后半部分，在叶雨枫离开她以后，她常常带着温情的面孔出现，她会心疼他小小年纪单薄的身体干那么重的活，她会给他钱试图帮助他，最温暖的一幕是当叶雨枫的钱被老万偷走急怒攻心晕倒后，是妇人救了他，给他看病，陪护照顾他。就是那个时候，他们开始以姐弟相称，妇人也对他打开了心扉，原来她破败的人生也是拜金钱所赐，因为要给得了肝癌的弟弟筹钱治病，她才出卖了自己。又一个金钱社会的受害者。虽然最后她给了叶雨枫希望，将一大笔钱留给了这个少年，可是她的人生已无可挽回，只能一场大火结束一切。虽然因为作者大量笔墨都在描述这个妇人的丑恶，所以直到她死也换不来读者多少同情，甚至结局还显得牵强，比如雷达先生就认为“由于荡妇的形象丑恶，难于复原，后面由妇人到‘姐姐’的转化缺乏说服力，不可信。‘姐姐’倒比父母亲，更不可信”[①]。但这个人物对于社会的批判力量却非同小可。

社会的负能量对人的负面影响是可怕的，对正在建立世界观、人生观、价值观的孩子来说尤其如此。在小说快结束时，作者借叶雨枫的头脑思索着：

> 什么是人的权利我早已模糊不清，只记得，衣食无忧的时候，在家里往爸爸要人权，在学校往老师要人权，可眼下

---

①雷达.谁来拯救灵魂[N].文学报，2005-05-19.

我又往谁要人权呢？人有支配自己的权利吗？好像钱就是支配一切的权力！我直僵僵地望着正前的不知哪儿，手在不停地抠着便眼里的尿锈……泪水一点一点地溢上来……

我看到了世界凹凸不平，世界实质就是由凸凹组成的，可我还要天真地渴望平等。

我开始怀念我的父亲，父亲对人类的等级理解得太深刻了，所以他曾那样渴望我能逃离普通人的范畴，不惜打磨掉我身上所有的棱角以求安全，去争取自己一生的“尊严”。可我太热衷于妈妈所讲究的爱憎的意义了，爱憎仿佛是一个人心灵的品牌，是一个人起码的是非疆界，爱憎使我热情，热情激发勇气！可我从来没有怀疑过热情和勇敢，正义和善良成为我成长过程中心灵的疼痛！

是的，妈妈的人生在空幻的理想中，爸爸的人生却在现实的生活中。

叶雨枫从一个坚决相信美好的少年变成了认同世俗规则的社会人，他灵魂渐变的因素来自于家庭、学校和社会三方的力量。可见，要保护闪光的人性，从家庭到学校再到完全的成人社会都应该负起净化精神环境的责任，让世俗的、丑陋的精神垃圾远离我们的生活。

其实真正代表陈亚珍长篇小说创作高度的作品是广受评论家好评、登上2012年度中国小说排行榜长篇小说第四名的《羊哭了，猪笑了，蚂蚁病了》。这是一部集中了作者对社会、对人性的批判性认识，并将自己的生活经验与认识完美注入作品中的艺术精品，论者对作者及作品的评价都极尽赞誉之词。雷达先生在这部小说的序中这样写道：“读完五十万言的《羊哭了，猪笑了，蚂蚁病了》，我不想掩饰我的震惊。我预感到，作家陈亚珍有可能，或者已经创造了文学的奇迹。……我惊异于，她的灵魂思辨的犀利与滔滔不绝，她在艺术表现上的大胆与叛逆，尤其是她对中国封建的节烈与以假革命之名义的节烈对于中国乡土女性的荼毒，对历次政治运动对人性的伤害之深，以及对属于中国经验的、渗透到民间底层的政治文化形态的反思，应该说都是独特的，罕见的。她似乎是与我们津津乐道的所有女作家都不一样的女作家，她基本没有进入过研究者们的视野。但她是雄强的，她是沃野上的一棵大树。”“统观全作，无论从叙事的角度，还是从女性立场的价值评判，无论是从进入历史的姿态，还是从反思社会、反思政治文化的角度，陈亚珍的《羊哭了，猪笑了，蚂蚁病了》都是十分难得的厚重深沉之作。它通过亡灵视角，观照像羊、猪、蚂蚁一样的弱小者们以及‘无告者’们的生存悲剧，并从历史的背面进入了历史，反思了半个多世纪以来的中国社会历史及其深重的文化症候。它不愧是复兴中华文化的大背景下的新一轮反思小说的先锋，也不妨看作是新历史主义观念影响下的一块厚重的文学基石。”董大中先生也称赞说“这是一部需要一边读一边想的高品位的书”。的确，在流行快餐文化的今天，陈亚珍的书值得我们细细品读，甚至是一读再读。

《羊哭了，猪笑了，蚂蚁病了》是一部带有魔幻现实主义色彩的小说，作者选择了一个故去的人的灵魂作为叙述视角。关于这一点，陈亚珍在接受采访时谈到过自己的想法：“所谓魔幻现实主义也是书出来之后，研究者的定位。魔幻是一种艺术手段，比较虚幻，脱离了写实的手法，但我自认为内部体制还是十分传统、十分本土的，只不过写到一定程度艺术上会有变化和提升，因为要进入长达六十年多年的历史跨度，平铺直叙，用惯常的视角绝对落俗套，尤其是特殊历史时期多少人都写过了，再进入这个领域死路一条。那么我就得选一个独特的视角，那就是亡灵的叙事方式，自由、灵动、跳突，过去与当下都可自由出入，进行灵与肉的对话，便于彰显思想。因为很多思想需要表达，但又不能长篇大论地议论，不付诸形象体系就会流于说教感，所以我让‘亡灵’回到二十一世纪，除去回忆是第二时间，与人接近是第一时间，第一时间提出思问，引起读者的探究欲望，然后进入历史。我设计了不同行业的不同角色的人物与灵魂进行对话来表达思想，把感性和理性糅合起来，努力营造一种神秘感。这当然需要智力、慧悟、思辨来加强读者的阅读兴趣和探究欲望，因不是常规性叙事，按部就班那种，所以我不断变换叙事策略，不断变换视角进入现场，比如鸟、树叶、狗、萤火虫、一缕烟等，亡灵嘛，谁见过鬼魂是什么样子，所以就可以自由想象，绝不会有人提出质疑。……其实事先并没考虑什么主义，什么风格。主义和风格是研究者的事。我只想寻找一种比较得手的叙事方法。”（《灵魂拷问者——作家陈亚珍访谈录》，见陈亚珍博客http：//blog.sina.com.cn/s/blog_48cae03f0102dzej.html）

小说分为三个部分：第一部分《天问》。讲述抗日战争时期，梨花庄的仇二狗带着村里的三十多个男人参加了抗战。仇二狗的女儿仇胜惠因为出生时被认为是灵蛇转世，所以大家都把祈祷丈夫平安归来的希望寄托到了胜惠身上。虽然胜惠没日没夜地祈祷，甚至重病差点丢了性命，但村里的男人们还是没能得到保佑，阵亡消息相继传来，梨花庄几乎成了寡妇庄。但梨花庄女人们的灾难绝不止于此，传统伦理道德对女人的束缚与摧残才是更直观的灾难。童养媳久妮婶还未正式出嫁男人就死了，为表示终身守节她扎瞎了自己的一只眼，村人为此还立了一座贞节牌坊。贞节像一个无形的桎梏，锁定了女人们的悲剧命运。腊月娘、荷叶娘，还有烈士亭里以殉节的方式与丈夫同归于尽的寡妇们，追根究底是死于这节烈观。只有一个看似幸运的胜惠娘，因为参战的男人们只有她的丈夫仇二狗活着回来了，还当了官，但是她也难逃悲剧命运，甚至承受的痛苦更多。因为胜惠为大家祈祷时重病差点丢了命，胜惠娘不得已求助于蛇王九斤，一无所有的可怜女人只能用身体来做交换。等丈夫终于回来时，等着她的却是一纸休书……不得不说，这里所写的战争不同于其他战争题材的小说，这里没有正面描述战争场面，没有描述直接由战争造成的悲剧，而是集中笔力描述战争背景下女人们的痛苦。读者至此不得不重新思考生命的苦难：加之于女人身上的痛苦，为什么竟然是男人要承受的双倍？究竟是什么原因，让这些柔弱的肩膀既要承担直接由战争带来的灾难，还要承担文化的戕害？

第二部分《地问》。战争终于结束了，梨花庄的寡妇们虽然失去了丈夫可依靠，但“梨花庄成了英雄的村庄”，烈属子女的光荣在抹平人们心理创伤的同时带来了新的灾难。三毛竟然嫌弃自己父亲没有成为烈士，以至于刘二科为满足孩子的愿望一把火烧了饲养院，并与牲口同归于尽，悲伤的是三毛娘最终也没为刘二科争来烈士身份。再加上大炼钢铁、三年困难时期、大放卫星等一个个关口，将梨花庄的女人们再次逼到了死亡线上。为有个壮劳力可依靠，银宝婶顶着巨大的压力招了上门女婿，没想到玉米竟然训练一条狗攻击银孩，最终又让银宝婶失了依靠。天胜娘是一个准寡妇，因为只有她的丈夫在战争中生死不明失踪了，自此，这个可怜的女人就陷入了没有终点的等待。可是灾难依然不肯放过这个可怜的女人，因天胜奶奶在家无人照顾，竟然因一次意外撑死了，这又给天胜娘带来了一次几乎成为反动派的灾祸。还有荷叶，竟然因为娘的过去连累了这个姑娘，甚至自己的亲二叔都会亵渎她。这一起起悲剧事件看似各个不同，究其根源却同是因为社会环境与文化观念的合力作用。这股力量不仅直接制造肉体的痛苦，还会折磨人的精神。胜惠娘本是能干善良的女子，她虽被胜惠爹因不贞之名抛弃，却始终牵挂着胜惠爹，灾荒之年不顾自己性命收留孤儿，无非是想为当县长的胜惠爹分忧解愁，可是那种亏欠了九斤叔的歉疚却是无论如何也还不上了。胜惠爹虽然休了胜惠娘，可这个好女人的善良还是打动了他，让他无法彻底忘记她，也会觉得自己亏欠了她。这种精神的折磨就是来自于社会的变化与观念的滞后，或者更直白地说，这种苦难就是来自于人本身，来自于被传统文化观念扭曲了的心理。

第三部分《心问》。在这一部分内容里，因为外部环境的剧烈变化所带来的人性扭曲愈演愈烈。玉米已经完全变成一个心机很深的狠辣女子，她对胜惠由妒生恨的心理被作者刻画得入木三分。她完全忘记了胜惠爹对她有过的照顾，她甚至利用特权逼喜鹊和腊月用圪针棍对胜惠爹用刑，用实际行动将尚存有一丝良知的人强行划入恶人的范畴。而张世聪的嘴脸更是令人作呕，他可以为了巴结领导做到绝对的奴颜婢膝，一旦领导遭难，他又可毫不犹豫地落井下石，做尽雪上加霜之事。他不仅对胜惠实施家庭暴力，还以胜惠之名揭发自己的老领导。在斗争胜惠爹的各次活动中，还有在惩罚胜惠娘的惨无人道的酷刑中，那些曾经善良的人们，仿佛进入了一场恶魔的狂欢，他们最大限度地展示着自己人性恶的一面，这由人到鬼的快速转变让人毛骨悚然。胜惠化为一缕冤魂之后，所见识到的人类世界虽少了一点直接的血腥，却愈发令人心寒，各种丑陋的表演让人感叹，究竟是什么掌握着人性？天地人伦究竟有没有固有的规则？《心问》的题记写道："爱是平等的一种感情，而怜悯是居高临下的姿态。正如帮助是不求回报的，而施舍却需要感恩戴德。人失去了仁爱之心与自然之真，连眼泪都带有表演性，人世间还有什么是真的呢？"很显然，作者在感叹美好人性的失落，那究竟是什么造成了这一切呢？问天，问地，问人心，答案在哪里？也许小说中一些富有哲理的句子可以让我们寻得蛛丝马迹：

人类也许最可怕的不只是权力的角逐，还有人心的黑暗！

人世真正的可悲不是你做过多少错事，而是以错为荣失去了忏悔心理啊。

一个人的热情被打击一百次就会变冷，一个人的真诚被玩弄一千次就会虚伪。

把持公道的人在流氓面前是个懦夫、伪君子、失踪者，只有在正直者面前才板起面孔显示应有的威严。在这种畸形的竞技赛中，任何一种资源都可以操纵到极致，唯独正直不生效。

世间为甚那么容易原谅一个恶人的劣迹，却对善者一再扭曲呢?

忘恩负义、虚伪、谎言是争取立身的基本条件，权、钱是人的必需品，想要拥有它可以杀人灭亲。在权钱利欲面前没有爱只有恨，真的！有人教我怎样恨，却没有人教我怎样爱。

我常常被金钱和权力的魔爪扼住我的咽喉、充塞我的嘴巴，我可以挡住一部分金钱的诱惑，却挡不住权力的驾驭！金钱是潜规则，人际是一架逃不出去的庞大机器，你是其中的一个小零件，如果不被其所带动，便会被庞大所扭曲所压垮。

战争年代生命流血肉眼看得见容易引起世人愤怒，和平年代灵魂被涂炭肉眼看不见，容易使人麻木、顺从、妥协！

既然世人无能力惩处坏人，好人就只好去死。

细细品读这些富含哲理的话语，我们就可以把握这部小说的立意，也更加被作者所折服，也会加深对小说题目的理解，让我们用一段作者的创作谈来结束对这个内容的思考吧：“这部书最初的标题叫《死灵魂手记》，后来考虑到俄国有部小说叫《死魂灵》，让人觉得好像受名著的影响，有蹭份之嫌，觉得不够独立，文学创作贵在‘创’字，没有独创感将不是成功的作品，包括标题。有一天外出散步时一个朋友说，我们都是上帝的羔羊，所有的羊都必须经过这个门。我突然想到既然上帝造了我们，让人一生中只完成一件事：‘爱’！那为什么人间还要有战争，制造邦与邦之间的恶性仇恨？撒旦是邪恶之神，肯定是撒旦的主意，那既然上帝是全能的，为什么要把‘羔羊’交给撒旦让‘羊们’相互摧残？消灭一个个鲜活的生命？……男人们在前方流血，女人们在后方流泪，这就有了‘羊哭了’的定义。也就是第一部《天问》。战争是全人类的灾难，所以我要问天。全书分三部写，我比较理性地思考了新的历史时期的三大战争：武力战争，政治战争，金钱战争。‘猪笑了’可谓政治战争，反思新中国成立以来，从‘大跃进’、‘三年饥饿’、‘文化大革命’等特殊年代，人们的头脑、心灵、嘴巴、眼睛、耳朵都不过是破碎的零件，不能发挥自己应有的功能，一旦功能生效就有可能犯错误。公共空间占有了私己空间，集体无意识，精神大狂欢，这就真应了‘人类一思考，上帝就发笑’这句名言了吧。‘蚂蚁病了’，我认为金钱也相当于一场战争，金钱调动了人们最大限度的欲望，什么都可以不顾。欲望蛀空了人的灵魂，如同匍匐在地下爬行的蝼蚁，自动放弃了一个人应有的尊严，用金钱来衡量一切是这个时代的特征，这个时期什么都可以用来消费，身体、灵魂，才华、名分等，一切都是交易的资产。我认为这是人文衰败的最大危机，可以说，人类战争消灭的是人的生命，政治战争消灭的是人的意识，而金钱战争消灭的是人的灵魂。而且，这种消灭是泛化的，是针对不同时期不同领域的普通弱小民众的。返回来我又要提到‘爱’的字眼了。武力战争有爱却不能爱，政治战争高喊着爱却没有爱的自由，金钱战争有了爱的自由却由于个人欲望过纵失去了爱的能力。所以我才发出天问、地问、心问。人类到底怎样生存才最合适，至今没有找到，如何找到人最好的生存方式还是个疑难问题。”（《灵魂拷问者——作家陈亚珍访谈录》，见陈亚珍博客http：//blog.sina.com.cn/s/blog_48cae03f0102dzej.html）

第二节 陈亚珍小说创作的基本特征

纵观山西作家的作品，可以总结出一个鲜明的特点，那就是现实主义文学传统。关注社会民生、反映普通百姓生活是共同的情感焦点，还有着明显的地域特征。陈亚珍小说的现实主义风格尤其突出，而且相比山西的其他作家来说，她的现实主义还多了直面社会问题、深具批判性的特征。她没有对人类终极性关怀做遥远的想象性思考，她就是努力挖掘当今社会已然存在的、与美好人性背离的反作用力，再以典型的细节、细腻的心理、形象的人物、精彩的故事展示出来，以期引起大家的注意与共同的思考，字字句句都透着真诚，真诚地想解决现实的问题。可以说，陈亚珍的作品有一种社会责任感在里面，有现实的人生哲思浸润其中，读后不仅有艺术上的享受，还会更深刻地认识社会问题。

一、直面社会问题

自我国进入市场经济以来，由于利益分配是否均衡和社会不公现象日益严重等问题，再加上暴富阶层的畸形消费，人们心理逐渐失衡，继而干扰了主流意识形态建设，拜金主义、享乐主义、利己主义不断侵蚀人们的思想。现实的种种不和谐因素远非表面呈现出来的那么简单，其根深蒂固、盘根错节的深层缘由牵扯太多，再加上现在全民娱乐的文艺界、文化圈现状，很多文艺创作者都选择了一条轻松的路，或快餐文化，或娱乐态度，严肃认真、有社会责任感的作品越来越少，更不要说敢直面社会问题，甚至是敏感问题了。陈亚珍却是其中的另类，她选择了一条实在是不讨巧的创作之路，专门针对一些社会问题去进行形象化的处理，以促使读者从中领悟一些解决当今社会弊端的途径或想法。

她的长篇小说《十七条皱纹》和《羊哭了，猪笑了，蚂蚁病了》就是两部非常典型的审视社会病症的作品。叶雨枫本是天真少年，却在家庭、学校、社会的共同作用下，一步步变得复杂，变得不再积极健康阳光。作者借叶雨枫的眼睛和思想，带领读者一一揭示金钱对人性的腐蚀。学校老师只关照有钱人家的孩子，不计公平与否；派出所民警办案，可以为维护富人利益，随意将无辜少年定为“犯罪嫌疑人”；有钱人的太太可以胡作非为，奢靡淫乱，而没钱的孩子在学校受欺压，进入社会被暗箱操作，连工作也找不到。金钱让人性扭曲，拾荒老人玩讹诈、出卖苦力的民工偷走别人血汗钱、阔太太与狗交媾等。而这些对美好人性的可怕杀伤力，就来自于我们身边那些习以为常的细微言行。想杜绝人性的变异，就要从家庭、学校、社会各方面入手。《羊哭了，猪笑了，蚂蚁病了》跨越了漫长的一段历史时期，挖掘出的原因也更深刻、更彻底。战争的灾难、传统文化观念的滞后、错误的政治决策、滋长人性恶的社会氛围，这些都是让原本淳朴的村民身担恶行的原因，也是当今社会人们拜金主义心理的历史基础。可见要解决当下的现实问题，治标不治本根本无济于事，必须从人们的心理深处着手，慢慢改变人们思想中的遗毒。关于这一点，陈亚珍较早的两部长篇小说就已经做了比较详细的阐述。《碎片儿》里跃跃本性善良，为何会与骨肉至亲闹得不可开交？政治决策失误所导致的混乱社会背景、混乱社会背景下人们狂热疯狂的精神状态，就是跃跃人生痛苦的催化剂。《神灯》中万治穷有文化、有头脑，对养育他长大的村民心怀感恩，但为什么他一心一意要带领大家脱贫致富竟遭巨大阻力？因为村民的愚昧和落后，因为村民的私心与懒惰。这些作品里都有强烈的批判意识，直指社会弊端，深挖民众骨子里的劣根性，无论思想上还是政治上都不是一个轻松的话题，但陈亚珍就这样义无反顾地将它们摆到了桌面上，勇气可嘉。

曾有记者采访时问她认为作家应该具备什么样的气质。陈亚珍回答是“才气、正气、勇气、骨气”，并进一步解释说：“我为什么把才气放在前面，人文科学靠直觉，物理科学靠数字，直觉和数字永不相遇，它们是两个层面。正气：我以为一个人没有了正气就已经被邪恶同化，那么你的作品也会充满邪恶，失去应有的品位。勇气：我想，如果一个作家对人世间不合法不合理的事物人云亦云，没有锐气反抗，听之任之，漠视人间的苦难，随波逐流是没有资格称之为作家的。作家应该是精神领袖而不是精神矮子。骨气：有一句名言说‘有傲骨而无傲气’，是人间真品。作家面对权力、势力奴颜婢膝，所码出的文字将会充满市侩气息。真正的作家应该具备独立的精神品质和自由的心灵状态，敢于反叛人性的堕落，灵魂的腐朽，面对名欲、利欲、权欲有能力拒绝，这就叫骨气。”（《灵魂拷问者——作家陈亚珍访谈录》，见陈亚珍博客http：//blog.sina.com.cn/s/blog_48cae03f0102dzej.html）

有正气与风骨才会有创作与思考的深度，陈亚珍的特别之处就在于她敢说真话，敢于揭露一些明显属于社会黑暗面的东西，但她的作品又是促人向上的。跃跃从“文化大革命”的伤害中走出来，倔强与善念都未丢失，最后终于奔向了家的温暖；万治穷克服重重困难，不仅感动了村民，甚至感动了宿敌，终于可以完成致富计划；叶雨枫在成人社会颠沛流离吃尽苦头，虽迷茫困惑于真正的处世之道，但他始终不放弃自己做人的底线；还有胜惠，那个一直苦苦寻找自己的“根”的“无祖鬼”，是与非、善与恶在她心中始终分明。

陈亚珍说：“世界上缺衣少食是肉体上的一点痛，如果人世间缺了爱，心灵就会冷！所以我的文学核心就是呼唤真情呼唤爱。没有爱的世界是畸形的变质的世界！……当一个人内心充满了爱与善念的渴求，才会对万灵拥有怜悯之情。那么，假如人与各种关系都有爱心，社会的‘和谐’才能实现。所以我认为：爱是人类的最高法度！”单纯批判是一种否定，指出病灶，再给以积极健康的阳光心态，才是正确的精神给养，陈亚珍的小说意义就在于它传递的是爱的力量。

二、直面心灵

一直有种偏见，认为太过个人化的叙述，从人物心灵视角出发的作品不够大气，拘囿于个人的小情绪，难以有真正优秀的作品。陈亚珍却让笔者见识了直面心灵的力量。陈亚珍用笔，抒情氛围几乎纵贯始终，却不仅没有小家子气，相反却直入事物的最深处，既有对情感体验的深度剖析，又有对事态走向的准确阐释。

《十七条皱纹》笔触一直随着少年叶雨枫的心在走。初入幼儿园时对小红花的渴求，几经努力求之不得时的分析；小学时更明显的不公平待遇投射到孩子心理的阴影与伤害，牛牛花钱买朋友的举动对少年思想的冲击，金钱力量在他心中一步步胀大的过程；中学时更强的成人社会的影响力，被迫离家出走后游荡于社会时的复杂心理，委屈、从不曾丢失的善念、对父母的牵挂、对社会的审视与批判。正是随着少年心灵的跌宕起伏，读者才能更感同身受地体会到一个人生就的勇敢、热情、正义、积极等品格是如何被社会的丑恶所威胁、所吞噬的，也才会真正警觉世俗对人性扭曲的力量。叶雨枫直至最后也未丧失人性的美好，若没有心理的细腻交代，将会显得不真实，毕竟一个十几岁的少年突然被抛进成人社会的最底层，能守住尊严、保有善良不是件容易的事。可只要你随着作者的文字去触摸这个少年的灵魂，你就会理解他的抉择。《神灯》里的万元成，集大善与大恶于一身，作者同样带领读者去感受他少年时承受的痛苦，突然被村人逼得无家可归，母亲又重伤昏迷，一个未成年的孩子，深山雨夜饥寒交迫，该是怎样的无助？不心生恨意就会是件奇怪的事了。再后来，被万治穷和村里的孩子们欺负，那种想当一次好人的心理太符合孩子的性情了。就是在这样一桩桩一件件的小事中，我们跟随他心里的声音，了解了这个孩子的恨究竟从何而来，也慢慢理解了他最后略显突兀的转变。毕竟成人后的万元成虽然作恶无数，但他对水妹子、对被自己失手杀死的娘感情深厚，是她们无形中促成了万元成的转变。《碎片儿》带有很强的自传性质，心灵视角分量更重，被奶妈一家宠爱时感受到的亲情与回到亲妈身边时那种若有若无的歧视与冷淡，足以让这个孩子与自己的亲妈离心离德。被姑父姑姑领养后，被冤枉为小偷时的委屈、一个人试图回城的凄凉，都将这个孩子的心理过程整理的合理而令人同情。尤其是十六岁时的跃跃突然要与家庭决裂的心理变化，与同类题材的作品相比，直面心灵的叙事策略就显出了它的优势。以往常常见“文化大革命”到来时，少男或者少女突然从从未有过出格行为的正常少年变得疯狂而绝情，他们的狂热即使是时代的共性，但突然由正常到冷酷绝情的突兀转变还是使得人物少了那么一点可信度。跃跃的转变就不会显得不合情理。二次回城后的跃跃已经是个典型的农村姑娘，完全的农村生活习惯被家人嘲笑、被同学歧视。她也曾经历了常理的争取：比如从一开始的自卑，到后来的主动改变、主动示好。但是再多努力也改变不了既成事实的心理距离，跃跃就是觉得自己是被排挤的那一个。但即使如此，缺乏一个适当催化的契机，心理的大变化还是不够顺理成章，于是就有了被冤枉偷砚的事件。这次事件中，跃跃的心理反应很关键，这是将她与家人的心理距离拉大的一次关键事件。再后来她索性改变在家里的存在方式，变得飞扬跋扈，以及找不到价值感时就趁“文化大革命”的到来，努力在学校表现的一系列行径就都可以理解了。这个受尽委屈的姑娘，无非是想获得一点存在感，无非是想入团证明自己优秀，揭发母亲也是为了表现自己的上进，她真的就是个略显单纯的孩子。闯祸后无家可归时她的心灵自述，才符合真实的心境，于是社会对人性的戕害的反思也才显得更有意义。特别值得一提的是《羊哭了，猪笑了，蚂蚁病了》中的心灵独白，就是在这些内容里，那些富含哲学意味的话引人深思，既揭示出小说的立意，也深化着作品的价值。“世间最可怕的不是凶狠而是虚伪，它足以让世界混淆了是非的标准。世上有无数的阴谋在活动，它们侵犯的往往是正直善良的心灵”，类似这样富含哲理的话语在小说人物心理独白时比比皆是，这些是理性思维的结果。没有这些直面心灵的叙述，也许这些小说仅仅是一个比较好看的故事而已，正是这些人物的心理赋予了小说哲学的高度和现实的深度。

三、注重塑造典型人物

成熟的小说作家都很清楚，一部好的作品除了要有精彩的故事情节外，还应该具备对于普遍人性的人文关怀，这就需要在作品中塑造典型人物，以人物为媒介，探讨抽象的人性问题。典型是文学领域一个传统而重要的问题。然而随着科技的发展，媒介革命也影响了传统的文学艺术，许多文学作品不再注重塑造典型人物。写作者不再看重对生活的理解与提炼，而是单凭自己的主观想象也可以写出拥有广泛读者的作品，当然千篇一律、与生活脱节等问题也随之而来。幸好还有有着深厚生活经验的作家在坚持自己的创作。他们不凭空想象，而是将眼中的社会现实与心中的审美理想、社会理想有机融合起来，从而塑造出有独特个性又有现实真实感的典型人物。

陈亚珍的作品里，广受赞誉的首先当然是那些花费笔墨去重点塑造的人物。比如《碎片儿》的主人公沈跃，这个倔强、泼辣、刚强又不失善良的女子形象，完全被写活了。她不同年龄段的特殊心理、不同生活环境的不同反应，都准确而传神。比如奶奶的小女儿被糊糊烫死的场景，一般的人应该都是被惊呆了，但当时的小跃跃还是个不懂事的吃奶娃，她完全不可能意识到发生了什么事，更不会明白死是什么意思，甚至她连生与死的概念也不会有，所以作者对她的反应处理得非常精彩：奶妈已经因女儿突然的离去伤心愧疚到疯狂，“我”却因为奶妈竟然把属于“我”的奶往惠明嘴里塞，这简直不能容忍。于是“我”就拼命推惠明，打惠明，哭喊着要“赖赖（奶奶）”。这就是那时那刻那个人应有的正常反应。后来被姑父姑姑收养，在农村变成个典型农村娃的跃跃回到城里，与母亲姐妹们一起睡觉时，这个小姑娘的心思就复杂得多了，所以她会因为没有穿内衣而不肯脱衣睡觉，又因为多年不在母亲身边，与母亲在情感上有距离，所以有事也不会和母亲说。这又是当时这个敏感自卑少女应有的反应。陈亚珍真是将人物的心理把握得太准确，表现得太细腻了。其他作品中塑造人物的笔力同样不凡。《神灯》中的万有善、万治穷、万元成个个形象鲜明，性格特征复杂多面，但都被塑造得清晰独特，没有丝毫的重复。人物一言一行都跃然纸上，非常有质感，即使读者对当时的社会背景、对人物生活的空间完全不熟悉不了解，可是隔着遥远的时空，仿佛竟能触摸到那种鲜活的生命气息。《羊哭了，猪笑了，蚂蚁病了》中的胜惠、胜惠娘、胜惠爹、玉米等，人物形象众多而繁复，人物关系复杂，这必然会牵扯同一人物面对不同对象时不同的语言方式、行为特点等，既要显出一贯的性格特点，又要突出区别，陈亚珍也都把握得相当到位。比如玉米在村里还是个小姑娘时就已显出很深的心机，竟然会想到训练一条狗来帮她赶走讨厌的人，其手段又非常狠毒。后来进城上学期间，她对胜惠爹的依赖、亲近，表现得自然而令人信服，读者明知她又在耍心机，却也不得不惊叹她演戏的才能。而见到侉娘，玉米那种自来熟又勤快又体贴的表现，任谁也会被收买。但玉米一贯的狠辣就隐含在这一次次的表演中，等到后来她带头批斗胜惠爹时，读者一点都不意外，因为中间她的表现虽花样百出，但万变不离其宗，陈亚珍的功力在这里可见一斑。《羊哭了，猪笑了，蚂蚁病了》一文，重点人物十几个，她竟能处理得丝毫不重复，每个人物都有自己鲜明的个性，又都符合自己的年龄身份、成长经历，的确是这篇小说的一大精彩处。

其实陈亚珍的小说不仅主要人物塑造得出色，就是那些寥寥几笔的人物也相当出彩。《碎片儿》里的院长大娘，一出场那股泼辣又有亲和力的劲儿就给人留下了深刻的印象。党老师着墨很少，可是那温柔、有思想、意志坚定的外柔内刚的感觉却跃然纸上。《十七条皱纹》中那个特立独行的体育老师铁塔，短短几次出场，却将他素质教育的精髓展露无遗，个性中洒脱的一面也非常传神。而“四大天王”同为半大不小的中学生，在成年人眼里看来本都差不多，但作者却能在他们一亮相的瞬间，就让几人的性格大相径庭，个个与众不同。真是有点出神入化的味道了。

当然能将人物塑造的如此成功，生活环境、语言功力、故事构架等都是重要的原因，这里笔者想特别提一下小说中的细节描写。陈亚珍有丰富的生活经验，又非常善于观察，所以在她的作品里有非常多的特别传神的生活细节，这些细节既逼真又与读者的生活经验拉开了不小的距离，读来有一种陌生化的美感，越发给人物形象添了彩。例如小跃跃在奶妈家时，因奶妈忙顾不上照看她，就让比她大不了几岁的惠明照看，而惠明上厕所了，饥饿难耐的跃跃看到一只鸡从身边经过拉了一泡屎，热气腾腾，这不懂事的娃娃抓起来就想往嘴里送。这个细节相当有冲击力，惊着读者的同时当然更惊呆了恰巧来看她的母亲和姐姐。但细想在那个全民饥馑的灾荒年代，树皮草根都是美食，尚不懂人事的吃奶娃有如此惊人之举也并非不可能。而这样的环境、情节，为后文母亲一家对奶妈、对跃跃的态度都做了铺垫，也为跃跃心理的走向划了方向。再比如《羊哭了，猪笑了，蚂蚁病了》中天胜奶奶撑死的细节，一炕掀翻了的饭食，覆满绿头苍蝇，天胜娘的婆婆一把一把连同苍蝇抓着往嘴里塞，欢快得像个孩童。没有经历那样的年代，真是放开全部的想象也难想出这样的细节，但这就是那个时代真实的悲剧。这样有力的细节，不仅在塑造天胜娘经历苦难、无奈却依然善良和性格方面很有效果，而且还有利于表明小说的立意。陈亚珍作品中这样经典的细节俯拾皆是，正显示出作者的生活经验丰厚，思想认识深入。

总之，陈亚珍的小说不仅故事精彩好看，文中值得细细品读之处也非常多，更重要的是她的作品承载着严肃的思想立意，她总是将思索社会与人性的冲突、将对人性美与善的宣讲等社会责任自觉地担负起来，读她的作品，常常有一种灵魂被拷问、思想被启迪的收获。

第三节　新历史主义视角下的女性观照

——论陈亚珍《羊哭了，猪笑了，蚂蚁病了》之女性书写

传统历史学家总是把帝王将相、英雄志士作为历史的主流存在来看

陈亚珍《羊哭了，猪笑了，蚂蚁病了》书影

待，他们关注的是社会主体意识，至于底层人物、边缘观念几乎难入传统历史学家法眼。因此，历史成为福柯所说的大写的单数的“历史”（History），而无数小写的复数的“历史”（history）就此被取代，湮没于大写历史的文化语境中。陈亚珍的《羊哭了，猪笑了，蚂蚁病了》却勇敢地跳出大写历史的“主旋律”，为读者提供了一个新的认识历史的视角，采用新历史主义的叙述策略，将向来被边缘化的女性推到了宏大意义的中心，通过观照女性命运来重新思考历史，反省人类与社会的种种重大问题。

一

新历史主义者在对待历史和文学的问题上有自己独特的观点，与传统历史主义者有很大不同。传统历史主义者认为历史与文学的关系是实证性的，他们关注历史的本来面目，并且相信在文学之外有一个具体的真实的历史，文学就是此历史的文本记录。新历史主义者却重新思考“历史是什么”的问题。他们认为历史仅仅是现时的人对过往发生事件的一种“知识”，此“知识”与历史编写者的观念、态度、叙事方式等密切相关。美国文艺理论家海登·怀特说：“‘历史’不仅是指我们能够研究的对象以及我们对它的研究，而且是，甚至首先是指借助一类特别的写作出来的话语而达到的与‘过去’的某种联系。”①从这种观点看，历史不再是过去发生的事件，而成了一种话语、一种文本。既如此，“历史”便不再是一成不变的唯一真实，所谓历史真实并不等于事实，

①拉尔夫·科恩主编.文学理论的未来[M].程锡麟等译.中国社会科学出版社，1993:43.

它是事实与历史阐述者的观念构造的集合体，它带有一切语言构成物的基本特点，且文本性决定了其多样性与虚构性的特点。文本的叙述策略、叙述方式影响着其内容与观念，叙述者决定着读者能从此文本中看到什么。基于此，新历史主义者有意避开传统历史主义者书写大写历史的主流意识，他们否定过往大写历史英雄史诗的立场，认为真正的历史存在于小写历史中，存在于普通人，甚至是边缘人眼中的历史事件记忆中。带有新历史主义倾向的文学作品，通常回避宏大叙事，作者往往淡化处理重大历史事件和历史风云人物，将视角聚焦在小人物琐碎、细腻、卑微的日常生活上。《羊哭了，猪笑了，蚂蚁病了》就以向来不被主流男权意识重视的女性作为叙述主体，以女性的眼光、女性主义的立场讲述了一段跨越了两代人、长达半个多世纪的风云变幻的历史，其历史讲述的着眼点不在大事件、大人物，而是通过描述战乱与社会动荡中女人的琐碎生活、细腻情感、人性裂变等内容，做出了不同以往的女性历史书写。

要完成这样的女性观照，作者首先在叙述视角的选择上设置了一个便于进入女人内心的独特视角——幽灵仇胜惠，叙述了梨花庄女人们不同时代的悲剧命运。选择幽灵这样一个全知视角，恰当地避免了视角越界的可能性错误，便于无所不在地讲述限制性视角无法触及的各个时空的故事，深入不同人物的内心，一窥其人性裂变的过程。故事发生的时间大体开始于抗日战争，之后跨越了解放战争、抗美援朝、合作化运动、人民公社、大炼钢铁、“文化大革命”等风云激荡的历史时段。以往的小说作家、史学家面对这一段历史，更乐意倾听胜利者的演说，展示英雄的不平凡人生，或者反思曾有过的决策性错误。无论哪种内容，都不会关注处于边缘状态的人与事，不会关注被宏大的历史挤到角落里的女人的命运。即使有偶然的涉及，女人们也是英雄故事的配角，是人类历史的“他者”，她们没有言说自己命运与心情的权利。《羊哭了，猪笑了，蚂蚁病了》采用新的历史观，采用淡化重大历史事件和重要历史人物的策略，将宏大的战争场面、激荡的历史风云化为琐碎生活的背景，以虚化的艺术手法，甚至是记忆残片的形式来表现社会巨变的大事件。小说中我们看不到男人们如何浴血奋战、如何惨烈牺牲，看不到大事件的正面展示，相反地却对女人的命运进行了多方位的细腻展现。跟随叙述者的讲述，读者解读到的历史熟悉又陌生，不知不觉就进入女性观照的视域，开始注意被过往历史忽视的女性命运，继而开始思考女性人生的意义，甚至是女性对于社会存在与发展的意义。

通过这样女性观照的新历史主义视角可以认识到，历史不是简单的人民战争的政治史，对于许多普通人、个体生命来说，那就是一场灾难，尤其是对于处于男权中心文化下的女人们。胜惠的父亲带着梨花庄的三十多个男人去抗日，对那些英勇抗战的男人们来说，他们有英雄梦可以供其追逐，可留给女人们的就只剩下苦难了。她们要用并不结实的臂膀挑起照顾一家老小的重担，还要承担等待的焦灼以及丈夫战死沙场的痛楚，即使如胜惠娘这样貌似幸运的，其实质的命运依然摆脱不了悲剧。在其他女人的丈夫纷纷传来噩耗之际，胜惠娘兰菊的丈夫不仅活了下来，还荣任县长，但她却没有分享胜利喜悦的幸运。因为在丈夫在外征战的艰难岁月里，为了生存，为了答谢别人的救命之恩，一无所有的女人只能用贞洁来交换生存。当别的女人承受丧夫丧子之痛时，兰菊要背负的是千夫所指的“荡妇”之名；当别的孩子没有父亲的疼爱，成为烈属子女时，胜惠承担的是内心的自责与无根的漂泊感。胜惠甚至直到化为一缕幽灵时，仍被“身份”与“根”的问题纠缠，仍然是一个“无祖鬼”。历史大事件中的女人们，她们虽不用血染沙场，但生存、迷信、贞洁、情爱等问题一波波席卷而来，容不得她们喘息。女人们私密的人生故事与重大的历史事件纠缠在一起，通过小说文本，人物的言行、感受、承受的种种天灾人祸等，足以形象又细腻地反映出整个社会的普通女性正在承受什么。她们人生的挣扎、背负的苦难，甚至没有战斗胜利的成就感来安抚，这样的命运，若非关注女性命运的作者们以全新视角来审视历史，她们将继续被历史忽视。

二

很明显，《羊哭了，猪笑了，蚂蚁病了》在进行女性观照时带有明显女性视角的批判意义。作者在叙述女性生存状况时，通过深度审视男权思想强加于女性身上的枷锁，进而对传统道德的不合理之处做出了含蓄却指向鲜明的反思批判。

作者通过对梨花庄女人苦难的描述指引读者思考，这沉重的历史包袱究竟是怎样压在女人柔弱的肩膀上的。由于传统习俗的影响，很多人甚至没有意识到女性是处在一个不公平和被奴役的处境，她们多会儿都归因于社会大事件或自己天生命该如此，然而《羊哭了，猪笑了，蚂蚁病了》的小说文本将其他因素强迫性地推到读者面前，迫使大家重新归因。战争的无情自然是原因之一，但除此之外，男性的自私、男性的欲望也许是导致女性悲剧命运的直接推手。兰菊性格柔顺而坚强，加之心灵手巧做得一手好活计，具备传统男人眼里好媳妇的一切条件，按理说幸运地等回了丈夫就该熬出头了。可惜的是，她在丈夫杳无音讯、女儿性命攸关的时刻，不得已出轨了，这犯了男权文化传统的大忌，落得个“破鞋”的骂名、被弃的命运。胜惠是个耿直善良的姑娘，她一生纠结于“根”的问题，纠结于娘与九斤叔的情感问题，一直不肯承认九斤叔的继父身份，到死这些都是她魂牵梦萦的痛，根本原因还是无法接受娘“一女嫁二夫”的事实。胜惠不幸的另一个大事件就是被父亲指定的那桩婚姻，这包办的婚姻不仅没给她带来任何父母以为的幸福，相反却是为她千挑万选了一只白眼狼，最后胜惠的意外身亡，悲剧实质是偶然中的必然。另外还有被自己二叔觊觎，又被拐英全糟蹋的荷叶，甚至作为恶妇形象出现的、刺瞎自己一只眼立志为夫守节的瞎久妮，这些女性的悲剧命运无一不与男性的自私、遗留的男权文化对女性的无形束缚有关。这些不幸的女人们，当她们的希望、梦想都落幕于失落时，她们走向悲剧结局前所做过的种种努力、她们内心曾有过的万般挣扎，都促使读者开始质疑那一时段男权意识形态对女性的无理戕害，继而对不合理的传统男权道德等因素进行抨击与批判。

作者不仅在叙事内容上引导读者反思男权的意识形态，她的整个叙事策略突显出很强的女性意识。在男权话语的叙述体系中，男性通常充当的是救赎者的角色，他们在肉体上是女人的依靠，精神上是女人的导师。通常在充满男权意识的文本中，女人面对困境虽可以抗争，但结局大多是做无用功，她们根本不具备，或者说是作者不打算让她们具备自救的能力，最后关头力挽狂澜的一定是男性。《羊哭了，猪笑了，蚂蚁病了》却反其道而行之，小说中的男人完全没有救赎女性的能力，他们是作为配角出现的，在角色分配上似乎就没有绝对的话语权，在人物设置上更是秉持“男子汉死了”的策略。胜惠爹是一个战斗英雄，念念不忘的信条是“解放全世界”，他有着坚强的意志和为大家舍小家的牺牲精神，然而心中有宏伟目标的英雄男人，却是一个思想守旧的封建男人，他亲手扼杀了原配妻子的“苦尽甘来”，亲手毁了女儿的幸福，还间接将女儿送上了死路；大伯正直勇武，却会时常打骂自己的妻子，他明知胜惠娘的委屈，但为了弟弟男人的面子，狠心让孤儿寡母无家可归；三叔善良却懦弱，有保护女性之心，却无保护女性之力等。这些男人都不是女性的依靠，不是女性改变悲惨命运的救赎者。小说中颇有意味的一个人物是九斤叔，九斤叔有能力借助“蛇”的力量从日本人手中救下全村人的命，有能力帮助胜惠娘俩渡过难关，表面看来他可以称得上是救赎者了。可是他帮了胜惠娘，却也将胜惠娘推进更深的苦难深渊，等到他真的只是给女性提供遮风挡雨的安全港湾，而不会增加女性的苦难时，这个宁愿委屈自己、善良隐忍的九斤叔，却已被大伯坏了男根。从这个情节的设置上来说，女性的救赎者，依然不是男人。

女性一旦从男权文化的两性不平等因素上开始思考自己的命运缘何于此时，对男性的传统认知标准就会垮塌，男人强盛、女人柔弱的不平等观念就会随之被消减，女人不必再为寻找精神、物质的双重依靠而孜孜以求，这对彻底推翻对男人的依赖是一个意识基础。否定了“男子汉”，女性才会考虑如何自立；扫除了心目中按男权意识而塑造的理想男性形象，女性才有可能质疑自己的人生，并尝试更改自己的社会角色定位，同时还会激发女性与传统世俗力量相抗衡的自省意识，这无疑是女性走向新生的开始。

三

但由于中国自己特殊的国情与文化发展历史，没有像西方国家那样轰轰烈烈地开展过女权主义运动，中国女性意识觉醒的程度还远远不够，所以从表面上看，当代女性似乎有了较强的女性意识，但实质上，由于在漫长历史过程中浸染了男性轻视女性的惯性思维，女性自身不可避免地也还存在着许多男权意识。纵观中国当代文坛，即使高举女性主义旗帜的作品，细分析其文本，也一定能发现一种集体无意识的男权文化残留。福柯认为，在特定的话语背后，总体现着某一时期的群体共识，它是这一时期社会群体的一种共同的无意识结构。也就是说，“任何一种文化意识都不能脱离本民族文化的先念规定之外，并对本民族的心理发生重大的影响”[①]。那么，如果说《羊哭了，猪笑了，蚂蚁病了》中表现出的女性观照是作者有意识地为女性提供言语机会的话，文本中一定会有无意识的男权书写存在。因为，作者不可能脱离这个时代的文化大环境而独自穿越到男女两性真正双性和谐的未来时空。既如此，按照新历史主义者的观点，小说文本的内容、观念，甚至是表现方式等都与叙述者当时的意识形态有很大关系，那《羊哭了，猪笑了，蚂蚁病了》中就一定存在着有意识的女性观照与无意识的男权书写的悖论。

①游路湘.背着因袭的重担——论鲁迅小说潜藏的男权意识[J].南京广播电视大学学报,2005(3):30.

事实的确如此。《羊哭了，猪笑了，蚂蚁病了》虽然借助讲述梨花庄那群女人们的故事，对中国那个时期的全体女性命运进行了新历史主义的别样书写，表达了自己的女性主义倾向，但在褒贬之间，男性意识也隐含其中。胜惠娘的人物设置是没有文化、没有见识却逆来顺受的女人，这虽然符合那一时期中国农村妇女的实情，但同时也暗合了“女子无才便是德”的男性对女性的评判标准。虽然后来境遇逼迫她有了出轨行为，成为一个失贞的女人，但是她心中始终牵挂的是胜惠爹，即使后来被“爹”所休，她依然保持不变的情义，没日没夜为“爹”做鞋，喜怒哀乐全由“爹”对她行为的反应所掌控。她以“爹”的利益为最高利益，处处为“爹”考虑，收养烈士子女，宁愿自己饿死也要帮助濒临绝境的孩子。这种种行为，与其说她是出于善良的天性，不如说她是为了“爹”。可以这样说，胜惠娘虽然身体出过轨，但她的心一直是最忠贞的烈女。走投无路时她总是选择投靠九斤叔，却又从心到身体都有负九斤叔，她从没真的在意过九斤叔的感受，甚至能狠心杀死自己的骨肉，只因为那骨肉是九斤叔的种。作者为什么要让一个心地美好、情感细腻的女人完全无视九斤叔的无私付出而报之以无动于衷？为什么要让善良仁慈、充满母性的女人狠下心来杀死自己刚出生的孩子？原因就是作者心中无意识的男权意识的存在。作者从内心深处认为女子失贞是污点，那对于胜惠娘这样一个要正面褒扬的人物形象，即使她鉴于不得已的苦难，身体出轨了，她的心也依然应该是最干净的，是不能有丝毫出轨的念头的，只有这样才配得上她正面形象的人物设置。很明显，如此看重女子的贞节问题，甚至不惜使人物的性格产生矛盾，表现为善良温婉又狠毒无情，这就是作者意识里的悖论在作怪。出于同样的想法，当作者要表现一个人的丑陋时，身体上的不洁就可以用来做证据。瞎久妮是恶女人的代表，她为了表现对丈夫的从一而终，刺瞎自己的一只眼为自己竖起了贞节牌坊，但这个恶妇并非如她自己宣扬的那么节烈，胜惠与天胜就曾无意间撞见瞎久妮与拐英全偷情，还因此意外获得了瞎久妮的多次“关照”。瞎久妮最后横死于养女之手的情节尤其耐人寻味，是当养女揭露了她偷偷使用男性生殖器模型的虚伪与无耻后，恼羞成怒追打养女而意外死去的。另外，还有老年玉米用钱买男子性服务的场景等。这些情节都担负着揭露人物丑态的任务，却偏偏都是涉及男女情欲的内容，可见在作者心中的确认为男女情欲是不洁的，尤其女性主动挑起的情欲更是说不得的丑恶。这一点，恰恰符合传统男权文化对男女肉体关系的解读。

拉康认为，每一个个体都表现为自我、本我、他我的和谐统一体。他我的形成中第三者的目光尤为重要。从社会力量作用于个体生命的角度来说，我们可以这样理解，这第三者的目光就是尚未与物质发展同步的文化遗留。此遗留在梨花庄，就表现为全体女性对男权文化的自觉维护，在《羊哭了，猪笑了，蚂蚁病了》的文本中，就表现为有意识的女性观照与无意识的男权书写的悖论。

陈亚珍的《羊哭了，猪笑了，蚂蚁病了》采用新历史主义的视角，借助梨花庄这样一个颇有隐喻意味的空间，通过讲述历史大事件背景下一群女人的琐碎故事，来反思英雄情结、革命冲动、男权、女性传统伦理枷锁等重大问题，还促使大家思考：一个有着古老文明的民族在当下种种新事物、新思想的冲击下，该如何重塑被伤害了的情感、人性、道德，该如何从现实困境中成功突围。这种全新的叙事策略在当下的中国文坛有着非比寻常的参考价值，这也许正是《羊哭了，猪笑了，蚂蚁病了》一文意义之一斑。

葛水平　中国作协会员、山西省“五一劳动奖章”获得者，享受国务院特殊津贴。生于山西沁水县，现为山西长治戏剧研究院编剧。

创作有戏剧剧本等文学作品多部。曾出版诗集《美人鱼与海》《女儿如水》，散文集《心灵的行走》，有中篇小说《甩鞭》《地气》《天殇》《狗狗狗》《喊山》等。《喊山》获第四届鲁迅文学奖、全国优秀中篇小说奖、2005年度人民文学奖、《小说选刊》全国优秀小说奖、2004—2006年赵树理文学奖·中篇小说奖，《比风来得早》获2007—2009年赵树理文学奖·中篇小说奖、《上海文学》中篇小说大赛特等奖，长篇小说《裸地》获第五届鄂尔多斯文学奖大奖、首届剑门关文学奖大奖、2011年度优秀女性文学奖。

◎葛水平主要作品创作年表

长篇小说：

《裸地》作家出版社，2011年。

中短篇小说：

《甩鞭》《黄河》，2004年第1期。

《地气》《黄河》，2004年第1期。

《天殇》《黄河》，2004年第3期。

《狗狗狗》《小说月报》，2004年第5期。

《喊山》《人民文学》，2004年第11期。

《黑口》《中国作家》，2005年第5期。

《陷入大漠的月亮》《小说月报》，2005年第3期。

《黑雪球》《人民文学》，2005年第8期。

《黑脉》《人民文学》，2006年第1期。

《守望》《中国作家》，2006年第3期。

《凉哇哇的雪》《芙蓉》，2006年第5期。

《道格拉斯/China》《上海文学》，2007年第3期。

《比风来得早》《上海文学》，2007年第9期。

《所有的念想都因了夜晚》《青年文学》，2008年第6期。

小说集：

《陷入大漠的月亮》河北教育出版社，2006年。

《地气》北岳文艺出版社，2008年。

《所有的念想都因了夜晚》春风文艺出版社，2010年。

《喊山》浙江文艺出版社，2011年。

第五章　葛水平的小说创作

第一节　葛水平小说创作概述

葛水平出生于山西沁水乡间，少女时期学过唱戏、编戏，可以说是由地方戏剧走上文学之路的。她曾从事多种文体的创作，戏剧、诗歌、散文都有触及，出版了诗集《美人鱼与海》《女儿如水》、散文集《心灵的行走》《今世今生》《走过时间》《河水带走两岸》，直到2004年才落足小说创作。没想到的是，她的小说一出版就博得读者喜爱与专家好评。《甩鞭》与《地气》震惊2004年文坛，国内重要选刊纷纷转载，好评如潮，甚至有2004年是“葛水平年”之说。之后，葛水平一发而不可收，以井喷之势连续推出《喊山》《天殇》《浮生》《狗狗狗》《陷入大漠的月亮》《守望》《黑雪球》《连翘》《比风来得早》《道格拉斯/China》《纸鸽子》等多部中短篇小说，这些发表在《人民文学》《中国作家》《上海文学》《北京文学》《黄河》等知名文学杂志上的作品，很快又被《小说月报》《小说选刊》《新华文摘》《中篇小说月报》《中篇小说选刊》等转载，且屡获殊荣。葛水平作为一名崛起于山西沁水乡间的女性作家，她的作品究竟有何魔力能迅速俘获众人之心呢？我们不妨循着她的创作来一窥究竟。

《甩鞭》是葛水平的处女作，直到现在，仍有论者认为这是她写得最好的作品。阅读这篇小说，很容易被故事吸引，这也许与葛水平曾有过剧本创作的经历有关，她有将故事讲得风生水起的本事。小说写的是女人王引兰的故事。少女王引兰逃难到晋王城，被三块大洋买进李府做了丫鬟，后来因李家老爷觊觎她而被太太威逼，不得已偷偷托给李府送木炭的乡下富户麻五将己救出，做了麻五的小妾。麻五的正房死后，王引兰被扶正，眼看日子一天比一天好，没承想土改开始了，麻五被定为地主分子，在土改中被斗死。王引兰改嫁给外村的光棍汉李三有，不久李三有也神秘地在断崖摔死了。被视为“勾命”的王引兰无奈只好捎信给麻五家当年的长工铁孩，将她们母女接回老屋，并承铁孩照顾。最后当王引兰终于准备接受早就钟情于自己的铁孩时，却得知了事情的残酷真相：是铁孩为了得到王引兰，先后害死了麻五和李三有，将她一次次推到了寒冷的人生中。悲愤交加的王引兰举刀手刃了自己最后的一个依靠……

当前小说界的欲望化写作与精英式写作将小说命运推上了雅致却也浅薄的路途。我们从那些作品里越来越难体味到灵魂被冲击的饱满情感享受，是葛水平将新奇而又壮烈的感受再次送给我们。葛水平没受过系统的写作训练，非科班出身的创作背景在某种程度上竟成为她的优势，她完全依靠本能的感受与丰沛的情感来构筑故事，组织语言，赋予故事一种荡气回肠的魅力。其实读者完全可以将《甩鞭》归类为一则爱情故事。这故事的确好看，因为戏剧性的效果让读者有了一种意识上的落差。铁孩两次设计杀人，而王引兰始终蒙在鼓里，甚至一直把铁孩当作恩人，直到故事的最后一刻才揭穿谜底。这个释疑时机的把握非常讲究，如若早了，读者的审美感受将大打折扣，但仅止于此，读者也不过是听了一个带有传奇色彩的故事而已。这篇小说真正震撼的魅力来自于女性的壮烈与乡村自然生命力之间的审美辉映。小说里有一处细节，就是王引兰非要让麻五买下一块地种油菜，仅仅为的是在春天看油菜花开的灿烂，因为在她嫁给麻五时，对未来生活的美好憧憬已经被记忆勾起来了，“笼罩在她眼前的喜气如同贴在她前额的往事，让她想起童年时的老财娶妾。从春天油菜花田里穿过的花轿忽闪闪的，忽闪起了她一个梦想：长大了也坐了花轿穿过油菜花田嫁人去”[①]。透过油菜花她看到的是生命的春天。当麻五为她种的油菜花盛开时，幸福感到了峰值，“忽然一夜，油菜花开了，满坡耀眼的黄亮，花香把她拂闹得轻灵舒缓，差不多堵塞了对春天的其他想像”[②]。这样的生活浪漫可能不属于那个时代的乡村女性，但这有什么关系呢？这油菜花浓烈的美已经摇曳在了文字里，配合甩鞭的仪式，象征着生命的春天。甩鞭，是太行山区的一种风俗，是迎接春天的一种仪式。每到过年的时候乡民们以震天动地的鞭声祈福。王引兰对鞭声也有着希冀，“仿佛来自浩渺天宇惊雷般的鞭声，竟让王引兰的灵魂战栗了”[③]。甩鞭对王引兰来说，意味着幸福的未来、希望的春天。春天，黄亮亮的油菜花、炸雷般的甩鞭声，这些承载着王引兰的梦想与希望，这希望越是诱人，最后的真相就越显残酷，王引兰刚烈的反抗也就越是震撼。除此之外，小说还有一种陌生化的阅读体验，就是铁孩这一人物形象身上传达出的人性扭曲。麻五一开始以为王引兰不是处子之身，所以将王引兰许诺给铁孩，之后知道王引兰是第一次之后又舍不得了，至此埋下了祸根。这祸根放在一般人身上顶多是愤愤不平，在铁孩身上却有了非同寻常的反应。他杀羊、与羊交媾、给麻五坠蛋等举动，皆隐含着一种人性扭曲的极端。这样的故事风格有别于其他小说家或感官欲望，或精神贵族的叙事常态，带着乡村生活酷烈的真实感席卷而来，带给读者别样的冲击。

《甩鞭》为我们描绘了一幅乡村生活真实而震撼的画卷，让我们沉沦在为生存困境而挣扎的艰难故事中，倾听小说中人物用最原始的方式

①②③葛水平.甩鞭[J].名作欣赏,2006(11):12,15,14.

演绎出的生命悲歌。对于农村题材的驾驭，葛水平可谓是得心应手，童年乡村生活的经历功不可没。《地气》是另一篇乡村背景下的自然人性故事。十里岭是一个偏僻的小山村，因为水没水电没电的，所以原有的十几户人家陆续迁走了，地气越来越不旺，就剩了来鱼和德库两户人家。因为来鱼与德库媳妇翠花开了男女之间的玩笑，导致两家互不上门结了冤家。小学老师王福顺因无意中得罪了校长，遭校长报复将他安排到了十里岭。在这里，王老师只有来鱼儿子一个学生，却为这个“缺少人住的地气”的“黑黝黝的村庄”带来了生动的人气。来鱼媳妇李苗和德库媳妇翠花，因王福顺的到来而焕发出生机，尤其是小说中几次提到的“白雪雪的牙”，为读者带出了一连串充满生活情趣的富有人情味的故事。就在作者平静自然的叙述中，让人莫名感觉到十里岭充满了脉脉流淌的暖暖人气，小说开始时那种死气沉沉的令人“单调得心慌”的荒寂感竟被悄悄消除了。可见，地气旺盛与否要看人气，充满了人间暖意的人气自然会养出地气。王老师在这里认认真真教唯一的一个学生，解决两家的矛盾，排解德库的难言之隐，他早已被这个地方接纳，融进了朝起暮落的炊烟里。那一幅幅颇有人气灵动与地气神韵的生活画面，使人产生了向往乡村生活和对城市浮躁逃避的想法。小说结尾，王老师唯一的学生取得了全联区第一名的成绩，李修明也在来鱼与德库家搬走之后上山来陪伴他。这结果安排虽有些“明亮的尾巴”的刻意感，但却丝毫无损全文传达的暖意。这篇小说的特别动人之处就在于乡村俗常生活的随性温馨，葛水平在凡人琐事的叙述中寄托了她一贯的乡土情怀。

《喊山》是葛水平喊出的一段初起骇人听闻，最终暖人心扉的乡村民情故事。小说以富有乡野味道的惯常农村故事开篇，岸山坪的山民韩冲与有夫之妇琴花明修栈道，暗度陈仓，有了私情，这状况甚至影响了韩冲正经娶个媳妇，韩冲就以这样一个不怎么高大的形象登场了。然而故事的转折点来了，韩冲收留了从四川来的腊宏一家。腊宏外貌丑陋，脾气暴躁，生性懒惰而残暴，他虐待哑巴妻子红霞，让一家人过着人不人鬼不鬼的日子。韩冲为防野物在庄稼地里埋下炸药，未曾想阴差阳错却炸死了腊宏，村干部以村里自己的生存哲学私了了这一命案。韩冲怀揣着讨好红霞母女免牢狱之灾的小九九承担起了照顾红霞母女的担子。故事自此越来越巧妙了：丧夫的哑巴红霞没有哭天抢地，而是平静地，甚至令人不解、不合常理地笑了一下，仿佛吓蒙了又仿佛有点愉快地接受了腊宏被炸死的现实。她不要赔偿，却越来越享受韩冲对她们母女的照顾，甚至人也变得活泼、水灵，逐渐恢复了美丽少女温情可爱的本真面目。直到警察追杀人逃犯追到了岸山坪，人们才了解了腊宏一桩桩令人发指的罪孽。原来腊宏妻子红霞不是真哑巴，是被人贩子拐卖给腊宏的。腊宏打死了第一个妻子，从人贩子手里买来小他二十岁的红霞后，为防红霞说出他身背的另一桩命案，残酷虐待红霞，不仅下狠手往死里打，还残忍地用老虎钳拧下红霞的两颗牙，不许红霞说话，生生将红霞逼成了有嘴不能说的哑巴。红霞失语的原因是人为的，是因了男性的迫害，但葛水平却好似并无意追讨男性的罪孽，她更关注的是人的尊严、自由和人性的光辉。红霞由失语到重新发出生命的声音，再次拥有话语权，皆是因了韩冲的善良与肯承担。也许韩冲不是无缺点的完美人物，他与琴花的私情和心中的小算盘都让这个人物更加真实，之后勇于承担红霞母女生活时的勇气才愈发显出人性善的珍贵。正因如此的笔力分配，才将一个带有侦破断案色彩的故事重构成了悲悯女性命运、弘扬善念的温情故事。也许葛水平在创作时根本就没有想这么多，她只是凭着本能安排了这样的情感叙事，对生活在偏远山区的柔弱女性的痛苦给以深切的同

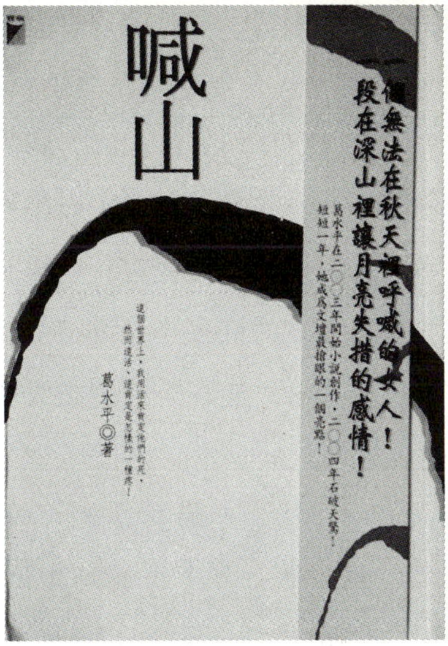

葛水平《喊山》书影

情。这些鲜活、质朴的农村女性即使遭遇再艰难的生存挑战和不公的命运待遇，也不会丧失积淀于灵魂深处的女性传统美德，她们善良、宽容，对美好生活充满向往，正如哑巴红霞一样，只要给她机会，她就会燃起生活的热情。葛水平以她女性细腻的心理去同情、去抒写女人的不幸，为失语的女性代言，完成对女性悲情生命的思考。

葛水平的许多小说都将乡村作为事件背景，这与她的乡土情怀有着密切的关系，她在香港中文大学做演讲时谈道：

> 我是中国乡村长大的女子，如果有一天我走出了乡村，我知道，首先我不能改变我的祖籍，不能改变我乡村原有的那种朴实，不能改变我的姓氏，不能改变我血液里的乡土情怀。我明白，我这一生决不能够也不敢冒险去放弃我的村庄，我一生要支付给它们的已经不是我的体力了，我只能用我的文字，我的文字有土地给我的温暖，有我姓氏给我的亲缘。我是这个世界的过客，世界不会因为我的离去而感怀，也不会因为我的加入而繁华。我的村庄，我的大片绵延而去的山脉和高天之上永不重复的云朵，因为我的到来，让我的家族获得了俗世的完满。那个紧扣在山腰上的村庄，所有的曲折，因为生命获得了灵魂，也因为生命，裸露出了苍凉。

葛水平用全部身心爱着那“山腰上的村庄”，仿佛灵魂可以穿越时空游弋。她不仅将自己关注的目光投射在现时的乡村，还沿着时光的溪流回溯到战争年代，将人性放在更复杂的历史背景下去审视。虽然葛水平没有经历战争年代，但因了灵魂的靠近和对人性的准确把握，这些作品同样具备撼动人心的力量。

中篇小说《狗狗狗》就以抗日烽火为背景，讲述了一段别样的战争年代的民生故事。抗日战争末期，陷于穷途末路的日本鬼子变得愈发丧心病狂，偏远的山神凹和后柳沟也先后遭到日寇“三光”政策洗劫。日军大屠杀后，两个村庄就剩下了四个人：山神凹的放驴汉武嘎和少年虎庆，后柳沟的少妇秋和丈夫拴柱。拴柱因生来器官残缺没有孕育后代的能力，拴柱父母就默许媳妇秋与武嘎来往，想借此延续香火。然而这无奈却也安稳的日子被日军屠村打乱了，武嘎参加了八路军失去了音信，拴柱枉为男人，延续两个村庄生命的任务就落在了秋和虎庆身上。虎庆在大屠杀中受了惊吓，又是个孩子，秋努力抚养，耐心启蒙，终于和长大后的虎庆为山神凹、后柳沟养育了一大帮孩子。秋作为一个女人，只有一个简单的念想，就是用自己的身体来繁衍后代，告诉日本人，我们中国人是杀不绝的。这故事也带了一定的象征意味，秋忍辱负重咬紧牙关延续的不仅仅是两个村庄的人脉，更是中华民族杀不绝、压不垮生生不息的精神象征。

《黑雪球》是葛水平在纪念中国人民抗日战争和世界反法西斯战争胜利六十周年之际推出的中篇力作。《黑雪球》以生物界的一个自然现象来命名，带有一定的象征意义。当蚂蚁遭遇山火时，“一团一团的蚂蚁，从山火中滚落下来。它们自觉地纠合，互相撕咬着尾部，胶结着腿脚像雪球像石滚，只一刹，身后有了成千上万的生命的雪球与生命的石滚，它们首首尾尾纠结着滚下山，做最后的冲击，这时，山火仿佛不燃了，黑墨的山头缓缓地扬起着，整个一座大山此刻全部变成了那片激动的墨黑的颜色，那些生命的球有的刚滚一下就解体了，抑或是体积愈来愈小，等到了山下，圆圆的球变成了一坨馒头或小小巴掌，但活下来的蚂蚁，它们挣扎着，分散开，休整了一下，列了队，然后朝着湿润的有草的方向走去”。这一惨烈的自然现象，像极了中华民族遭遇外族侵略时的反应，只要全民族团结一心，不怕牺牲，过程虽然艰苦，但一定可以迎来胜利的那一天。故事发生在良平村，一个大山里的小村庄。青年农民伍海清，在日军的一次突袭中，为了保全大家被敌寇剁去了一只手。但这样的打击其实并未真正影响伍海清的性情，带着复仇之心的他炸毁了日军的火车，却在胜利归来后真正受到心灵的重创，混入敌军据点的伍海清目睹了日寇强暴中国妇女的丑恶一幕，因此从心理上永远地失去了男人的机能。再后来惨遭灭村活下来的伍海清与少女李翠喜才会发生一系列让人感觉心在疼痛的故事。日本人残害的不仅是人的生命，他们更在人的自然本性上摧残了人之机能。李翠喜是被伍海清剪了头发，女扮男装才逃过劫难的，她感念伍海清的救命之恩，存了嫁给伍海清的心思，而伍海清却一直将李翠喜当作亲生闺女一样看待。后来伍海清给翠喜选了一位“女婿”，并叮嘱“女婿”：“良平村的好女人被日本人糟蹋了，她是活下来的没有被日本人糟蹋的好女人，她嫁了你，你发誓不要糟蹋她。”

> 夜静的时候伍海清走近贴了红喜字的窗户前，坐在阴暗处，他的这种不自觉行为，是想着要是听到屋子里李翠喜的痛苦的喊叫声，他会马上冲进去救她出来。但是，让他听到的是，屋子里炕上的人发出的欢快的声儿，他突然开始胸口憋闷，接着想呕吐，眼前出现了幻觉，但也知道日本人已经不在了。他跑到河边大口大口把晚饭的喜酒吐了一干二净，他平静下来的时候，他才明白日本人已经祸害得他失去了男人的本性。

伍海清的意识里，已经分不清兽性的残暴与正常的男女情爱，被日军戕害的何止是生命，人性的伤害同样会成为永远无法愈合的伤口。

《道格拉斯/China》再一次让读者见识了葛水平的才情。这完全是一个别样的战争年代的故事，是一次又轻松又紧张的审美旅程。小说的核心情节是中国普通抗日民众如何营救一个美国飞行员的故事。村民王广茂的婆娘生了一对龙凤胎，这么大的喜事却因婆娘奶水不足让王广茂犯了难，上山抓兔子却看到了稀奇事，一架飞机坠毁了，一个长着猴子脸的怪人带着一个大大的“猪尿脬”落进了自家的玉茭地里。胆小爱咋呼的王广茂不敢一个人去“捉怪”，将此事告诉了维持会会长马宝贵，这马宝贵看似与日军走得近，真实的身份其实是八路军的探子。自此，围绕如何保全美军飞行员就发生了一系列的故事。由于语言不通，马宝贵们与美国飞行员道格拉斯之间交流起来相当困难，只能靠简单的手势和道格拉斯来中国前准备的简单中文句子来沟通；又由于饮食习惯不同，当道格拉斯不肯吃中国饭指着本子上“我要牛奶，我要面包！我要火腿，我要冰水”的字时，他们只好把坐月子的侃月月的奶水挤下来端给美国飞行员喝。不明真相的道格拉斯起初满足地喝了一碗还想要，当后来发现他喝的是中国妇女挤给他的奶时，无法清楚表达自己意见的道格拉斯急了，这一段内容特别感人：

> 道格拉斯瘸着腿在窑洞里来回走着，两只手摊开来，他想要表述什么，又表达不出来，嘴里喃喃着：“China，China，China！”
>
> 马宝贵不知他说的啥意思，明明喝过的，咋就不喝了？
>
> 道格拉斯看到水缸上放着破烂的葫芦瓢，他拿起瓢来舀了水喝，怕站着的人不明白，他开门，把瓢伸到窑檐下，接了半瓢黄水汤，看着他们，灌进了嘴里，喉咙下咽的声音好响。但是一窑洞的人还是不明白，道格拉斯觉得实在没办法能让对方明白，未免伤感，满肚委屈，伤心地在炕沿上“呜呜呜”地哭。
>
> 王广茂说：“弄不好就是真想家了，想家了。”
>
> 月月说：“你才不知道呢，他不是！”
>
> 火台上烤煳了一个黑地瓜，道格拉斯又想表明什么，抓了就吃。嘴上涂了黑黑的地瓜皮，吃给窑里的人看，满脸喜悦，大嚼着往下咽。

王广茂说："看看，饿疯了吧，饿得急了，抓什么都吃！"

马宝贵傻傻地看，想不出头绪来。

炕上的双生娃，有一个哭起来，倪月月撅了屁股，利落坐到炕上抱起娃，怜惜地看着道格拉斯说："这个洋同志呐，他说不出咱的话来，他就是想告诉咱，啥东西都吃，啥东西能喝，再也不喝我娃的奶水了。"

故事的高潮是，日本人进村搜捕美国飞行员，胆小怕事、不牢靠、说话不思想、没头脑的王广茂却在最后时刻站立成了一个大写的人。在自己的孩子被日军扔进涝池的急怒关头，真相差点就被他那张不牢靠的嘴说出去，可是在最后的一瞬间，这懦弱还有点自私的王广茂却做出了惊人之举，一连串真真假假的话使鬼子相信美国人已经找到了八路军，而眼前的这个中国懦夫会领他们去找。同一时刻，镜头却转向了另一幕，全村人一起用降落伞盖住了正往这边跑的道格拉斯，并做出争抢的假象，表面上给日军的感觉是所有人都在撕扯、抢夺降落伞好回家铺炕，实际却以瞒天过海的策略掩护了美国飞行员。

骑在马上的龟田小队长在行进中夹住了马步，往后遥看一眼马村的景物，他不费一点功夫就查到了美国大兵的下落。远处，聚集在一起的马村人像一堆烂泥，压住地上的降落伞，正在相互争抢不休；他狞笑了一声，他觉得大东亚共荣圈的这个国家就要没落了，这个民族是多么的不堪一击啊！

雨中的风把马宝贵噙着泪的喊声送过来："日你娘！王广茂，你瘦得只剩下筋骨了，你怎么就立着还是个人呢！"

瘦小卑怯的王广茂，之前展现给读者的一直是他略带狡黠让人微微生厌的小农意识，直至最后站立成人的时刻他也没有一星半点传统意义上的英雄光辉，他是用莽撞粗鲁的谩骂完成了他奋不顾身的壮举，引开了日本人的视线，不仅救了道格拉斯，推算起来也救了全村人的命。葛水平让读者泪水伴着微笑去感受懦弱裹挟悲壮的特殊时刻，她让读者重新思考英雄的定义，她让读者突然明白了：历史真的是属于人民的，而不仅仅是属于我们头脑里的“英雄”。

看到这里其实容易让大家产生一个错误的认知，那就是葛水平是一个乡土小说作家。事实上，葛水平并不是执着于乡村叙事而刻意规避现代都市的人情人性，虽然她的心是属于乡村的，正如她自己所说：“我是一个蜗居在城里的乡下女人。我常为一辈子蜗居在城里而恼怒，但我却无能与城市决绝，这是我骨子里透出的软弱。”尽管她有着近乎偏执的乡土情结，但她凭着自己的聪慧，也能如鱼得水顺应现代都市文明，只是她对现代都市有着自己的独特认识，并在自己的作品中表达了出来。在《陷入大漠的月亮》中，葛水平就塑造了两位都市女性，朱米与黄小枫。这是两个生活经历、生活经验、社会职业都大相径庭的现代女性，正常情况下两人是不太可能有交集的。一次偶然的沙漠之行，让两人的人生线条交汇。她们在漫漫黄沙中解放身体，放飞心灵，在渺无人烟的沙海中放肆嘶喊、互诉隐私、拍摄裸照……放纵地释放着被都市压抑的苦闷灵魂。那一刻，这两个“性格中似乎都有一种不敢近距离和人相处的感觉”的女人仿佛打破了一切阻隔。但当她们走出沙漠重回现实后，世俗的东西不着痕迹地重新占领了她们的生活，那段美好的记忆如同被朱米删去的裸照一般被永久封存。她们放纵是因为城市生活太压抑、太沉闷，找不到情感的释放口，而她们之后自觉地回归都市规则又是因为生活的习惯力量，她们无力也无意改变庞大的生活惯性。这从压抑到放纵再重回压抑的心路历程，正是作者与其他都市女性的真实心理写照，而故事中两人互诉的隐秘以及之后的经历，也可能是很多现代都市女性要面对的烦恼。朱米与黄小枫在大漠中的自由自在，象征的仿佛是现代人对都市的逃避，而那种对大自然的本能亲和，又仿佛是渴求精神家园的写照。当然，葛水平在小说里无意批驳谁，更无意占领精神制高点进行什么道德审判，生活的复杂性决定了生活本无所谓对与错，这篇小说也许就是展现一种都市人的生存状态、精神渴望。大漠所代表的大自然给她们提供了坦诚、疯狂的条件，但这种真实只存在于自然中，一旦回到俗世庸常的人类社会，她们便只能放弃自身的自然渴求。葛水平的小说就是这样不动声色地从生活的细微之处去思考都市文明与人性美好之间的悖论，挖掘着蕴含的文化与人性。

长篇小说《裸地》的出版，对葛水平来说无疑具有重要意义。之前葛水平的创作基本驻足于中短篇小说，众所周知，中短篇小说的创作与长篇小说有很大不同。长篇小说不仅需要出色的讲故事的能力，更需要丰富的生活经验、厚重的文化思想做后盾，故事情节、人物性格、相互关系等相对中短篇小说来说都要繁杂许多，驾驭起来需要更多的才情。而葛水平的《裸地》一出版，众多专家、评论家就对这部长篇小说给予了高度评价，认为是2011年长篇小说创作的重要收获，更是葛水平小说创作步入一个新阶段、登上一个新台阶的重要标志。

这部作品时间跨度较大，基本跨越了军阀混战、抗日战争、新中国成立、土改等历史时期。山东人聂广庆因天灾而逃荒到山西，在河蛙谷安了家，后来带了女女回来，就将之改名为女女谷，并在这里生下了儿子聂大与聂二。暴店镇的盖运昌自幼聪颖好学，中过秀才，后来靠做药材生意发家，成为暴店镇首屈一指的富户。盖运昌身上有着强烈的重男轻女思想，命运偏偏捉弄他，先后娶了四房太太意图延续香火，却只有四太太生了一个病弱的儿子，无法继承他偌大的家业，要一个健壮的儿子成为他毕生的愿望。一次选坟事件，让盖运昌见到了聂广庆的妻子——女女。女女因家庭原因颇有些见识，张口能吟唐宋诗词，待人接物不卑不亢。她的名字仿佛就道出了女女是一个具备女性所有美德的人，她识人知命、温柔如水又坚强乐观。在女女谷，她与聂广庆依靠自己的勤劳能干，在荒滩逐渐开辟出了自己的家园，给裸地带来了生机。作者在女女身上寄予了许多美好的愿望，被赋予了外在的美貌与内在的理想人格：

一个滋润和软的女人，像地表突然长出的一朵黄花一样，纯洁了这山这水。那美有一种如仙而至的飘然，怪不得李旮渣很不一般地提起这个女人来。在一刹那里却什么也不见了，闪出的脸蛋像地上长出的一叶茎草。盖运昌揉了揉浑浊的双眼，扭头看着李旮渣，看到他张着嘴望着地窝子上的一片安静，像梦一样的安静。

她平常教儿子数数都与众不同：“娘问你三猫六兔九公鸡，二十只狐狸有几条腿？……加两个黄鹂，一行白鹭，如不够，再加七八个星，两三点雨。”不仅如此，她更会教子一些德行方面的道理：“天地生人，有一人应有一人之业；人生在世，生一日当尽一日之勤……耕田不饥，读书不贱，养德不败，交友不倾。”这些教诲儿子的话显示出女女即使身份普通，她的精神世界也绝不普通，这是一个自洁自律、重情重义又洞明世事的女子，盖运昌见到她的时候心就被打动了。后来他动用手腕与聂广庆签署典妻合约，女女与儿子一同到了盖家，女女做针娘，让儿子认盖运昌为爹，直至土改时，盖运昌家财散尽，几房太太也死的死走的走，独剩女女与他相守相伴。事实上，此时的女女成了盖运昌情感的寄托与精神的支撑。故事最后，在与日本鬼子的对决中，盖运昌在女女的鼓励下，重拾尊严：

女女猛然回头叫了一声：“脱了那张皮，盖运昌！”

所有的人都诧异了一下，她居然叫他盖运昌！

她与盖运昌的目光充满了光柱的叠合："你是暴店镇有身份的人，我不管你做了啥事，你该明白，你睁着两只眼睛于暴店镇是一个奇迹，你活着，你是暴店镇春绿秋黄的山梁，拿出你的耐力、韧性和定力来，就算你死，也要死在体面的事情上！"

……盖运昌的脸像三嵕庙屋顶上的瓦棱一样粗粝，他一件一件脱下新民会服走到原德孩面前说："你比你父亲狠，但不是我的对手。"原德孩居然接住了，他是巴不得的要拥有它啊。悬崖边，盖运昌喊道："我和这个女人生死同命。"

盖运昌杀身成仁的勇气来自于此时光芒万丈的女女，这是这个人物形象最具大德、大爱与大美的时刻。

长篇小说《裸地》虽然有着风云变幻的历史背景，也有着家族由盛而衰的演变历程，但是葛水平关注的重点依然是人，她延续着自己一贯的写作特征，写尽了不同际遇下的形形色色的人，也在无意识中与其他人的创作区别了开来。如盖运昌作为首富，却打破了为富不仁的传统说法；女女作为一介弱女子，却不会完全逆来顺受丧失自己的独立人格。他们继承了中国传统文化中仁与义的精髓，人世间风云百态，他们的内心终能屹立不倒。

《裸地》所蕴含的文化信息其实绝不仅仅是人物身上承载的这些传统的德与行，对一部跨越漫长历史、汇纳社会百态的长篇小说来说，《裸地》无疑是一个社会众生相的表演舞台，是一部社会百科全书。书中所展示的关于旧时代风俗、行业的内容极为丰富，如集市、进香、婚嫁、阴阳等方面的习俗，药材、典当、烟土、赌博、酿造、镖局等行业，甚至建筑、绘画、书法、楹联等传统文化方面的内容，小说中都大量涉及，很多还有详细的介绍，可见作者生活积累之丰厚。当然大量非叙事性内容的融入，也为这篇小说带来了一定的问题，那就是叙事节奏太过于舒缓了，在一定程度上影响了读者的阅读兴趣。但总体来说，实在是瑕不掩瑜。葛水平借助一个家族的兴衰史就展示出太行山地区几十年的风云巨变，在关注农民与土地的关系、农民生存艰难等问题的同时，对人性的复杂与丰富进行了深入的刻画，讴歌了美好人性的精神力量，实在是一部有质量、有内涵的优秀作品。

对葛水平的小说创作研究基本集中在2005年之后，这与她的创作在2004年引起广泛关注不无关系。大致来说，基于文本细读基础上的对作品本身的分析研究占较大分量，比较具有代表性的是：段崇轩《求索之旅——读葛水平的中篇小说〈甩鞭〉、〈地气〉》，孟繁华的《男女、生死和情义——2004年葛水平的中篇小说〈喊山〉及其他》和《太行深处的民间秘史——评葛水平的长篇小说〈裸地〉》，阎开振《乡村女性的生命悲歌——读葛水平的〈喊山〉》和《苦难灵魂的生动展现——读葛水平的〈浮生〉》，卢海霞《葛水平〈喊山〉中的哑巴形象解读》，程雅彬、侯丽俊《一个无法在秋天里呼喊的女人——评葛水平的小说〈喊山〉》，董慧芳《生命的呼唤——读葛水平小说〈喊山〉》，吕政轩《乡村风俗的生命解读——评葛水平的中篇小说〈地气〉〈甩鞭〉和〈喊山〉》，王锐《走出生命之茧——读葛水平的小说〈喊山〉》，潘慧《生命的悲悯与温情——读葛水平中篇小说〈连翘〉》，严运桂《葛水平中篇小说〈黑脉〉的审美思考》，赵素兰《悖谬中显真性　错位里彰善恶——读葛水平的〈喊山〉》，梁鸿鹰《立主脑、密针线、减头绪、审虚实——谈葛水平的〈裸地〉》等。这些评论文章多在文本细读的基础上，对小说的主题、形象等方面做出了比较独到的分析。随着对作者的关注越来越多，分析的视角越来越丰富，综合性研究也逐渐深入，概括起来主要有以下几方面：

一是从乡土文化、地域风俗方面分析。如贺绍俊《大爱大恨的乡土情结——读葛水平的〈裸地〉》就从分析《裸地》入手，指出葛水平小说中乡土情结的特点，比如对乡土贵族精神的倾心、叙述乡土故事时的温柔风格等。柯贵文《乡土社会的冷静摹写——评葛水平的小说〈喊山〉》一文，以《喊山》为例，指出了葛水平乡土题材的小说与传统乡土题材小说的不同。王锐、宋云《葛水平乡土小说漫谈》则强调了作者的个性因素对于艺术效果的影响。郭剑卿《葛水平的乡村想象与草根文化认同》不仅总结了葛水平小说涉及的故事背景年代，理出了一条比较清晰的时间线，还从地理、风俗、文化等方面对葛水平的创作进行了解读。吕政轩在《乡村风俗的生命解读——评葛水平的中篇小说〈地气〉〈甩鞭〉和〈喊山〉》一文中也对葛水平小说的地域风俗进行了解读，认为这三篇小说分别是“生命的气息”、“生命的仪式”和“生命的呐喊”的象征。另外，段国强《乡土记忆与审美表达——论葛水平的写作资源及艺术品格》、冯雷《大山深沟的风格——论葛水平小说的地域特色及其历史意义》、石立干《论葛水平小说的地域文学特色》等文章都对小说中的地域特色、乡村文化等进行了切入点不同，但精神指向一致的分析。

二是性别研究。通过分析作品中的女性形象，对作者的女性意识进行分析。王巧凤发表于2005年《文艺理论与批评》的《山西女性文学的湮没与浮出》一文，可以说最早对葛水平小说进行了女性主义视角的解读。文章将葛水平的创作放在整个山西女性作家文学创作的大背景下来进行比较宏观的分析，审视了葛水平独特的女性意识。之后白烨《俗中见雅　平中有奇——关于葛水平》也认为葛水平的叙事立场是表面中性，本质却依然是女性的视角。黄丹、黄英《“献身日常要求”的女人——葛水平小说的女性形象分析》则对作家悲天悯人的情怀给予了肯定，落足点依然是女性。

三是总体分析葛水平小说的艺术风格。如肖敏、张志忠《葛水平小说论》虽然分析的还是葛水平的乡土情结问题，但却是从诗性的消解与重建的角度指出了葛水平小说的诗性风格。严运桂《葛水平的诗性文本》也从人性光辉、诗画般浪漫的描述、情节的洁化与细化处理等方面论及了小说的诗性特点。具有相同观点的还有李梦《残酷现实中的诗意人生——论葛水平的小说》。钮宇大《葛水平小说的语言艺术》对葛水平小说的语言艺术进行了较全面的分析，吴玉杰《葛水平论：气场美学与复调思维》着重分析葛水平小说中的善与温暖，尤其是“复调思维”这一说法颇有创见，从“对人物主体声音的尊重、人物多重性格的刻画、双线的文本结构”等多方面对葛水平小说展开论述。而赵秀媛《让美善如波，涤荡人性丑恶——葛水平小说的一种解读》、高丽华《在边缘处忖度人生——试论葛水平的乡土小说创作》、顾玮《底层生存的美学建构与大俗大雅的民间叙事——葛水平小说论》等文章则对小说中突出的人性、人本主义、人文关怀等视角进行了确认。

综上所述，可见对葛水平小说创作的研究虽然已逐渐往深入展开，但研究依然还是初步的，还有许多空白与未涉及的领域，例如对葛水平小说的比较研究、对长篇小说《裸地》的进一步深入研究，还有葛水平2013年新出版的散文集《河水带走两岸》对小说研究方面的启示等，都有待于进一步深入开掘。

第二节　葛水平小说创作的基本特征

葛水平的小说创作，从最初的稍显锋芒到后来的屡获殊荣，她用自己温柔却又刚烈的文风征服了文坛，让读者甚至评论界都有耳目一新之感。总体考察葛水平的小说创作，可以发现，她总是称颂人性的善良，有一种执着的乡土情结，并且自始至终关注着女性的命运，这可以说是她的小说创作中几个突出的特点。

一、上善若水

葛水平曾经说过："善是这个社会延续的终极目标。"[①]她认为"一个很微弱的群体，也有自己的气场，一种善的气场。我始终坚信，每一个生命都有着自己与生俱来的气场，哪怕是一株毫不起眼的青草、树。而有一种气场，叫作善良"。而"优秀的人身后都有一团气养着，那就是'善'，善不一定能助长学历高，却能让素养好"[②]。在葛水平看来，善是人们与生俱来的一种气场。现代人也常常说一个人有气场，那么什么是气场呢？气场其实是指一个人的气质对其周围人产生的影响，这种影响有时是略带有形而上的神秘感的。《空地》里的张保红就是一个非常典型的例子。他身有残疾，一出场就遭大家的耻笑，孩子会学他一扭一扭的走路姿势，村民会当面叫他"拐子"，但他从来也没恼过。在村民眼里，甚至在父亲张庆生眼里，他都是一个没有一点心眼的"憨儿"。老天爷也喜欢捉弄他，各种糟心事都会抢着光顾：带干儿毛伲去给人画灶画，毛伲吃核桃时却用锥子挑瞎了自己的眼，惹下一件仇恨事；借给同村妇女钱，没承想却无意中帮别人家买来的媳妇逃跑了，又遭人家忌恨。这个心胸宽广、富有同情心的善良人，在村子里竟一步步活成了一个笑话。然而就是这样一个让自己的老父在村里人面前抬不起头的"不够数"，却在年终的迎喜神大典上，被村人推举为领头人。这领头人"不是一般人，是有身份，受尊敬的人"，那些平日里"看上去够数的人大都往里迷，不见帮助过谁。也就张保红，他年龄虽然不大，但做的事情细想起来还是够大的。大年节的，乡下人相信，磨难会在五畜六禽中激起残忍，而人的心间就应该唤醒良善，良善是人活下去的光明"。这临了的一个转换，连他的父亲都不相信，但村人就是这样决定了。可

---

①葛水平.善是这个社会的终极目标[J].飞天，2007(6)：25.

②韩石山，葛水平.对事物最朴素的感情和判断帮助了我[J].文学界，2008(3)：29.

见，善真的是有气场的，它会在人们不知不觉中如水浸润土地一般，慢慢渗入人们的心田。张保红的乡亲们用日常的生存哲学判断着他的日常行为，得出的结论是这人“不够数”，但当一个重要的时刻来临时，日常的俗事暂时退却，自然生命里的良善就会抬头，此时平日里撒下的良善的种子就会与人的天性相遇。所以，最后村人对张保红的“抬举”也许看起来突然，实则并不意外。正因为善是人之天性，所以善念的传递有时都不需要语言，往往就在一种特殊的情境里，真的是如空气般无意识却又真实地存在着、感动着。《道格拉斯/China》中，负伤陷入困境的美国飞行员，与一些他一点也不了解的中国人待在一起，语言不通，生活、食物种种陌生，本该焦躁无比，可是在他听到倪月月唱给孩子的歌曲时，心竟然静了下来：

> 窗外的月光照着炕上躺着的道格拉斯，歌声钻进他的耳朵，让他有回到以前，回到一种幻景中的感觉，无声的水流过田地，禾苗在长，鲜花悄悄盛开，是母亲还是他心爱的姑娘？在阳光照亮一片天地之时，歌声是灿烂的鲜花和风的味道，他在饥饿和疼痛中，眼里闪出泪光来，歌声让他一度忘记目前岌岌可危的处境，怀想一些无序的片段，一种无名的温暖正尖锐地顶撞他，他确实有想哭的意思。

道格拉斯并不认识倪月月，更不了解这个中国女人，然而歌声传达出的宁静却给了道格拉斯莫名的温暖与安全感，善对人的影响真的是带有神秘感的，是无法用语言准确描述的。对这一点，葛水平用气场来形容它，真是贴切又到位。

在葛水平的小说里，有很多人物言行与情节设计从表面上看与善是相违背的，几乎可以归于恶的类别。比如《天殇》里的上官芳，就是个身背数条人命的女刀客。对这样的人物，作者并未流露出一丝一毫负面评价的倾向性，甚至还将上官芳塑造得刚烈而引人唏嘘。葛水平曾谈过自己的想法：“我写一个女人的善恶，她的善是与生俱来的，她的恶，是她经历了梦中惊厥的道路之后，才走向了死之绝顶。”①善在葛水平小说中不是圣母般纯洁的存在，而是与恶纠缠着、伴随着。葛水平相信善良是人之本性，而恶是后天所致，先天与后天之间不会截然分离。就如同人是社会性的存在，永远不可能脱离现实社会活在理想国一样，葛水平正是在善与恶的相互较量中观照着人物复杂的内心世界，也将人物塑造的更真实，故事更符合真实世界的走向。刀客上官芳本是一个善良的弱女子，但“人善被人欺”，在家族中她屡受欺压，在大伯王书农的肆意报复和压迫下，不得已和两个儿子先后沦为刀客，走上复仇之路。她身上其实更多具备的是中国传统女性隐忍的美德，只涉及自己时，她更多考虑的是别人，是穷人的利益，即使最后以女刀客的身份奋起抗争，其复仇的意味也带有穷人反压迫的正义性。作者在情节的安排设计上突出了善的力量，上官芳心底的善念是她手下留情的原因，而大伯晚年的悔意，也促成两辈人之间的仇恨得以消解。这说明人性中与生俱来的善良可以暂时被恶压抑，在人物的言行上表现出恶的因子，但永不会消亡，只要时机合适，善念终会抬头，重具消解恶念、化解仇恨的力量。上官芳走向“死之绝顶”是被他者的恶所迫，而非天性使然，因而即使是被恶操控的时刻，上官芳依然如同一个复仇女神般光芒耀眼，而她身上从未彻底离开过的温情也格外动人。

正是因为对这种与生俱来的善的信任与执着，葛水平的小说里几乎没有坏到彻头彻尾、无一点善念的人物。《道格拉斯/China》中的王广茂，平素胆小怕事，做事没谱又管不住自己的嘴，在他心里也许只能放下自己的老婆孩子，所以他心安理得地打着自己的小算盘，在国难当头的时候，常令读者对他的言行恨得咬牙。然而就是这样一个你以为他随

①吴玉杰，葛水平.有一种气场叫善良——葛水平访谈录[J].小说评论，2011(4)：13.

时都可以去当汉奸的小人物，却在最后时刻挺起脊梁做了一回大写的人，保全了一村人和美国飞行员。葛水平说过：“每个生命都有着自己与生俱来的生存能力和适宜环境，哪怕是一株毫不起眼的青草、荆棘和绿叶，活着，也只有活着才能面对自然张力四射。”①也许每一个小人物在凡俗生活里都会因简单地活着而掩盖了人性光辉，但只要这善念存在于他的身上，就永不会消亡。“我们不会像河流那样默默伸出自己，放弃所有，克制欲望，善是做人的底线，绝不是不沾荤腥。”②

所以，懦弱的王广茂可以自私，可以不靠谱，但只要做人的底线在，就可适时“张力四射”。而《黑口》中的五牛，本是一个黑心肝的小煤窑主，但当兰州李出事以后，他还是做出了配阴婚等举动，抵消了他的一部分恶行。《甩鞭》里的铁孩，狠毒、变态，残忍地害死了王引兰的两任男人，但是他对王引兰的爱，却丝毫不需怀疑。甚至《喊山》里的腊宏，对哑巴红霞没有一点人性，残忍程度令人发指，但是后来韩冲意外地发现，腊宏竟然可能是为了给他的闺女摘野毛桃而不慎被自己下的套夺了性命。腊宏对闺女的一丝父爱，不就是与生俱来的善之一种吗？至于韩冲就更不必说了，虽然他与有夫之妇鬼混，虽然他名声不好连媳妇也娶不上，但当出事以后，他有担当不逃避，这就是善念的光。由此可见，葛水平所谓的“与生俱来的善”，其实是一种“自然的人性”，它不需经过理性的思考，仿佛一切都是理所当然的，所以我们看葛水平的小说，会发现所有的恶都是有原因的，而所有的善就是一种本能。韩冲在无意中害死腊宏后，压根就没想过推卸责任，他一边准备借钱赔款，一边尽心照顾哑巴母女，这一切自然而无须考虑。《狗狗狗》里的秋，在日军屠村之后，完全是出于本能承担起了繁衍生命、延续村子香火的任务，即使这任务要以违背伦理为代价，她也从未犹疑过。还有《守望》里的米秋水、《连翘》里的连翘、《地气》里的王福顺等，

①②吴玉杰，葛水平.有一种气场叫善良——葛水平访谈录[J].小说评论，2011(4):13.

身上的善仿佛亘古以来就在那里，一直散发着自然的人性光辉。

读葛水平的小说，最打动人的也往往是这各种美好，她认为文字“不是强化它无限的痛苦、无限的漫长，而是要强化它无限的真诚、无限的善良，社会的进步走到现在是她的真善美，不是假恶丑”[①]。追求文字的真善美，也许是葛水平永不放弃的念想。

二、乡土情结

置身于都市，却钟情于乡下，身影游走于太行山的沟沟坎坎，用灵魂来触摸那方土地，这也许是葛水平与当代众多女性作家区别开来的一个重要原因。她的小说有浓得化不开的乡土情结可以说是大家的一个共识。她曾经在一次访谈中说过：

> 我出生在大山深处黄土崖下的一个土窑窟窿里，我小时候最亲密的玩伴是驴，最讨厌的动物是老鼠，因为它吃我家吊在梁上的玉米。最喜欢的事情是上山放羊。我从动物身上获得了一种爱，在山水之间我了解了石头的坚硬和水的柔软，从山里人身上知道了人类诞生以来维持至今，源源不断，倾注不息的是爱，而不是仇恨。出生地—玩伴—山水，是记忆恩养了我的性情。我从乡人无休止不断重复的语言里知道了什么叫大爱、大恨、大悲、大喜，也知道了什么叫敢爱、敢恨、敢悲、敢喜。那一些发自记忆中召唤的声音和气息是如此强烈，强烈得犹如我远去的父亲向我招手，我知道我必须即刻上路了，要沿着一道迢递之路走进那些人的心灵。我要尽一个世俗人的眼光来写他们，“世俗”必须是我命中注定！

①姜广平.“你赋予了小说文本以力量”——与葛水平对话[N],上党晚报,2007-10-31.

通观其作品，字里行间对生养自己的土地有着难以化解的深情，对葛水平来说，也许城市是现实的栖居地，而乡村才是其精神能量的源泉。她的兴趣几乎全部集中在对太行山区民风与人情的描绘上，这里的乡风民情是自在、质朴、不做作的，这里的人敢爱、敢恨、大胆、泼辣，充满着原始自然的人性美与人情美。

葛水平小说的乡土情结首先表现为对自然地域风貌的深厚情感与赞美，在她笔下，太行山区的沟沟壑壑也许略显贫瘠，却都充满了诗情画意。“太行大峡谷走到这里开始瘦了，瘦得只剩下一道细细的梁，从远处望去拖拽着大半个天，绕着几丝儿云，像一头抽干了力气的骡子，肋骨一条条挂出来，挂了几户人家。”（《喊山》）“河沟那边是一片庄稼地，日头浮在庄稼上，风一动，有荡碎阳光的声音传过来。打远处看，一只草兔伐着草皮往山上跑，王广茂揪起屁股往山上撵，一转眼，草兔不见了，人，站到了山脊上。”（《道格拉斯/China》）“小河西村离县城的火车站有三十公里，地势低洼。由这里望太行山，看上去它像龙脊一样奔腾往西而去了，由这里望太岳山呢，也像龙脊一样蜿蜒奔腾往东而去了，现在雪把太行、太岳弄得千枝万蕊，一色儿白茫茫。雪下到最后，下成大朵儿的白花了，雪下得熙熙攘攘，也下得风姿绰约，萤洁清丽。”（《赌选》）若非对这片土地有深厚的情感，怎能将这片毫不起眼的山区描述的如此动人。从字里行间其实能看出来，葛水平并未将现实境况进行理想化的修改，山依然是略瘦的山，土地依然是不那么肥沃的土地，这里的人民并未衣食无忧、享受着物质的丰美，但她就是爱它。这样的情感不是远离后被篡改的记忆，一如每个游子梦里的家乡都格外美丽一样，葛水平是勇于正视现实的，她不会因为它的贫苦与落后而嫌弃它，更不会修饰以后假装它很美然后再爱上它，她对这片土地的爱，真实、清醒而从未改变。

对这方土地的爱当然还表现在对这里的人的赞美。如同对地域风貌的描写，葛水平讲述这里的人的故事时，也不做人为的美化或刻意的遮掩。在她笔下，这些乡民们呈现着最真实的生活情景与心理状态：“山下没有娶上媳妇的男人稍微扳了扳指头，就数出了许多西白兔人来：李满喜、王秃子、唐大熊、唐要发、李广茂、倪树员等，他们一个个把山下的俊闺女娶上了山，结果呢，有的人因为造炸药早就不在这世上了，有的人在岁月中突然就因为一声爆炸缺了零件儿。这很是让外村人议起情绪来，由是，山下的光棍汉们谈笑间不由得多了一层幸灾乐祸的淡笑。”（《浮生》）村民们真实的情绪就是当别人遭逢大难时也会同情也会陪着唏嘘，但过后心里那一点小阴暗才是更为写实的表现，当然这并不影响他们依然还是淳朴善良的人。“进了哑巴家韩冲看到哑巴的房梁上吊下来两个箩筐，箩筐下有细小的丝线拉拽着一条一条的小虫子。韩冲知道那箩筐里放的是讨来的晒干了的米团子和白馍。哑巴没有停下手里的活。她手里正拿了一捧米团子放在锅台边，一块一块往下磕上面生了的小虫子，磕一块往锅里煮一块，锅台上的小虫子伸展了身子四下里跑，哑巴端下锅，拿了笤帚，两下子就把小虫子扫进了火里，坐上锅，听得噗噗的响。”（《喊山》）哑巴红霞是作者重点塑造的人物形象，她善良宽厚，又是个能干的爱干净的女子，但是作者却用这样让人有点发毛的生活细节加之于这个女子身上。这样产生的效果是惊人的，读者为红霞过的这种非人日子而叹息，惊讶于贫困竟可如斯。这样的描述无损她的形象，她本就不是城市娇娇女，不需矫揉造作、见到虫蚁就尖叫来美化。在葛水平的小说里，这样让读者震惊，但偏偏是真实乡村的写照的情节还有很多。比如人与驴同居一室，甚至年轻的媳妇会用自己的乳汁去哺乳幼驴；再比如乡民去卖猪之前会狠狠地喂，猪每一次排泄都会让猪的主人产生割肉般的疼痛等。这就是真实的太行山乡村，没有丰美水草、小桥流水，更没有清秀羞涩的水灵妹子和健壮阳刚的农村帅小伙，如诗如画的景美人更美不属于这里。这里的村民是自然不遮掩的，他们可以互相开着粗俗的玩笑，出了人命可以村干部或有身份的老人出面私了，最传统的老人们可以为了传宗接代而默许儿媳出轨，酷烈刚毅的女人可以平静面对自己亲手杀死儿子的惨剧却对仇人突发善心等。这里的人性人情的美不是纯净水般梦幻虚无的单纯，而是奉行着自己的生存哲学、伦理情感，也许充满着悖论却从不突破底线，这样的乡村与村民更真实。

总之，葛水平的乡土情结不同于沈从文的记忆美化，也不同于贾平凹的反思批判，她就是自然地再现了各个时空下太行山区村民生活、感情的实景，没有哲思，无关评价，更不是一种功利性的叙事策略。也许都市的繁华与人情的淡漠、物质对精神世界的挤压曾使许多人对城市深存戒心，也许许多有着乡村记忆的人因无法完全融入都市的精神生活而动情地迷恋着记忆里的乡村。但他们遭遇的另一重尴尬往往是“精神还乡”，也就是他们表面排斥城市文明，但又决不会选择放弃都市生活，只得退而求其次试图从精神上构筑一个故园神话。他们要还的“乡”不是现实的农村故土，而是一个被他们的主观向往美化了的故土，仅仅是一种回归自然的愿望而已。这愿望耽于虚幻中时是唯美的，在他们的描述里也仿似仙境或世外桃源，这样的“精神还乡”一旦面对真实的乡村景象，往往会瞬间崩塌。葛水平的乡土情结之所以打动人的心灵，是因为那个故土从未失真过，从而带动了最真实的情感，她是真的爱着这片故土。

三、关注女性

女性一直是葛水平关注的重点，也许出于天然的性别认同，她将女性身上蕴含的坚忍、善良和美丽做了最到位的表述，我们可以感受到这些女性身上的质朴与善良，同时我们还能感受到作者的悲悯情怀。葛水平曾谈到过：“写女人，不仅因为我是女人，更因为社会中劳苦功高的女人注定不能与男人平起平坐，女人的美丽是女人的悲哀与绝望，无论她们是如何从男权社会中走向现实和流于平庸的，她们中一部分是如何向社会抗争的，她们最后总是湮没在历史中，留下惨淡的影子。时间不言不语无声无息地流逝了，而她们的曾经的抗争必将给暗淡的岁月留下一双黑色的眼睛。”[①]“中国女人在这块土地上生活是非常非常难的，容易被历史湮没掉，也容易被社会湮没掉。她做出再大的成功，付出再多的心血，常常被这个社会强烈的东西毁掉，或者说忽略掉。我维护女人的利益，我爱护、欣赏所有有素质的女人，尤其是在社会和生活当中善良的、能包容的女人。”[②]这就是为什么葛水平总是关注女性，并且更多地关注底层女性命运的原因。

关注女性、重点塑造女性形象的作家很多。张爱玲笔下的女性阴骘、疯狂、变态、扭曲，苏童作品中女性的美丽总是伴随着丑恶。可是在葛水平的小说中，我们看到的往往是女性带给我们的精神慰藉。她们不论自身命运如何悲苦，始终不曾失去善念与良知，在她的小说中，有出身低贱、命运多舛却重情重义的王引兰（《甩鞭》）；有受尽非人折磨、被迫“失语”却依然向往美好生活的善良哑巴红霞（《喊山》）；有温柔与狠绝兼具却人性未泯的刀客上官芳（《天殇》）；有善良驯顺对丈夫体贴，甚至对嫖客同情的悲剧人物米秋水（《守望》）。正是这些坚韧、多情的女性带给我们格外的感动，书写了她们即使低贱却不凡的命运。

葛水平对女性的关注绝不会止步于怜悯和叹息，那样的女性只会引发读者的同情，无法赢得读者的敬佩，自然也不会是闪亮的人物。葛水平会赋予女性以气场，在男性社会里也有着令人赞叹的言行与举止。《裸地》中，葛水平就塑造了一个女性的理想形象——女女。这个女人很不一般，阴阳先生李旮渣、盖运昌、盖府的四房太太第一次见她就都震惊于她散发出的“气息”，这个女人“有一种大气在里面藏着”。这“大气”的“气息”恐怕就是葛水平曾经提到的气场，它足以感染身边的一切人和事物。因了她，河蛙谷焕发了生气，她在这里孕育生命，给

①葛水平.最后的温暖[J].中篇小说选刊，2004(5)：186.

②张平等.葛水平小说创作研讨会发言(摘要)[J].黄河，2004(12)：139.

了聂广庆以精神的滋养；她心灵手巧，做出一双双漂亮的绣花鞋，让暴店镇的女子们生活得摇曳多姿。她将这善良的气场氤氲开来，对李旮渣、聂广庆、盖府的女人们都奉之以善良与大度。她虽是以典当的针娘身份入住盖府，最后却成了盖运昌的红粉知己。盖运昌自从把她接到府中以后，性情和观念都在慢慢起着变化，最后面对一系列的人生变故，他都可以很坦然地接受，还在最后时刻在女女的鼓励下，重拾尊严。这部小说看似盖运昌是主角，但女女的璀璨光芒，才是这部小说最感人的部分。这样闪亮的女性形象几乎是顺手撷来：王引兰（《甩鞭》）迫于命运先后委身于两个男人，但却是一个渴望着“生命里的春天”的旧式女性。她的感情是忠贞的，性格是果决刚烈的，得知真相的一刻，她毫不犹豫地将寒光闪闪的刀刺进了铁孩的身体里，她捍卫的不仅是自己的感情，也是善念的底线，是柔弱女子鱼死网破的抗争；上官芳（《天殇》）在大伯王书农的逼迫与算计下，一步步走向刀客生涯，在她奋起抗争家族与旧制度的压迫时，她的形象一点点高大起来，不再是那个隐忍软弱的小女子，却未失却人性。这样的形象带几分传奇又具备真实感，显得格外耀眼。这些女性形象共同指向一个主题：女性虽然常常被压在生活的最底层，常常处于“失语”、“缺席者”的地位，但一旦给予她们平视的眼光，就可以感受到她们身上耀眼的光彩。现实越是恶劣，她们命运转角处的呐喊就越发振聋发聩，她们温柔善良又爱憎分明，她们质朴天真又酷烈决绝，她们拥有的是一颗美丽圣洁的心。

第三节　缘于对男权话语的认同

——葛水平小说女性悲剧探因

正如上文所说，葛水平作品中对底层人物尤其是女性命运的关注，颇为人称道。一些评论者因此认为，葛水平的小说流露出强烈的悲天悯人的情怀，以女性书写的方式构建了独特的女性文本，反映出作者的女性意识。笔者认为，抛开外部客观原因，葛水平的小说恰恰是因为缺乏女性意识，才使得文章中的女性形象多数走向了她们的悲剧命运。在她的作品中，我们能清晰地看到作者对传统男权意识的微妙认同。

一、客体化的依附

几千年来男权主义的统治和奴役将女性的自主意识几乎消灭殆尽。人类自进入父系社会以来，女人就似乎一直从属于男人。《仪礼·丧服·子夏传》对这种从属关系提出了明确的要求："未嫁从父，既嫁从夫，夫死从子。"千百年来，这种从属的意识已深入到女性的骨髓中，即使时代发生着这样那样的变化，女性意识中的这种依附性却依然顽固地存在着。体现在女性常常将自己的人生希望寄托在男性身上，不只物质上依赖男性，精神上更是处于客体地位。她们因了这客体化的依附性而无力把握自己的命运，只能像押宝一样将寻找一个可以依靠的男性作为可以争取的人生保障。一旦她所依附的男性不能再供她依靠时，女性就仿佛面临灭顶之灾。

《甩鞭》中，王引兰用自己让男人"看多了有想法"的身体换得麻五的冒险相救，然而好景不长，麻五在一场土改运动中有些蹊跷地死了。失去了依靠的王引兰选择了再嫁，可这第二个男人又坠崖丧生。当王引兰陷入困境时，麻五家原来的长工铁孩伸出了援手，但令王引兰震惊的是，自己两个男人的先后丧生，竟是这铁孩处心积虑的结果，极度绝望的王引兰杀死了铁孩，完成了自己的悲剧命运。

故事发生的背景是土改运动。这样的背景设定很容易让人将王引兰的命运沉浮与历史风云联系起来，理解为王引兰一次次被命运之手推倒，又一次次顽强地站起来。这是作者营造出的在重重劫难下不屈的、有韧性的、命运多舛的女人，最后还手刃仇人，让女性貌似柔弱的生命瞬间变得悲壮而辉煌。在这个故事中，作者仿佛将操控女性命运的手交给了那一场难以言说的历史暴力，将王引兰的悲剧命运归罪于历史劫数中个体生命的随波沉浮，忽视了深藏于王引兰意识深处的悲剧因子。这个问题我们可以换个角度来理解：抽去故事中那颇为清晰的土改背景，在不需要考虑历史暴力因素的情况下，王引兰的命运走向可否不同？可以肯定地说，麻五的死法也许会不同，但王引兰的命运却会重蹈覆辙。导致这一悲剧命运的是王引兰的意识中缺乏自主意识。葛水平说“《甩鞭》我写了一个女人寻找幸福的故事”①，而在故事情节中我们看不到她主动的“寻找”。当人生中有灾难来袭时，她唯一的举措就是等待，等待一个男性救赎者来完成自己的被救赎，她拥有的唯一筹码就是自己丰饶而美好的身体，这也是男性救赎者眼中女性唯一价值的体现。在这一价值标准下，麻五因她还是处女而感到意外惊喜，继而违背了对铁孩的承诺，埋下了悲剧的伏笔。铁孩因得不到这欲望的对象一次次铤而走险。王引兰因铁孩的铤而走险而一次又一次失去男人这一物质与精神的依靠，最后梦想破灭于依附男性的美梦被彻底粉碎时。由此可以看出，只要王引兰摆脱不了被男性争夺的“物”的命运，只要她的精神处于自我“缺席”的状态，只要她处于对男性主体客体化的依附地位，她的悲剧命运就会是必然。

再客观的文本，我们都可从中窥到写作者的主观意识，倾听到隐于文本之后的写作者的声音。结构主义批评家曾做过这样的表述，“所有故事都由成规与想像形成”②，它使我们将文本中所叙之事与原型事件之间写作者所发挥的功用提炼了出来，那就是将写作者头脑中的社会“成规与想像”浸润到原型事件中，再以写作者个性化的面貌呈现给广大读者。这是写作者的艺术才能和创作价值之所在，但也常常是不足之处。在社会现实与日常生活中，男权意识作为主流意识仍居于统治地

①葛水平.我和我小说中的乡村女性[J].名作欣赏，2010(10)：16.

②马丁·华莱士.当代叙事学[M].北京：北京大学出版社，1991：15.

位，男性为“第一性”，女性为“第二性”，男性是女性物质与精神的支撑依然在相当程度上得到女性群体的默许，缺乏对自己精神性别的确认。很明显，葛水平也是这一社会成规的臣服者，所以她才会在《陷入大漠的月亮》中借黄小枫之口说出这样的论断：“女人永远是感性的，永远不够成熟，永远比男人傻，女人其实她不属于谁，永远只属于男人，永远在她的周身缭绕着一股悲凉的气场。”黄小枫认为一个女人最怕的是“死亡的婚姻”。这也是黄小枫和朱米不幸的原因，因为她们的婚姻都是“死亡的”或“正在死亡的”。柴冬花（《所有的念想都因了夜晚》）的悲剧皆因她嫁了一个让她一生等待的男人。她在寒窑中苦苦等待几十年，等来了丈夫和另一个女人，但悲剧没有就此打住，柴冬花并未因此觉醒，而是在丈夫承诺死后把骨灰送来与她合葬后，开始了新一轮的等待，等待丈夫死后回乡。结果是更为凄凉的重创，她死后丈夫的家人立即将她与一早死的光棍合葬。在这一文本叙述情境中，葛水平对柴冬花有同情、有叹惋，甚至对她执着一生的所谓“爱”有着模糊的褒扬与认同，独独没有对她这蒙昧的选择进行心痛的质疑与责备。可见，时间虽已走过这么久，女人们虽有可能在经济及社会的其他许多方面都大可不必依赖男人了，但在心理上对男人的仰仗依然顽固地存在着。这是一种很深的心理上的文化积淀，认为女人们的命运是由男人来主宰的。女人“永远只属于男人”，居于客体化的地位，这是王引兰、黄小枫、柴冬花等悲剧人生的主导因素。

二、“被凝视”的“美好”

女性在漫长的以男性本位文化为中心的历史传统意识中，逐渐忽略、淡忘了自己的自然本性，随着女人对男人精神与物质依附意识而确定的相应意识是男人目光下的“女人”。女人们渴求一个归宿，只有符合男权文化指认下的女性标准，才可获得依靠的资格。在男人目光“凝视”下，一个“标准女性”应该是“美丽、贤惠、温柔、善良、隐忍、体贴、富有牺牲精神……”男性评判着一个女人是否“像女人”，只有那些拥有完美“女性气质”的人，才能拥有男性欣赏的目光，继而获得男人的青睐，女人才有可能实现她作为女人的“生命价值”。这是男性为女性构造的虚幻影像，所谓的“标准女性”并不是自然本性的女人本相。可悲的是，在这影像中迷失了自己的“女人”们，依然津津乐道于这女性的“美好”。

葛水平说过：“我维护女人的利益，我爱护、欣赏所有有素质的女人，尤其是在社会和生活当中善良的、能包容的女人。”葛水平并不自知，正是她“爱护、欣赏”的“善良、包容”素质，让她笔下的女人们一步步走向了自己的悲剧人生。《守望》中米秋水的男人因赚钱少养活不了一家四口，心烦之余会因妻子被骂急时回句嘴而“正经八百卷了袖管”抽米秋水耳光，米秋水“脸上常常挂了黑青”，但“被抽过的米秋水却不忌恨男人，觉得男人想动手，是家里负担重，是心累！”“米秋水想，我不能让我男人一个人劳心。”甚至还会迎着巴掌上，并叫着：“再来一下子，只要打得你的手不麻，能解了你的气！”多么愚昧的善解人意！这被赞美的“能包容的女人”不仅包容自己丈夫的暴力，而且还包容觊觎她身体的其他男性的侮辱。建筑队大工张相征说：“人活得累，活得苦，男人身下没有女人养着，不中啊。”三番五次说服她用女人的身体挣钱，她竟会觉得“有点可怜这个人”，即使心中有挣扎，认为做了这事自己就不是人了，可依然怀着对大工的同情，为丈夫和女儿牺牲的心情，跟着张相征去了麻田。米秋水最后就死于这善良，即使张相征扼住她的脖子时，她也没有丝毫恐慌，仿佛不知人性中有恶一样。小说文本选择以米秋水的视点为主要叙事视角，但确切地说，我们从中感到的却是典型的、传统男权意识的叙事话语。男人需要女人忍耐、顺从，所以米秋水打不还手还努力为丈夫的暴力开脱；男人需要女人有牺牲精神，所以为了丈夫与女儿，米秋水要选择用自己的身体去挣钱；男人需要女人有贞操观念，所以米秋水时刻挣扎于“我不是人了”

的痛苦中……小说叙事假借了米秋水的视角，但书写的却是完全的男性话语。在此文章中，我们看不到两性双方精神上的相互尊重，只看到女性对男性的理解与同情，文章叙事强制性地把“他”单方面的利益与要求放置于“她”观照的视野中，不停地借“她”之口为“他”解释与开脱。这种叙事倾向无疑将女性牺牲自己表述为自觉自愿，这对女性来说，比传统的男性书写更加不公平，如此偏颇的观点、如此典型的男性叙事视角，却被冠以女性视角来体现。这不是真正对女性的关注，真正的关注要强调被关注的实质是什么，如果强调的是女性回归到传统男性目光下去做所谓的“标准女人”，那实在是女性写作者的悲哀。

《喊山》中的哑巴红霞被用另一种方式剥夺了话语权。哑巴一出场就因不能说话而处于一种完全的失语状态，只有韩冲等男性的目光指认着她的清爽干净，温柔漂亮。虽然这并不妨碍读者从叙述人那里了解红霞的遭遇，但却因写作者的拒绝，而让读者无从知晓类似女性的反抗心路。红霞作为被拐卖的妇女，在小说的叙述中并未见她采取任何抗争措施，对腊宏的迫害与威胁，她呈现的完全是弱者的姿态，一味地隐忍与退让。即使腊宏死后，作者依然未将话语权交还给她，她依然是男性目光凝视下痛苦劫难的承受者。因暂时未恢复语言能力，哑巴红霞继续扮演一个经典的女性角色：漂亮而软弱的丧夫女子。文本中偶尔以哑巴视角叙述的内容也完全与抗争和自救无关，她依然为来自男人的伤害而心悸痛苦着，为一个有所归属的模糊前景而期盼不安着。此时仿佛只有一个正义有担当的男子挺身而出才能救她于水火。韩冲及时出现了，他不仅无意中炸死了腊宏，无意中扮演了救赌者，而且还被塑造为值得哑巴依靠的仗义男子。韩冲秉持着负责任的态度，“咱炸了人家了，咱就有过”，负担起了哑巴一家的生活。作者以温情甚至赞美的笔调书写着韩冲给哑巴母女带来的全新生活，再一次强调着一个典型的男权观念：那些柔弱的、精神内在明显匮乏的女人们，只有男人才是她们生命的重点与归宿。哑巴最后在韩冲的鼓励下终于开口说话了，“哑巴不叫哑巴了叫红霞，现在红霞看到阳光是金色的”，暗示着哑巴红霞新生活的开始，故事说到底还是男人给了她新的生命，说到底还是男人掌控着女人的悲喜人生。故事也只能结束在这里，我们不必也不敢设想没有自己独立自我的红霞是会就此幸福一生，还是会轮回到婚姻生活的尴尬痛苦中去。

《喊山》中有一处设计颇值得思考。韩冲被塑造为正义有担当的男子，而小说叙述中与他有过亲密接触的琴花却被塑造成泼妇型女人。她蛮横、不贞、贪婪、丑陋、无耻……作者几乎是在用公然的、歧视性的话语来描述她。这样的叙述话语对女性来说其实是不公平的。韩冲与琴花的关系从一开始就是你情我愿的，韩冲贪的是琴花的身体，如果平等看待偷情中的男女双方的话，受谴责的不应只是琴花。这里的叙述话语显示了男权观念的自私。传统的父权制格外重视女性贞洁与否，女性被物化为传宗接代的工具，继而衍生出一种男权意识的话语形态：女人或者是纯洁贤惠的节妇烈女，或者就是龌龊不洁的荡妇淫娃。男性若有复杂的两性关系是无伤大雅的，这并不妨碍他成为顶天立地有担当的“男子汉”，女性则只会由不贞衍生出一系列的丑态。这明显是带有性别歧视的话语形态，却深深地浸透在人们的潜意识之中，成为人们自觉或不自觉的信念与评价标准。它维护的是男权的既得利益，限制的是女人的为人处世。它将女人绑定在“被看”的位置，在男人目光凝视下，继续按照被男性指认的“女性标准”自觉地“美好”下去。

女人“在变成女人以前，她是一个人”[①]。波伏娃始终认为，女人之所以为女人，并非自然的结果，而是社会的产物，也就是说，女性所有的女性特征都是由文化、风俗等社会因素所造成。她们是男权文化为女性构建的一幅硕大镜像，这镜像不是女性真实的自我，她如魔镜一般发出魔音，诱惑着女性群体竞相模仿。写作者们反复描摹这样的女性，不仅不会为陷于悲剧命运中的女性添一丝抚慰，反会加剧她们的迷惘与

①西蒙娜·德·波伏娃.第二性[M].陶铁柱译.北京：中国书籍出版社，1998：339.

困惑，身处厄运而不自知。

三、“以母之名”的迷惘

20世纪末以来，中国社会经历了规模巨大的政治、经济、文化变迁，新女性们也开始重新思考自己的人生定位与生命价值，然而历史文化遗留与新思想的冲击，必然给这一时代的女性带来新旧双重思想、双重责任的挤压。她们可以凭借自己经济地位的独立，宣称“女人不是月亮，不靠反射别人的光辉来照亮自己”（出自女剧作家白溪峰著名话剧《风雨故人来》），不再将依附男人做贤妻作为人生目标，但她们无法摆脱良母的枷锁，继而陷入另一重困境。

《纸鸽子》中何明儿是一位知识女性，她处理婚姻生活中的夫妻关系时是有别于封建时代女性的。当夫妻之间连起码的尊重都没有时，她不会委曲求全，一味忍受，而是选择了离婚。她的生活不再以丈夫为中心，而是转移到了儿子身上。她心中的想法是“儿子是她将来的顶梁柱，是顶天汉子，有儿子就会有一切”，“我这一辈子就活这个儿子呢”，“儿子没有将来，我何明儿有什么将来?”她像押宝一样，把自己人生的全部一股脑儿押在儿子身上，这其实是“夫死从子”的一种变向依附。处于叛逆期的儿子却被母亲过分的重视与管教逼得透不过气来，一心只想逃离，成天沉迷于网络，对母亲努力展露的平静笑容、情绪失控的歇斯底里无动于衷。何明儿感到了自己人生的失败，一直以来她努力树立在人前的形象，“不是一个简单的女性形象，而是一个有教养有知识的教育工作者和伟大的母亲”，现在却彻底没有了希望。事业与“伟大的母亲”二者兼具，这是新女性在新的时代背景下必然要面对的诸多尴尬境遇之一。何明儿的遭遇也许不是女人作为典型的“第二性”所要承受的不幸与苦楚，然其本质依然是传统男权意识带给女性悲剧的延续。女性仿佛从来也没有真正为自己活过，新时代的女性除了要建立自己的事业外，依然难以摆脱做贤妻良母的心理定式，她们依然在贤妻或良母，或二者兼备的男性指认的标准下挣扎。只不过在男性苛求的目光下，在男性别有用心的赞美下，女性已分不清自己是被迫还是甘愿去扮演这角色。

何明儿因未能成功教育儿子几近崩溃，米秋水（《守望》）生命的最后一刻眼前幻化的是女儿的尿褥子，寻红的母亲（《连翘》）是因雷雨天上山摘连翘为儿子筹学费被雷劈死……她们的人生都是带着遗憾的，遗憾于内心深处背负的内疚与不甘，她们未完成良母的责任，这无疑是一种深刻沉重的心理负担，而这负担更多来源于男性指认的女性标准的延续。它无形中给女性以更大的生存压力，要求女性在担当与男性同样的社会角色时，还要担当好隐忍宽容、富有牺牲精神、博爱无私的母亲角色，她们被冠以“伟大的母亲”之名，仿佛被给予了受人尊崇的地位。事实上，这称号并不能带给女性社会身份、自我价值的认同，恰恰相反，它是男权话语对女性的进一步损害。它从男权利益出发，为男性在家庭生活中逃避责任进行开脱，对女性在家庭生活中的平等权利无声践踏。

葛水平小说对女性形象的处理也许很趋近于现实，毕竟她们更符合社会的男性价值评判和审美习惯。然而，女性解放是社会进步、两性和谐发展的重要组成部分。马克思说：“社会的进步可以用女性的社会地位来精确地衡量。”[①]女性要获得书写自己的权利，与活跃了千百年，至今仍潜藏于人们心中的男权意识相抗衡极其不易，身为女性作家们，更应给予她们一份特殊的注目与关怀。但是关注女性不能仅仅满足于关注女人的苦，关注她们“琐碎的日常生活让她们练就了一身好性情：勤劳善良、忍辱负重、先人后己”[②]，就此写出所谓生命的悲悯与温情来。如果她们笔下的女性“男人活好了，她们就活好了，儿女们有出息了，

①马克思，恩格斯.马克思恩格斯全集(第32卷)[M].北京：人民出版社，1995：571.

②葛水平.我和我小说中的乡村女性[J].名作欣赏，2010(10)：15.

她们就也活得有底气了”[①]，完全没有女性的独立话语，那本质上所做的是一种返回传统男性视野的写作。真正的女性意识应该具有对自身作为与男性平等的性别主体而存在的社会地位和生命价值的自觉意识，由此出发关注女性的写作，也许才有助于促进两性和谐，从主观因素上减少女性走近悲剧命运的可能。

①葛水平.我和我小说中的乡村女性[J].名作欣赏,2010(10):16.

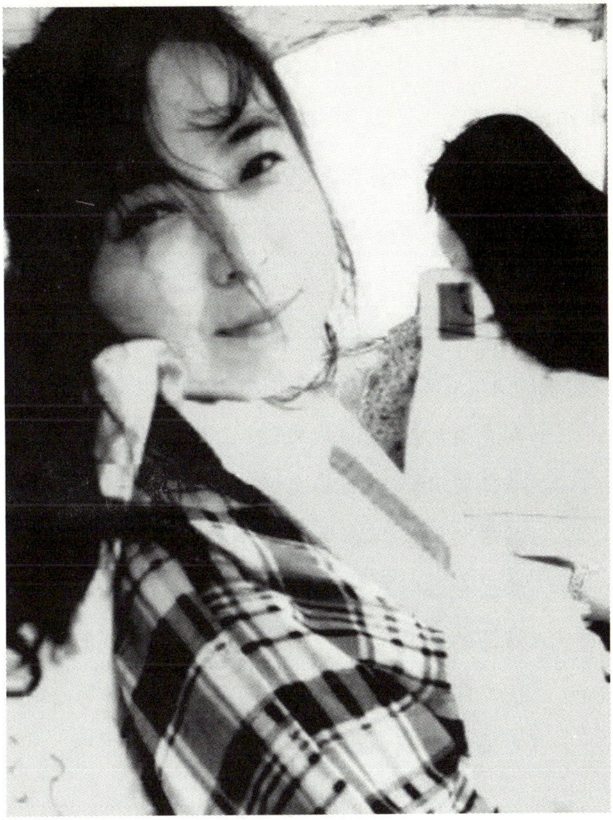

小岸　　中国作协会员，鲁迅文学院第十七届高研班学员。原名董俊英，出生于20世纪70年代。

作品散见于各类文学期刊，十余篇作品被《小说选刊》《小说月报》《中篇小说选刊》《北京文学·中篇小说月报》等转载，已出版小说集《桌上的咖啡已冷》、散文集《水和岸》。《你是你，我是我》获2004—2006年赵树理文学奖·中篇小说奖，《半个夏天》获第六届全国煤矿文学乌金奖、《山西文学》2009年度作品奖，《车祸》获《山西文学》2012年度优秀小说奖，《卡》获《黄河》2009年度优秀小说奖。

◎小岸主要作品创作年表

中短篇小说：

《夏丽英》《黄河》，2004 年第 6 期。

《你是你，我是我》《黄河》，2004 年第 6 期。

《比邻天涯》《山西文学》，2008 年第 11 期。

《半个夏天》《山西文学》，2009 年第 11 期。

《卡》《黄河》，2009 年第 6 期。

《零点有约》《山西文学》，2010 年第 1 期。

《水仙花开》《山西文学》，2010 年第 10 期。

《温城之恋》《朔方》，2011 年第 2 期。

《梦里见洛神》《山西文学》，2011 年第 5 期。

《杨杨的理想》《广州文艺》，2012 年第 2 期。

《我要向前飞》《北京文学》，2012 年第 2 期。

《失父记》《山西文学》，2013 年第 2 期。

小说集：

《桌上的咖啡已冷》中国文史出版社，2006 年。

散文集：

《水和岸》大众文艺出版社，2009 年。

第六章　小岸的小说创作

第一节　小岸小说创作概述

小岸的文学之路起步于诗歌与散文，却是在小说领域找到了与文字共舞的乐趣。2002年，《娘子关》杂志刊发了小岸的小说处女作《浮尘》。从此，她便一发而不可收。2004年起，先后在《佛山文艺》《黄河》《岁月》《都市小说》《天涯》《红豆》《山西文学》等刊物发表中短篇小说四十多篇，《小说选刊》《小说月报》《中篇小说选刊》《小说精选》《中华文学选刊》《北京文学·中篇小说月报》等刊物相继转载了小岸的部分作品。在小岸开始小说创作仅仅不到三年的时间时，其创作的中篇小说《你是你，我是我》就获得了2004—2006年度赵树理文学奖·中篇小说奖。不得不说，小岸是一个有灵性的女子。

《你是你，我是我》的故事从崔若珊偶然得到一束陌生男人送的鲜花开始讲述，将她对工作、家庭、婚姻、感情的感悟细腻准确地一一道来。崔若珊是一个深陷围城，感觉生活工作单调乏味，而内心渴盼着改变一下现状的女人。但由于天性冷淡，所以婚后将生活过得越来越淡漠无味。没有一个可以称得上知交的同事，过去的同学朋友也因为很少来往而逐渐淡漠了，夫妻之间更是按部就班缺乏激情，甚至连孩子也因为长期没有母女间的沟通，与母亲产生了心理距离。此时，一位颇有些风度且爱慕着她的男子毕海生借助一束鲜花走进了她的生活，她又恰巧发现了丈夫衬衫上可疑的女性长发，进而找到了绝好的背叛理由。幸而在崔若珊意乱情迷的时候，一个女儿生病的告急电话将她从堕落的边缘拉了回来。此后，本就没打算与她有未来的男子撤离了她的感情生活。她借助一枚硬币的决断悄悄将一段没有结局的感情埋葬了。

正如赵树理文学奖获奖评语所说：

> 董俊英（小岸）的《你是你，我是我》，贴近时代，关注现实，以细腻的笔触描摹了当代城市职业女性的情感生活，塑造了几位性格鲜明的人物形象。情致入微，颇具心理深度，格调高雅向上，风格新颖有味，具有一定的创造性。

也许是身为女性的缘故，小岸作品对女性的身心感受把握极其精准。如崔若珊莫名其妙收到花时心情由慌乱继而恍惚、心虚、怅然若失、懊恼、开心等一系列心情的变化，真实合理而细腻。说到小岸小说的“格调高雅”，笔者认为通过小岸接受《三晋都市报》记者采访时对这篇作品的自评可以略见端倪：

> 中篇小说《你是你，我是我》写的是一对成年男女交往的片段与过程，时下的爱情观、婚姻观正逐渐偏离传统的轨道，无论男性还是女性，来自外界的诱惑都令他们心迷意乱。女主人公崔若珊，正是处于这样一个时代的女性，面对丈夫可能的外遇、面对一位令她心动的男子的诱惑，究竟是固守还是出逃，她在其中游移、挣扎。令我们欣慰的是，她最终没有失去冷静与睿智。

小岸没有迎合部分读者俗的心理，更没有向时下颇具吸引力的“身体写作”靠拢，而是固守了婚姻道德的传统要求，读来让人心底暗生一种很放心的感觉。毕竟，文学对读者“三观”的影响是显而易见的。

有些读者认为小岸小说有“小资情调”，其实综合评价其作品，早期虽有一些人物活在自己无事生非的感情波澜里，但那个时候，小岸关注现实底层女性的倾向就已经很明显了。苏童曾经说过：“作为一个写作者，我始终渴望一种会流动会摇曳的小说风格，害怕被固定在‘风格’的惯性中，更害怕陷于自己设置的艺术陷阱中，我渴望对每一篇未竟的新作有挑战性的新鲜陌生的心态，我相信这也是一个写作者最好的心态，因此我作出了种种努力。”[①]这也许是大多数文学创作者共同的自我要求。小岸也不例外，她在创作之初就已经试着“摇曳”自己的小说风格，《夏丽英》就讲述了一段底层女子的艰难人生。

《夏丽英》是小岸2004年的作品，曾获第三届中国煤炭文化艺术乌金奖，很多读者都很喜欢这部作品。夏丽英是东方电石厂冶炼车间配电室的一位抄表工，外表性格都不引人注目。但是，夏丽英长着一双巧手，织毛衣的技艺高超，我们可以发现这一点在后文里成为推动情节、塑造人物的一个关键点。她曾借助此来表达爱情或挨过生活的沟坎。夏丽英身上最清晰的一个特点是对爱情忠贞、对家庭负责任。无论是对初恋男友罗小刚，还是丈夫周祥文，夏丽英都无愧于人无愧于己。小说重点描述了周祥文因盗窃案被判刑后，夏丽英忍辱负重、艰苦度日的一个个故事，读来令人心酸，但最伤人的是好不容易盼回丈夫，以为生活终于要对这个女人眷顾一眼的时候，周祥文竟然出轨了。繁重的劳作，加上心灵的伤痛，对一个用尽全力认真努力生活的女人来说，该是什么滋味？小说结尾周祥文终于回头，女儿也升入高中，生活再度拨云见日

①苏童.离婚指南[M].北京:华艺出版社,1993:5.

时，她却积劳成疾患上绝症。夏丽英的形象颇能代表中国的传统劳动妇女，心灵手巧，吃苦耐劳，她们向往美好的爱情，对家庭有责任感。小岸的《夏丽英》，可以说是叙写底层女性的优秀作品。虽然此作品也非全无瑕疵，如在语言表述上小岸处理得太满，全文几乎没有留白，但小岸构建故事的能力、透视生活的洞察力以及反映社会生活的广度、深度和高度都达到了一定水准，很有典型意义。

小岸创作特点的日趋成熟是有目共睹的，早期的小说创作以描写男女之间的感情见长，小岸自己在作品集《〈水和岸〉后记》中也说过："我是个热爱'爱情'的写作者，我的许多文字都是不厌其烦去描写爱情的。"[①]2006年结集出版的小说集《桌上的咖啡已冷》中收录的小说，就将行走在都市丛林中的男女面对婚姻爱情时遭遇的困惑与迷惘记述下来，以细腻的笔触、敏感的女性情怀，捕捉着忙碌生活中各阶层各年龄的女性们心中微小的情绪、偶见的涟漪。与小说集同名的作品《桌上的咖啡已冷》中，羞怯安静的方艾对"我"构成了无从与人诉说的威胁；《到S城去》中那个学生时代开朗活泼、大大方方倒追男生的任雪娜，时隔多年后在到S城去见初恋的途中，心情复杂，之间还穿插了另一对男女的感情故事；《小胡是谁》中徘徊于网络与现实之间的女主人公；《一个人的爱情》中被狼狈置于离婚与一夜情境地的叶青等。这些不同身份、不同经历的女性面临着不同的情感波澜，都被小岸敏感的笔触及到了。不过，这些作品虽然文笔上很有诱惑力，总体来看却还是觉得有所欠缺。故事里的人物或纯洁浪漫，或成熟稳重，但不管气质身份如何，他们大多困扰在个人的情感问题中，这情感波动的始发点虽多由外部原因触动，但动荡的根本却是源于内心。虽挖掘了人性中的部分情感，却总觉得少了一点深度与厚重。她们的人生轨迹怎样，似乎就掌握在她们自己的一念之差里，从而削弱了作品的思想力度。

---

①小岸.水和岸[M].北京：大众文艺出版社，2009：247.

小岸近几年的作品中，对男女情事的叙写显得成熟了许多，在外表温情脉脉的故事中，多了许多对个体生命与社会现实之间矛盾冲突的思索，逐渐在个体情感中融入了社会因素，显示出小岸小说在主题上的拓展。

中国社会现在普遍存在一种亚健康婚姻，这种婚姻状态常常导致婚外恋的产生。小岸的婚恋题材小说对此也有自己的思考。人类的婚姻现象走到今天，频繁出现的各种婚姻问题已成为一种深刻的“现代病”。现代生活的压力、工作生活的快节奏、楼上楼下的住房环境、通信手段的日益先进等，直接带来的后果是人们彼此之间淡化了情感，甚至夫妻之间也少了沟通。

《比邻天涯》中的朱文妮与田云飞就是两个住在同一小区，甚至阳台隔楼相对的陌生人。整日处在钢筋水泥丛林中的人们，封闭自己仿佛已是习惯，甚至对自己的爱人也难以敞开心扉，即使有沟通的行动，从对方身上也不一定能够得到预期的反应。就像田云飞因想念母亲继而想吃自家做的豆馍，妻子不但不支持，还用一堆大道理来分析丈夫想吃豆馍的深层心理原因，从而抹杀了丈夫进一步沟通的欲望。正是在这种寂寞又渴望沟通的心理状态下，一个偶然的机会，朱文妮与田云飞在崇明岛相遇了。更没有预料到的是，两个人还发生了一夜情。这个题材完全有可能被写成一个庸俗的故事，小岸却将它推向了一个非常可贵的精神高度。她让读者关注的不是那个滥俗的一夜情，而是朱文妮与田云飞是在什么样的条件下进入这种尴尬情感状态的。读者会意识到，在完全放松、无戒备的情况下，两颗寂寞的心极易相互靠近。陌生人靠近之后明日依然还是各奔东西的一对陌生人，他们不会因自己冲动之下敞开心扉而对现实的生活造成什么影响伤害。因此朱文妮与田云飞都向对方袒露了深藏心中多年而不为人知的过往。田云飞说：“很多时候，我们自己也不了解自己的行为。”也许小说中的他们是不了解，但读者却可能因此了解了他们行为的原因，那就是现代都市中人们越来越疏离的情感、时时谨慎戒备的人际关系，已将人们心中对寂寞的承受力逼到了临界点。

不容回避的一个社会现实是，在倡导了几十年自由恋爱的今天，仍有许多家庭是因为各种各样的原因而凑合在一起的。这样的婚姻，彼此之间的问题会越积越多，若没有恰当的拯救措施，终有一天将一下子爆发开来。

《梦里见洛神》中杜浩然夫妻之间就是这样一种凑合关系。年轻时候的杜浩然因为太不善于抵制诱惑，轻而易举地就被妻子的饭菜诱惑俘虏了。“从结婚的第一天开始，杜浩然就清楚地知道，他不爱自己的老婆。”她外表差强人意，又没文化，刚结婚时满嘴方言还离不开一个“球”字。也许，女儿的降临会暂时将两个无爱的人硬困在围城里，但日积月累的婚姻痼疾只会越来越严重，当严重到经不起一点外因的诱惑时，这婚姻就变得不那么单纯了，所以辛晓雪的出现是偶然的，杜浩然的出轨却有着一定的必然性。因为，杜浩然无意于拯救自己无爱的婚姻，杜浩然的妻子则是没有意识到需要拯救自己的婚姻。

其实除了内因，外界的诱惑也是导致婚外恋指数上升的重要原因。第三者的出现就是近年来引发婚姻问题的一个不容小觑的外因。辛晓雪是一个颇有杀伤力的第三者。对比杜浩然的“糟糠之妻”，辛晓雪是由年轻、美丽、幽默、活泼、泼辣又不失对爱情的执着等元素构成的。这些无疑会对男性产生一种具有吸引力的爱与性的诱惑。辛晓雪和杜浩然还有许多相同的地方，如二人都喜欢民乐，辛晓雪弹奏琵琶时会让杜浩然感觉如听天籁之音。这一切的一切，构成了杜浩然无力抵制的诱惑，仿佛顺其自然的，在自己贫乏的无爱婚姻中挣扎的杜浩然出轨了。

第三者不仅对有着“糟糠之妻”的家庭有杀伤力，即使家中有如花美眷，男人也会因审美疲劳而将欣赏的眼光投到第三者身上。其实，很多时候，女人又何尝不是如此。因此，小岸小说在揭示婚外恋的原因时，并没有强调产生婚外情的一方如何罪该万死，换句话说，小岸并不打算站在道德的立场上，对人物进行道德审判。她只是从现实出发，将婚姻危机的原因进行比较深层次的分析，对待婚姻危机中的责任一方，小岸人性化地采取了理解、宽容的态度。基于此原因，小岸笔下的杜浩然除了对妻子不爱不忠外，基本算是一个不错的爸爸。辛晓雪则被塑造得颇有魅力，虽插足于别人的家庭，可她出轨的原因却是丈夫不忠在先。在《比邻天涯》中，男女主人公虽发生了不该发生的一夜情，但作者将原因指向夫妻间缺乏沟通与理解也多少引发了读者的同情。可见，作者的用意不在于谴责，而在于引发读者的思考。让读者在不因作者的倾向性而排斥人物的自然状态下，自觉地透过小说中的人物来搜寻自身的影子，再对自己的生活进行反省、思考，这样含蓄处理婚姻道德问题也许比板着面孔说教更易于接受。需要强调的是，小岸虽然对种种原因导致的婚外恋采取了理解、宽容的态度，但却并不鼓励支持。这从《梦里见洛神》中杜浩然在婚外恋中所面临的尴尬后果上即可见一斑。因遗失手机这一偶然事件，杜浩然的婚外情曝光了。他颜面尽失，生活也变得一团糟。更令他痛心的是，他的女儿成了这一场婚外情的间接受害者，高考成绩只够上个大专。得知女儿高考成绩的那一刻，杜浩然醒悟了、忏悔了，知道自己伤害了他身边的每一个人。他曾那么爱自己的女儿，还担心过女儿将来嫁的丈夫不是全身心爱她，而是像自己对待妻子一样对待自己的女儿。此时，小说向读者昭示着一个态度：己所不欲，勿施于人。小说还借杜浩然女儿之口对杜浩然进行了谴责：“您有没有考虑过我妈的感受，您把我妈置于何地了，您不爱她为什么娶她？您娶了她为什么还要羞辱她？”这愤怒的谴责其实是指向了所有在婚姻中自私、放纵的人。作者对婚外恋的态度显而易见。尤其是小说的结尾，杜浩然梦中见到了洛神，并在梦中被穿心河的水淹没了。梦中的洛神就仿佛那看似美好的婚外情，虚幻、缥缈、不真实，却会给婚外情的相关人带来灭顶之灾，所以婚姻中的人们要告诫自己。

通过对婚恋问题的深入探讨，小岸小说的重点逐渐从剖析男女情感波澜过渡到思索个体与社会的冲突。人物的悲喜不再由自己掌控，个体生命面对社会与历史显得渺小而无奈。《半个夏天》讲述了乡村女孩小莲的一段初恋故事。小莲是个文静内秀的乡村传统少女，在政府大楼电梯间打工时认识了都市现代青年彭思阳。然而两人的交往也许从一开始在情感上就是错位的：小莲情窦初开的少女心毫无意外地被这个热情阳光的男孩子吸引，产生了朦朦胧胧的“爱”，虽然直到故事结局，小莲也没有将自己的感情说出来，但彭思阳就这样住进了女孩子的心里；彭思阳对小莲的感情非常单纯，就是觉得“她和他的所有女孩子都不一样，她就像上个世纪的，不，不是上个世纪，是上上个世纪”。他怀着新奇之心接近她，却又非常清醒地明白，他于她“只是一个匆匆过客，他很快就会忘记她”，所以他选择不伤害她。“可是，他不知道，他仍然伤害了她。”“或许，对于从大城市来而又即将出国的少年小彭而言，他与小村秀水及少女小莲的离别，一样的轻盈自如，然而，对少女小莲而言，这样‘悄悄的来’和‘悄悄的走’却过于沉重了。因为，对她来说，这无异于一段纯粹的情感，一个纯真的理想，甚至一个天真的梦想的夭折，而这，如花儿尚未开放就凋零一样残酷。”这沉重的感觉不是小莲造成的，她的纯净少女心没有错。这甚至也不是彭思阳造成的，他从一开始就怕伤害她，所以将感情控制在纯净的交往上。我们不再能像阅读小岸以往的小说那样，轻易就发现感情波澜的“始作俑者”和“罪魁祸首”，我们找不到具体的可以被我们从道德上、言行上批判定罪的“个体”，我们不能再依赖习惯性的道德伦理层面的东西来为这“沉重”的感觉归因。“在这其中，一方是建筑在女性个体生命鲜活基础上的个体生命法则，一方是建筑在经济、政治、文化等运行基础上的社会法则，这是个体与社会的对抗，这是各自都有其合理性的法则与法则的对抗。”①个体对抗社会，这种人生的无奈一下子就有了注定的感觉，有了思索点什么的必要，作品的主题解读就进入了社会、个体生命、个体价

①傅书华.从“山药蛋派”到“晋军后”[M].太原:北岳文艺出版社,2012:178.

值的范畴。

中篇小说《卡》中的人物仿佛都被一只无形的手控制着早就写好的结局，在生活的河流里，他们只需保持着不沉下去，至于流向哪里，他们是无能为力的。这篇获《黄河》年度优秀小说奖的作品初读平淡无奇，但读到结尾会明白它结构的巧妙。小说由五个看似独立的短篇故事组成，每个故事围绕一个人：赵小青、钱阿姨、孙宏利、李少阳、周天梅。她们互不相识又被关联，关联点就是那张银行卡。这就仿佛生活中的平凡个体，也许永不相识，但同为社会中人，总被社会中这样那样的纽带联系着，成为一张不紧密却扯不开的网。

这样的作品还很多。《水仙花开》里的水仙，坚韧、宽厚，从不抱怨命运残酷、生活不公，可始终走不出命运多舛；《温城之恋》的蓝心与迟岩，他们的故事哪里是因时空而错过？情感的悲剧分明就是现代文明与传统审美的冲突。这一点由作者塑造的具有传统美的蓝心形象上，以及迟岩选择"斯守终老"的结局上就可以看出来；《车祸》中的袁小月，"活"着时，她竭力帮助母亲弟弟，希望能让他们生活得更好，然而却无力改变更多。当她机缘巧合陷入一场车祸时，她的"死"换来了一大笔赔偿款，给亲人带来了物质生活的改观，也冲淡了他们本该有的痛失亲人的悲伤。甚至当袁小月死里逃生归来时，亲人们并没有笑脸相迎、喜极而泣，反倒是担心起那可能破碎的发财梦。残酷的现实终于将死里逃生的她彻底击垮了。袁小月的悲剧是车祸本身吗？还是现代人遭遇的精神车祸？以上作品里这些鲜活的个体，她们是认真的，她们尽自己所能要改变些什么，但始终走不出个体面对社会、经济、历史、文化时的渺小宿命。

不容忽视的一点是，如果仅仅明白了作品社会批判的价值，还不足以把握小岸小说的灵魂。到底是什么让读者看完小说后觉得感动？笔者以为是那些人物身上敢于对抗社会既定法则的勇气、那种对理想人性飞蛾扑火般的执着追求。

《杨杨的理想》中的杨杨，一步步确定着自己的小理想，再一步步尝试着去实现它。因为奶奶，她想当医生，但因为家境，她只好辍学，她将理想移植到弟弟身上，然后努力挣钱帮弟弟或者不如说是帮自己实现理想。她不怕辛苦，拒绝行业内早就默认了的挣钱法则。可以说，她的乐观与随遇而安的柔韧劲会让人以为她是被生活折服了的弱者，但细查其内心，你会发现她其实是内心勇敢的强者。她遵守的是自己的法则，不可放弃的做人精神底线，她会坚守，即使身边姐妹都已放弃，即使适当的退让可以让自己的境遇没那么艰难，她也不会用精神失守来换。

小岸的小说始终坚持着这种对神性的追求。她虽然始终瞩目世俗生活，立足于平凡、真实、艰难或美好的日常生活细节，表达其对女性个体的人文关怀，但是她绝不仅仅局限于对日常生活此岸性的描写，她的终极目标似乎定位于理想情怀和彼岸性的价值诉求。因而，她的小说借助外在的现实与日常化，传达着内在的人文关怀。一个作家的人文关怀可以分为两个层面：比较浅层的是对人类生存现实的观照，通过对人物的生存处境的具体描述，表达对个体生命的尊重；较深一层的人文关怀是人类的终极性关怀，它要求从宏观上思索人类生存的意义，揭示社会、人生的种种可能性，以期在此基础上构建一种理想的生活模式。这已经是一种人类生存境遇的形而上的思考。如此一来文学写作就对现实生活做出了积极的理性超越，在追问人类存在的价值的同时，为人类生存提供精神依托和神圣信念。

《零点有约》里杀人犯不是穷凶极恶的狰狞面孔，而是因善向恶的命运捉弄，所以单纯的天网恢恢怎么解释生活的复杂因果？梅若的出现给这个略显冰冷的故事注入了温情，既保全了韩国强心中对人与人之间信任的坚持，也为人性价值做了含蓄的注释。《水仙花开》中水仙饱受命运摧残，却始终坚持与人为善；《唐娜姨妈》真相残忍却绝不可笑，彼岸世界虽遥不可及，但坚持幻梦也有一种“明知不可而为之”的悲剧美；《尾戒》中的锦绣，遭遇友情与爱情的双重背叛，她有种种理由可以允许自己报复、变坏，但是最后，锦绣还是选择了抢救马兰花。现实世界是功利的，彼岸世界是可望而不可及的，但现实可以不完美，精神却不可残缺。

小岸的小说创作，由单纯讲述都市男女的情感故事，到将注意力放到各阶层各群体的女性个体命运上，再由女性的日常人生思索她们身上的神性存在，其主题、立意都在一步步靠近阐释人的生命价值与存在意义，于是那些看起来颇具烟火气的普通人的故事，就此镀上了一层神性之光。小岸，果然是个有灵性的女子。

第二节　小岸小说创作中的女性意识

20世纪初，随着现代意义上的女性文学登场，女人在被君权、父权、夫权遮蔽数千年后，终于以独立的“人”的姿态开始进入文学作品。许多批评家甚至一度在女性文学批评的文本中，将是否彰显了女性意识、是否成功塑造了勇于反抗男权意识的女性形象，作为衡量女性作家作品是否具有时代价值与社会意义的首要标准。然而，中国民众因为没经过类似于西方女权主义运动那样的思想冲击，所以倡导女性解放更多是出于响应国家政治导向的需要，而非出于女性自身解放的迫切而自觉的需求，女性解放的意识普遍比较被动。这种自觉性的缺失在文学作品中，主要表现为女性角色对男权文化的自觉维护与顺应。

小岸的小说就曾存在这样的倾向。纵观小岸小说的创作轨迹可以发现，小岸对女性命运一直比较关注，她的作品能够准确把握生活的脉搏，随时注入新的认识与感受，演绎万千人生。在千变万化的故事中，唯一不变的是对女性个体内涵、人生价值、社会处境等问题的思考，这是统率其小说的一个精神主体。然而作品中浸润的女性意识却非一成不变，对比考查不同时期的作品可以发现，小岸小说中的女性意识可以划出一条比较清晰的轨迹。

在小岸早期的作品中，对传统的女性形象更加认同，小说的叙述策略偏于男性化，或者说更接近传统男权文化对社会的认知习惯。审视几千年来父权制度下的文明，不难发现，几乎所有的叙事视点都倾向于男性主体叙事的特征，因而出现于这些作品中的女性形象，其外在与内涵大都是迎合男性主体的需求。其中突出的表现就是，女性形象尽管在不同的文本中、在具体的形象细节上存在差异，但大体的两个基本类型几乎始终存在：一种是天使般的纯洁善良，一种是恶魔般的令人厌弃。这两种类型承载着男性生命体验里对女性的悖论认知：男人一方面需要女人，渴望爱女人；另一方面又轻视女人，甚至是厌弃、恐惧女人。具体情节的设置上就会一方面赞叹女性美好如天使的一面，如《温城之恋》中的蓝心，羞怯、美丽、单纯、朴实，善良；《半个夏天》中的小莲不懂世俗的人情世故，沉默寡言到近乎木讷，却单纯善良，清新自然；《比邻天涯》中田云飞第一次爱上的女孩顾真真娇弱、孝顺。这些女性形象，完全符合男性的传统审美观，作者不自觉地遵循男性中心的审美规范，褒扬这些符合男性视点的“美”。同时另一方面又妖魔化不符合男性需求的女性。《温城之恋》中，小岸就采用妖魔化的策略，描写了部分现代女性百无禁忌的丑陋，借男主人公迟岩的眼睛向大家展示了一下传统女性美的幻灭。女同事们聊天的话题永远围绕男人、美容、减肥。她们大谈隐私话题，例假延后、内分泌失调、性冷淡、性高潮，无一不是她们放肆的谈资。她们拍打着身体各个需要减肥的部位，发出让迟岩觉得恐怖的声音。就是在这尴尬得无以逃遁的环境中，女性给了男性噩梦般的生命体验，迟岩有时甚至怀疑自己缺乏爱上异性的能力。被妖魔化的女性仿佛从情感上阉割了男性，她们以邪恶、病态的丑陋形象引发了男性的精神焦虑，虽不如典型男权文化叙事中的坏女人那样给男性带来精神或肉体的双重威胁，但这种精神的折磨、对男性爱的能力的剥夺，无疑也让男性有一种不完整感。这种着眼于男性利益的叙事策略很明显不符合彰显女性意识的内核。

此阶段小岸的小说虽缺乏明显的女性意识，某种程度上甚至维护男权，但却在客观上纠正了激进的女权主义者认识上的偏颇。当代女性的确越来越意识到走出男性话语樊篱的重要性，她们挑战男性权限，重视女性个体生命体验，甚至以身体当作武器，试图重新制定男女社会秩序，建立自己的精神憩园。她们不无幼稚地认为，要打碎一切隶属于男性规范的历史遗留，既然在传统男权目光“凝视”下，一个“标准女性”应该是“美丽、贤惠、温柔、善良、隐忍、体贴、富有牺牲精神……”那女性视野下就要颠覆这种审美。殊不知，这样的女性意识只是构建了另一种两性间的不平衡。真正的两性和谐，需要的是男女双方对自己全面清晰的认识，她不是与男权文化的分庭抗礼，而是在充分认识自身、实现自我的同时与对方的从容对视。20世纪90年代以来，

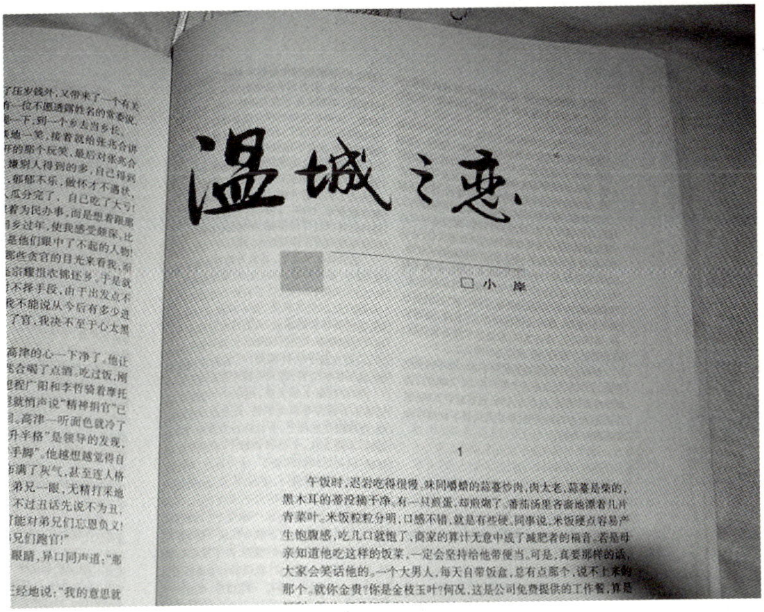

小岸《温城之恋》书影

伴随着市场经济的商品化大潮，中国人固有的价值观念受到巨大冲击，中国女性也急于融入这个喧哗与骚动的年代，在抛却传统女性气质，装扮成花木兰，试图与男人一决高下参与社会竞争的同时，众多女性也迷失了自己，女性形象逐步变得让人陌生。那些本来在任何时空下都不该变质的传统女性之美，若仅只为了反男权而被误伤、被抛弃，的确可惜。《温城之恋》中，蓝心对感情的认真以及对他人所给予的感情的信任，都让感情越变越随意、欺骗越来越难以防范的现代人怅惘与怀念。小说的结局有些出人预料，那是一个穿越的故事，邂逅梦幻般爱情的迟岩只是在一个大雨日穿越回了八十年前，与他心仪的女子蓝心也只有一夜的情缘，那个美好的女子只能成为他现实生活中忘不掉的伤痛。小岸借用一个颇有流行意味的穿越模式，歌咏了虽是男性视点中的，但却的确也是不该被舍弃的传统女性之美。

小岸其他的小说还有很多这种传统美与现代女性特点的对照，照出当下女性身上确实偶尔存在的丑陋。要知道，坚韧的情怀、善良的心地、勤俭持家、勇于奉献，这种种美绝非专属于“男人眼中的女人”，也是作为一个负责任的、认真生活的、自信积极的女人应该具有的，所以小岸小说中的女性们，当她们被赋予这些优秀的品格时，也提醒现代女性重新认识自身价值、重新树立女性美标准的必要性，同时突出了小岸小说不同于其他激进的女性主义者的独特的女性意识。

小岸这些歌颂传统女性美的小说，虽无意间纠正了部分女性意识的认识偏颇，但其时小岸的女性意识尚未明确，她更多的是出于本能的感受讲述着一个个女人的故事，这些故事带着理想化的色彩，营造出美丽梦境的同时，也有了一些不真实感。理想化虽然美好，但面对现实，会有许多比梦想更重要的具体问题要解决，身份的差异、空间的阻隔、经济收入、工作性质、教育孩子、赡养父母、招待亲友等生活中要面临的因素都会惊醒美梦。当生活的琐碎打破了梦想的浪漫时，活在现实中的人们该如何自处？梁漱溟先生在北京高等师范学校讲演时谈到了合理的人生态度："人生没有什么意义可指，如其寻问，就是在人生生活上而有其意义；人生没有什么价值可评，如其寻问，那么不论何人当下都已圆足无缺无欠。"[①]小岸对女性人生的思考，就是在向这样的观念迈进。随着对女性生活现状观察的深入，小岸的心理发生了转化。她笔下的人物少了不真实的理想化，带了更多的凡俗气，她以极富表现力的语言，对普通百姓、生活窘迫的小人物给予了更多的关注。鉴于身份的设置，这些人物没有多余的精神风花雪月，因而减少了浪漫的理想化。在形成比较成熟的女性意识前，小岸小说中的女性，其命运经过了一个走出理想化，向命运妥协的过程。

女性群体精神性别的成长，必然伴随着对现实艰难处境的思考。逐步成熟起来的小岸，从理想化的故事构架中走了出来，看到了女性人生中的种种破败与无奈。《水仙花开》是小岸作品中颇有乡土气息的一部。它近一半的故事都是在述说水仙为了给好不容易说下媳妇的儿子四处筹借彩礼钱的艰难过程。因为这样的故事布局，当读者从后半段故事中看到了水仙那曾经水灵灵的少女时代，窥破了少女水仙对泽兴的爱恋心事时，对照水仙当下的生活，愈发感叹现实生活对人生理想的巨大破坏力。它足以摧毁山盟海誓的爱情，足以消弭自以为永不褪色的思念，足以让被迫屈从于命运的人们在现实的岁月长河中逐渐过得心安理得，波澜不惊。

水仙一开始对泽兴念念不忘，几十年后，"生活的重压之下，水仙把这个人忘记了。这不是矫情，有太多的事要她惦记，忙碌，奔波，她没有空隙去想他"。即使泽兴出现在她面前，她也只是因太突然而出现了短暂的慌乱，平静之后的水仙，对当年念念不忘的水仙花"也不稀罕了"，甚至对着水仙花想到了大蒜。这一联想颇有意味，仿佛现实彻底战胜了浪漫的美梦，水仙彻底活在现实中了。小说的结尾有些残酷：泽

①梁漱溟.梁漱溟全集[M],济南:山东人民出版社,1989:688.

兴走后，被泽兴来访稍稍搅乱了心情的水仙烧火做饭时，竟心不在焉地将白天辛苦借来的两万块钱和着柴火推到了灶膛里。浑然不觉的水仙在当晚的睡梦中，梦到水仙花开了，她也在梦里笑了。这也许是对现实中艰难生活者的一种慰藉，可是明早醒来，会有更残酷的现实问题等着她面对……这结局仿佛暗示着：在现实中挣扎生活的人们，不该再有奢侈的美梦，否则会有更严苛的现实作为代价，梦想可以破碎，但现实却不容逃避。《半个夏天》中的小莲和小莲的哥哥，《梨花梦》中的顺子和春苗，都是在现实面前无奈地放弃了曾经的“沧海”。

不过，小岸此类题材的小说总体给人的感觉并没有太多的伤感，因为这样的结局虽然悲伤，但向现实妥协并非意味着悲剧。生活本身不是简单的悲剧或喜剧所能概括的，实现了当时的梦想，获得的不一定就是一生的快乐；放弃了当时的梦想，失去的也不一定就是整个世界。珍惜当下才会“圆足无缺无欠”，平平淡淡才是真，所以《水仙花开》带给读者的，是勇于向现实妥协的生活智慧，是一份坦荡的心境。

可是，妥协某种意义上虽蕴含着大智慧，却也未免茫然。水仙醒来后的次日清晨该怎么面对现实的打击？向生活妥协是否就是单纯的放弃努力，不需再为理想奋斗？那些非智慧的妥协者该如何自处，方不至于埋没自我？妥协于生活的复杂后，生活向何处去？随着这些人物为生活而挣扎的过程，小岸的女性意识逐渐显露出来，她开始思考女性人生的成败与价值。尤其对于女性来说，是像传统女性一样屈服于命运，嫁鸡随鸡，嫁狗随狗，将自己的人生依附于男人身上，还是活出女性自身的抗争与独立自强？小岸这一阶段的小说除了教会人们应该尊重生活的复杂、对生活本身抱有些敬畏的态度之外，还促使这些遭受生活粗暴对待的女人们开始思考脱困的途径。

小岸在她近期的创作中，就对女性如何活出自我、实现人生价值给出了自己的答案，进一步完善了自己的女性意识。作为一个强烈关注女性现实生活的作家，小岸敏锐地感受到男权文化的遗留以及时代动荡给女性带来的种种伤痛。时代的发展在剥夺了男人三妻四妾的特权后，也一并消磨了男人对家庭的责任感。日渐攀升的离婚率、失业率，将女人推到了必须奋起应战的风浪中，她们必须摒弃浸淫于身体每一个细胞中的对男性的依附。《车祸》中的袁小月与丈夫李伟曾“情投意合，情深意浓”，然而甜如蜜的新婚日子逝去后，七年之痒瞬间就将感情逼到了乏味期。结婚前的彩礼芥蒂、结婚后的不孕不育，加之母亲和弟弟袁小亮不断的经济侵扰，种种问题一并袭来将婚姻之船打得摇摇晃晃。男人若可依靠，小岸笔下就不会有那么多辛苦女子，夏丽英（《夏丽英》）也许不会积劳成疾，小月也不必撑得那么辛苦，然生活安排给她们的却都是丈夫的不负责任。周祥文的外遇让夏丽英的日子雪上加霜，李伟的背叛虽戏剧化地让被击蒙的小月无意中躲过了一场车祸，可她还是被丈夫的无情彻底击垮了。

小岸借助这些看似偶然的故事，揭露男人的不负责与不可靠。小说的重点也由单纯外在故事情节的阐述转到内在兼顾女性出路的探讨上。例如《车祸》的故事是如此发展的：当小月终于决定回家时，她不是带着复仇的心去满足读者的唯恐天下不乱，也没有滥俗的亲人喜极而泣的劫后重逢。故事真实而残酷地开始剖露女性之于男性的价值，及在男性眼里失去价值后女性的命运走向。无疑，在男性李伟眼里，只有能传宗接代的妻子对丈夫来说才有意义、有价值；若其丧失了这种能力，就会被弃如敝屣，女性为男性做出的种种牺牲，均会一笔勾销，得不到男性的丝毫认同与回报，所以AA制的家庭经济模式早就宣告着对她精神上的扫地出门，在亲眼看见丈夫与情人重组家庭，“有说有笑”回到原本属于她的家之前，她早已无家可归。更加令小月伤痛的是当她回到娘家，母亲与弟弟因得了巨额的车祸赔偿款也排斥让她“死而复生”。小月怎会落得如此境地？她又该怎么办？找到答案就意味着窥破了部分女性把握自己命运的秘密。

《车祸》是一个背叛模式的老掉牙的故事，讲述的又是女性被男性损害与欺凌的现代遭遇，虽展示的不仅仅是男女之间的现代矛盾，同时还容纳着世相的万千无奈与丑陋，但还是有必要了解一下小说所承载的独特女性意识。许多女性意识强烈的作家会将女性面临的种种生活危机等同于性别危机，从男性的道德堕落等角度去解读女性的悲剧缘由构成，故而女性危机就在很多作品中被处理成女性面临男性的伤害，继而将男女的性别对立和矛盾夸大，并借女性同盟对抗男性的模式来彰显自己的女性意识。事实是，性别伤害与性别歧视仅仅是女性生存过程中面临的困境之一。将批判的矛头统统对准男权思想与文化残留，夸大男女性别矛盾，继而建立女性的“精神憩园”，这无异于打破一种不平衡，又用另一种不平衡取而代之。要知道，当确立一方的性别形象必须要同时打碎另一方的性别形象时，此破与立的过程早已在开始就失之偏颇。男女双方同处于一个时代，若一方本质被迫失真，另一方又岂能独善其身？当男性为自身的堕落饱受谴责时，同时在场的女性是否真的就清白无辜，不需为尴尬悲惨的结局负几分责任？

小岸女性意识的与众不同正在于此。不同于其他女性意识比较强烈的作家作品，小岸没有将女性的现代危机单纯解读为性别危机。虽然男性的背叛与抛弃也常常是构成女性危机的一个原因，但复杂生活际遇的设置，还原了生活的真相。小月母亲与弟弟的行为、小月自身的失误，都是小月生活轨迹的推进力。小岸另一部小说《杨杨的理想》的主人公杨杨，其贫困的出身才是她人生艰难的最关键决定因素。没有男人对她构成致命伤害，她也没有想过依靠男人，她就是靠自己的认真努力、不计较的种种好品质完成了自己那渺小又伟大的理想。这实现梦想的过程之艰难，与性别伤害无关，就是一个普通小人物都可能遭遇的现实生活背景。《海棠引》中的海棠，其半生的日子可谓顺风顺水，虽然最后的成败似乎都直接与男人有关，但她自身的因素更不可忽略。若非她少女时期自愿用身体换前程，若非她对爱人要心机扮处女，又怎会遭遇家人与密友的厌弃？又怎会招来丈夫的期瞒与背叛？还有《向前飞》中的苏圆圆、《杨杨的理想》中的罗佳，都是因萌生了依附男人的念头，才毁了自己的人生。

只有正确归因，才能对症下药，倡导女性意识的初衷不就是为了天下女性都能回归自身本质，活出自己的声音，获得平等于男性的话语权吗？既如此，找准阻碍女性实现自我、陷女性于不幸的真正原因就变得格外重要了。小岸从未试图将女性悲剧的原因转嫁给男性的性别威胁。她的小说中人物的身份设置、生活环境的设置，都是体现女性生存境遇及命运沉浮的载体。种种不良的生活状态，不仅仅是一个外在的背景，还是构成女性危机的一部分原因。小岸无意循着性别的途径去寻找女性现实不良境遇的答案，未偏激地将现实生活中女性可能遭遇的一切问题都归结在性别问题上。这正是小岸女性意识的独特之处。

还有一点值得强调的是，小岸赞同女性价值的自我实现，不仅是针对知识女性、女性精英来探讨这个问题的。伍尔芙在其名著《一间自己的屋子》中曾经说过，妇女要改变在父权重压下的恶劣状况，就必须争取“自己的房间”。这是一种象征的说法，意为女性要有一个按照自身意愿发展开拓的物质与精神空间。女性要想成就些什么，就必须首先是自由的自己，这样才谈得上发展与实现自我价值。这一论断影响深远，可是在大部分凸显女性意识的作品中，却几乎只体现在知识女性身上。因为，在人们的传统概念里，自我的发展一定是伴随着高等的知识、专业的技能而来的。小岸却在无意识中拓宽了这一论断的表现空间。《杨杨的理想》中的主人公作为一个社会底层女子，靠自己的勇敢走出山村，留在了宾馆当服务员。她在她所拥有的生活条件的基础上，最大能力地改善了自己的生存条件，不仅被姐妹们认可信赖，还依靠自己的执着与坚忍完成了一个具体的梦想。袁小月虽没有深厚的文化知识，却凭借自己的认真与聪颖获得了一技之长，凭借这一技之长，她可以轻松找到一份安身立命的工作，也有能力带新人，靠自身力量生活下去。可以说，她们都拥有了“自己的房间”。社会不全是由精英知识分子构成，只依靠知识女性实现自我价值来完成女性解放是不完善的，只有杨杨、小月这样的底层小人物也都完成了自身价值的飞跃，找到了专属于自己的发展空间，才是真的完成了对传统女性观念的挑战与反叛。

小岸小说的女性意识打破了男女之间的尖锐对立，采取了另一种更合理的突围方式，与男性站在同一方位，共同去探讨人生境遇中的种种困境，试图找到失落的女性的同时，也还男性以真实。也许小岸的这一女性意识完全是不自觉的表现，但也许就是因为它无意识，才更切中了男女性别和谐的本质。正如只有在女性未得到尊重的时代，人们才频频倡导要尊重女性。小岸完全不夸大性别冲突与矛盾，不刻意强调男女性别的对立，在她笔下，我们看到的是作为个体的“人”所面临的生之困惑、活之艰难，而并非男人女人的矛盾挣扎。伍尔芙认为，女性要发出自己的声音，就要将“安琪儿杀死在屋里”，“如果我不杀死她，她就会干掉我”[①]。此处的“安琪儿”特指长期男权统治下女性“被形成”的形象。此号召无疑将男女在历史中形成的角色永久地对立起来。其实，倡导女性意识，构建和谐的两性关系，真的无须将“安琪儿杀死在屋里”，当代女性对自身属性的继承与改变，本就不需要你死我活的对立。

第三节　烟火人生中的神性之光

——《水仙花开》的文本解读

在小岸的小说中，被日常生活摧残得风尘仆仆，精神上却始终坚守

①玛丽·伊格尔顿.女权主义文学理论[M].胡敏等译.长沙：湖南文艺出版社，1989:90.

神性光辉的人物形象随处可见。在这些作品中，她始终将目光聚焦在世俗生活上，向读者传递着真实的日常生活细节。对生活场景的真实性描写常常是一部作品优秀与否的前提，在作家的日常叙事之中，可以体现出作家对人的生存状态、人的价值的关注，其中必然包含作家一定的人文关怀，但优秀的作品绝不会止步于对日常生活此岸性的描写，在千变万化的故事里，在形形色色的人物身上，总不难发现理想的神性情怀和彼岸性的价值诉求。小岸的《水仙花开》就是一部这样的作品，也是小岸自己比较喜欢的一篇作品。她说：

> 水仙是众多卑微弱小的劳苦大众的一员，是我们的父老乡亲。这个时代相比水仙那个年代，更多的不公正不公平，必然导致更多的水仙似的命运。水仙的可贵在于对命运的反抗不是简单的抱怨放弃，而是一直勤劳努力，始终追求对美好生活的向往。

《水仙花开》的价值不仅在于以写实手法所展现的底层小人物农村生活的艰辛和以深沉忧郁的情怀所表达的对浪漫爱情被烟火人生吞噬的悲哀，更重要的原因是成功塑造了一位集日常人性与理想神性于一体的普通农村女子水仙的形象。

一、烟火人生

在这部小说中，随处可见的是对农村生活的逼真描写，其真实熟悉的感觉可以说是扑面而来。这个日常的世界具有抹杀任何神性光辉的力量。作者在一开始就用一个细节让读者看到了水仙目前的生活状况：白发已经“成了势”的水仙在好友改花的撺掇下染发，可是用的却是“一块五毛钱一包的‘一洗黑’”，染出来的头发“漆黑漆黑的，像墨汁，而且还硬，仿佛用旧了干透的墩布”，还引起了皮肤过敏。水仙染发低投入还没经验，很明显这不是一个经济宽裕的女子。作者随后将儿子订婚女方要彩礼，水仙出门借钱的情节处理得很细致、很有人情味，让读者进一步了解水仙的性格之外，也进一步渲染了水仙生活的艰难，但仅此一点，还构不成残缺抱憾的日常世界，也就不足以衬托人物身上不灭的美好，所以随着现实与回忆的穿插叙述，作者慢慢将水仙的人生轨迹铺展开来。少女时期的水仙因为家庭出身符合条件、学习成绩又年年第一，一个上大学的指标幸运地落到了水仙头上。按捺不住喜悦的水仙第一时间将此喜讯告诉了自己要好的女伴——海棠。没想到，人生中第一次巨大的打击因此猝不及防地袭击了水仙。一夜之间，名额易主，海棠以极不光彩的手段改变了自己的命运，摧残了水仙的人生。之后恢复高考，没日没夜努力的水仙却又在高烧中晕倒在考场，命运依旧不肯垂青于她。至此作者不仅交代了水仙“不提也罢”的一点往事，还将人物细腻的有些不符合农村妇女身份的情感特征处理得顺理成章了。文中有一处情节颇令人感慨：水仙的女儿大学毕业，工作并不如意，自称自己是蚁族。水仙起先不解，“有一天，水仙扫院的时候看到一群蚂蚁忙忙碌碌搬运一片青菜叶，它们一刻不停歇地爬来爬去，那么努力，那么吃力，那么费力，自顾不暇……看着，看着，水仙的眼泪就掉下来了，她忽然明白了小青说的蚁族的意思”。这样的女子情感细腻，注定心中的波澜比粗枝大叶的女人要多许多。这样的女子，感情之路若顺遂，那么将会是兰心蕙质招人疼的幸福女子；感情之路若不顺，那所受的苦也将会超出一般人。

水仙的坎坷感情果然命里注定一般登场了。小泽兴因为家庭变故寄居到了清水洼姑姑家，从此与水仙有了一段青梅竹马的恋情。双方大人用玩笑在两个孩子心中种下期许之后，就将俩孩子交给命运去摆弄了。后来，先是泽兴生母接走了他，再是泽兴考上了北京的大学，命运之手将两人推得越来越远，终至不再有交集。现实情况是，农村的女孩子嫁人仿佛二次投胎，嫁得好，日子就过得好，水仙错过了自己的爱情，也没能遇到一段轻松好命的婚姻。水仙认命般结了婚，“结婚后，她没有消消停停歇过一天，除了作务庄稼，养育孩子，照管家事，她还自学裁剪给村里人做衣裳贴补家用”，就这样，当年柔弱羞涩的水仙，硬是在丈夫身体不好的情况下，供女儿读完大学，又盖起五间宽敞明亮的大瓦房。当年如花似玉的女孩子，也被岁月蹉跎成了老太婆。

水仙的人生真够破败，也足够她对人对生活心生不满了。先是遭遇友情的背叛，继而遭遇爱情的背叛。尤其是爱情，泽兴在水仙心里留下的痛苦持续了一生，虽迫于生活的压力，水仙无暇想起，但总会因泽兴的再次出现而被搅乱平静的心情，可见，泽兴是住在水仙心里了。“因爱生恨”一词我们见得太多了，更何况，本就是泽兴一去不返负了痴情等待的水仙。水仙有太多的理由去恨海棠、恨泽兴、恨这个黯淡的世界，将自己的人生过得残缺和残酷的同时，也将身边人逼迫得窒息、痛苦、寒意笼罩。

二、神性光辉

但作者没有将读者的情感引到抱怨与仇恨上来，而是将不被恶劣际遇吞噬的美好人性展示出来，给读者以精神依托的同时，也为水仙镀上了一层神性光辉。这神性不同于传统道德审美对女性勤劳善良的男性视角定位，因为作者的着眼点不在于这美好的神性为男子带来了什么享受，水仙的美好绝不是为了男子而忍辱负重。

水仙不是活得志得意满的成功人士，但是她的内心一直是健康的，精神是屹立的。当改花劝她打扮鲜亮不能被人小看时，她的回答超出了世俗女子的认知方式：“动不动就小看大看的，自己不小看自己就行了，管别人咋看了？”这是一个有自己见解的内心强大的女人。认知决定行为，所以水仙是善良的，她不抱怨生活，不用恨来回报世界。她与人为善，对别人的体谅远远超出了对自己的关心。儿子订婚急需用钱，妹妹却没借给她，此时读者的心理预期多是自此两人心生嫌隙，至少水仙也该有一点点不满，但是水仙体谅妹妹的难处，反过来安慰她，还将从二哥家拿的油糕全部给妹妹留下。文中有一处细节颇能显示水仙的为人特点。当小卖部的乡邻为水仙考虑，说出不订婚直接结婚的话来时，明明心里不认同的水仙却借口说“谁说不是，咱也想省事，可女方家不依也没辙”。这话听着让人舒服，这样说句话都会顺应别人一点的水仙，相处也该很舒服。对乡邻如此，对负了她的泽兴也是如此。当相隔多年已为人妇、为人母的水仙再见泽兴时，情感本能使得她忍不住抱怨了几句，马上就道歉：“瞧我，真是不识好歹，你好心来看我，我还给你难听话，这可是我的不对了，你别和我一般见识。”这样的水仙，也难怪妯娌间不睦的嫂子们都与她相处融洽，但如果不能将水仙的美好解释清楚的话，这份神性多少带着点不真实，所以文中水仙的情感变化有着清晰的轨迹，这神性不但不令人觉得不可信，反倒增加了生活智慧的因子。

初涉男女情感的水仙，对泽兴的离去也曾黯然神伤，但水仙一步步开解着自己，也开解着读者对其情感的疑惑。如泽兴考上大学的消息传来时，“她心里清楚，泽兴与她不是一个世界的人了，他们之间隔着山，隔着水，她要是还有什么想法，无疑是痴人说梦”。虽有不甘，但她心里清楚，这不是放弃爱情，只是认清现实。理想的爱情与婚姻虽然美好，但面对现实，会有许多比梦想更重要的具体问题要解决，身份的差异、空间的阻隔、经济收入、工作性质、教育孩子、赡养父母、招待亲友等生活中要面临的因素都会惊醒美梦。当生活的琐碎打破了梦想的浪漫时，活在现实中的人们该如何自处呢？

细心的读者会注意到，《水仙花开》只是在故事的后半部分讲到了水仙与泽兴的情感，其他近一半的故事都是在述说水仙为了给好不容易说下媳妇的儿子四处筹借彩礼钱的艰难过程。恰恰因为这样的故事布局，当读者从后半段故事中看到了水仙那曾经水灵灵的少女时代，窥破了少女水仙对泽兴的爱恋心事时，对照水仙当下的生活，才愈发感叹现实生活的力量巨大。它足以摧毁山盟海誓的爱情，足以消弭自以为永不褪色的思念，足以让被迫屈从于命运的人们在现实的岁月长河中逐渐过得心安理得，波澜不惊，但读者不能简单地认定这是对感情的背叛，从水仙心理的渐变过程完全可以总结出这一点。

水仙与泽兴在度过七年青梅竹马、两小无猜的日子后，泽兴改嫁的母亲带走了他。之后几十年的岁月里，两人总共见过三次面，三次见面刻画出了水仙心理变化的全过程。第一次是水仙二十岁时，已考上大学的泽兴回清水镇看姑姑。当得知泽兴来时，正在碾米机前忙活的水仙“手一松，手里的米袋滚到地下”。她一路小跑往家赶，到了家门口却不急着进去了，她“拽了拽衣襟，拍了拍裤腿，伸手吐了口唾沫把额前的乱发抹了抹”，还想要妹妹帮她悄悄打盆水来洗洗脸。这一系列的举动将少女的心事表露无遗。之后虽然泽兴又一去不复返了，但水仙对上门说媒的一概拒绝，固守着她的爱情。这时，水仙娘的一席话点破了水仙的心事，也浇灭了水仙心中残存的念想：

> 闺女，你好好想想，人家是一个大学生，要人才有人才，要户口有户口，要好营生有好营生，难不成还愿意娶一个农村媳妇。就是他有这心思，他家里人能愿意吗？你趁早死了这个心。现在你还有个挑头，再拖几年你成老闺女了，别人还挑你呢。

这是赤裸裸的现实，是无法逃避的差距，在现实的无奈面前，水仙出嫁了。此时的水仙虽已开始向现实低头，但心中的爱恋并未消失，或者说梦想并未完全对现实妥协。

再见泽兴，水仙已是两个孩子的母亲。为人妻、为人母的水仙，没了当年女儿家的羞怯，但她热情到有些慌乱的招待、隐忍的埋怨，暴露了她的情感。尤其是追到车站送泽兴照片的情节，更说明水仙心中泽兴所占据的地位。不过水仙心中明白，泽兴“现在是天外天，楼上楼”，自己跟他“早就不是一条道的人了”，并且这一走，“这辈子还不知能不能见上面”。既然如此，此时的留恋也不过是对少女时代美梦的祭奠罢了。

再接着就是二十年后，“生活的重压之下，水仙把这个人忘记了。这不是矫情，有太多的事要她惦记，忙碌，奔波，她没有空隙去想他”。即使泽兴出现在她面前，她也只是因太突然而出现了短暂的慌乱，平静之后的水仙，对当年念念不忘的水仙花“也不稀罕了”，甚至对着水仙花想到了大蒜。这一联想颇有意味，仿佛现实彻底战胜了浪漫的美梦，水仙彻底活在现实中了。她甚至在泽兴表示不在这里吃晚饭后，感到“心里陡地轻松下来”。小说的结尾有些残酷：泽兴走后，被泽兴来访稍稍搅乱了心情的水仙烧火做饭时，竟心不在焉地将白天辛苦借来的两万块钱和着柴火推到了灶膛里。浑然不觉的水仙在当晚的睡梦中，梦到水仙花开了，她也在梦里笑了。这也许是对现实中艰难生活者的一种慰藉，可是明早醒来，会有更残酷的现实问题等着她面对……这结局仿佛暗示着：在现实中挣扎生活的人们，不该再有奢侈的美梦，否则会有更严苛的现实作为代价，梦想可以破碎，但现实却不容逃避，所以即使万般无奈，也向现实妥协吧。

不过，小岸同题材的小说总体给人的感觉并没有太多的伤感，因为这样的结局虽然悲伤，但向现实妥协并非意味着悲剧。它只是告诉人们应该尊重生活的复杂，生活本身不是简单的悲剧或喜剧所能概括，实现了当时的梦想，获得的不一定就是一生的快乐；放弃了当时的梦想，失去的也不一定就是整个世界，平平淡淡才是真，所以《水仙花开》带给读者的，是勇于向现实妥协的生活智慧，是一份坦荡的心境。

第七章 结语

第一节 女性作家小说创作的主要特征

在数千年男权文化的遮蔽下，女性早已被历史湮没，中国女性自主意识觉醒的过程，就是不断发现自己、找寻自己的过程。在这艰难的找寻过程中，女性意识逐渐回归，女性文学逐渐成长，女性作家也一步步成熟起来。伴随着她们女性意识从失落到回归、从无意识到有意识，她们的文本在审美意识和审美方式上也浸润了越来越强的独特特点。由于男女两性在生理和心理上存在着差异，所以他们在观察、把握和反映社会生活时也显示出各自的特点。在女性觉醒之前，中国文学是男权意识一统天下，即使有个别男性作家尝试以或同情或赞美的态度来塑造女性形象，但从根本意识上来说，依然难以改变其男性视角，这种或天性或文化造成的隔膜，注定了其文本与真正的女性文学存在差异。幸运的是，随着女性意识的觉醒，女性作家数量的增长、群体的壮大，新时期女性文学已经开始了一场静悄悄的文本审美意识和审美方式的革命，渐渐地，女性文学显示出自己独有的特点来。

一、用女性的眼光看世界

文艺心理学的研究成果表明，面对现实社会，当大量无条理的社会信息一股脑儿涌出来，接收信息的人并不能全部接纳，而是选择那些能引起心理感应的信息，加以初步整理后才予以接纳的。不同的作者往往有不同的心灵敏感区。只有那些与作者的心灵敏感区频率相同的信息，才能引起作者心灵的振荡和共鸣，从而促使作家进入文学创作的轨道。虽然作者们的个性千差万别，但一些相同点却会引发对类似信息的敏感，如教育、生活背景、个人经历等。我们这里要探讨的则是性别。同为女性，虽然个性也各有不同，但源于女性有较为相近的心理机制，因而她们的心灵敏感区会有交叉重合的部分，这个部分可以看作是女性独特的艺术空间。女性作家通常情感细腻，会注意许多生活的细微处，并被一些看似细枝末节的小地方打动。她们并不是天生不关心大题材，只是更容易为实实在在的身边的温暖或寒冷动容。因此，在女性小说里，会多许多对日常生活的描写，多家庭、婚姻、友谊这样一类与世俗人生比较接近的题材和内容，以及我们生活里熟悉的普通平凡的小人物。英雄的高大形象、家国的大事件大命运，她们会较少涉及，即使涉及，也多会选择一个不同于男性作家的切入点。比如蒋韵，无论是《栎树的囚徒》，还是《隐秘盛开》，她都无意讲述一个客观的大世界，她只是将一个知性女子眼里的、带有浓厚主观色彩的世界呈现在读者面前。再比如陈亚珍的《羊哭了，猪笑了，蚂蚁病了》，作者选取的题材其实真的是大题材，抗日战争、抗美援朝、合作化运动、人民公社、大炼钢铁、“文化大革命”等风云激荡的历史时段，在这部小说里被一网打尽。换任何一个非女性小说作者来写，可能都会着重其正面的宏大历史，写出恢宏感，但是陈亚珍却选择了从小处着眼，用第一人称。叙述者的身份是一个与抗日战争同时诞生，后来死于非命的名叫仇胜惠的女子的灵魂。讲述的故事也以女性为主，讲这些在历史风云中生命如浮萍的、无力掌控自己命运的女人们的各种遭遇。总之，女性作家一般来说比较喜欢写小题材、小人物和小事件。从新时期女性作家的小说创作看，大凡成功之作，绝大多数是写小题材、小事件的。茹志鹃的《家务事》《儿女情》、张洁的《爱，是不能忘记的》《方舟》、湛容的《人到中年》等，在驾驭这类题材时，女性作家们都显得得心应手，娴熟自如。近几年在文坛崭露头角的青年女性作家，也都显示出题材比较密集于与自己有关的日常生活的特点。如被誉为“沟通严肃文学与青春文学的桥梁”的青春小说作家笛安，她的《告别天堂》被称为“最具艺术水准的青春小说”。笛安用她略显凄婉的笔触，为我们讲述了五个为爱痴狂的、孤独的孩子的青春爱情故事：温暖而倔强的天杨、绚烂而脆弱的方可寒、有点坏其实不太坏的肖强、傻得可爱的周雷，还有明明比谁都敏感却羞于承认的江东。他们在青春岁月中演绎了一段纯粹而又迷乱的爱情故事，这故事无论是其青春的色彩，还是少年们的心理，都是笛安青春岁月里熟悉的情景。再如“龙城”三部曲（《西决》《东霓》《南音》），讲述发生在龙城的故事。笛安以多变的角色代入能力，先是躲在西决的身体里，用男人的视角写透辛酸隐忍，写尽人世悲喜，写破朝夕离合。之后恢复女性视角，借东霓的身体与感情挥霍着生命的热情。最后，又通过南音年轻女孩纯真透明的眼睛，见证和记录所有的爱恨纠葛与痛苦煎熬。其实，“龙城”三部曲讲述的也是一个家族的故事，只是这个故事更少了恢宏的气势，甚至丝毫不涉及“国家”、“民族”这样的字眼。笛安讲述的就是情感的纠葛，以及成长过程中个人的、私密性的、蜕变的痛。她用超越年龄的睿智、娴熟与精准的文字，细腻地展现着一个家族的命运，在细小甚至是琐碎的题材中，将感情渲染到极致。这正是女性作者的强项，她们懂得如何获取读者的共鸣，如何从小处着眼讴歌世间的大美与大善。这些女性作家的作品，构成了一个独特的艺术天地，这种源于独特的心灵敏感而构筑的艺术天地，主要是由女性独特的生活视野和心理视野决定的。相对古代的女性来说，现代女性虽然已经有了相当广阔的活动天地和生活视野，但自然的心理机制却制约着她们关注的视野范畴。这并不涉及孰高孰低、孰优孰劣的问题，虽然男性作家们的长处女性作家们大多不擅长，但女性作家们的优势同样男性作家们也难望其项背，所以女性作家们要做的就是充分认识自己的优势，扬长避短，走出一条适合自己艺术个性的创作道路。既然社会的大动荡、大事件，我们较难把握，那我们就通过细小平凡的题材，从一个侧面来把握和反映时代的脉搏。湛容的《人到中年》写一位默默无闻的普通女医生，她没有感天动地的大成就，却震撼了一代知识分子的心灵；铁凝的《哦，香雪》，故事的主人公没有显赫的身份，故事也没有激烈的戏剧冲突，甚至没有可供读者或反思或激励的复杂历史背景，从题材、人物以及事件来看，都可以说是小得不能再小了，但从中我们分明感受到了国家正在发生的巨大变化，感受到了自然淳朴的人性的美。尤其放到今时今日，对比几十年来因各种思想领域的动荡、各种新生观念的冲击，人们已经越来越分不清人性的美究竟该如何定义的时候，《哦，香雪》仿佛是一种参照。单看它在矫正人生观、世界观方面的作用，这部作品就值得反复被提及。如此看来，一部作品的质量优劣、价值高低是不能以它所描绘的事件大小和主题宏大与否来衡量的，我们真正应该关注的是，一部作品究竟表现了多少社会历史内容。从正面描写广阔的社会生活、立足于宏观的大世界固然值得称道，驻足流连于一粒沙、一朵花，微观世界看人生也未必不可。

综上所述，所谓女性的眼光，在小说中特别表现为：消解陈旧而传统的伦理与美学评价，尊重自己内心的感知，大方地将笔力集中于日常生活平凡乃至琐碎的生活题材上来；兼重理性与感性双重美丽，不放弃哲思性的追索，也不放弃美好情感的冲动，将真实的情与理并重的人生状态展示给读者；打破旧有的思维定式，遵循美好的心理期望，大胆对女性命运重新安排。在新时期之初，许多女性作家在回首往事时，痛定思痛，意识到情感的缺失对人性的戕害。因而当有了诉说的空间时，这些女性作家不约而同首选诉说爱的缺失和煎熬，抒发对爱情的渴望，但是她们的爱情故事不仅仅是情感的爆发，许多作品都富于强烈的社会批判意识，属伤痕文学范畴，其实就是情与理兼重的一种表现。后来在新写实小说的笔下，女性命运更是有了崭新的表现，她们依然生活在男权残留的现实中，但是她们已经有了更强的与命运抗争的勇气。如方方的《风景》中的女孩子杨朗，在艰难的知青岁月中，在无路可走时，抛弃了爱情，而用女性的肉体作为代价换取了上调的生存生机。还有那个最终将七哥控制到手掌中的女子，在与七哥的两人关系中，明显打破了传统的男女模式。杨朗的选择意味着对传统的反叛，对男性文化的绝情与告别，该女子的举措也在主动配合解构着男性神话。其实，许多作家都在这样做。陈染的《与往事干杯》《无处告别》《空心人的诞生》《空的窗》《角色累赘》等中短篇小说，作者在这些作品中完全不顾及传统的伦理和美学评价，她运用女性特有的细腻笔触，以女性特有的洞察力创造了一个专属于女性的世界。她的小说趋于心理与哲学，特别是《空的窗》《巫女与她的梦中之门》等小说，叙述方式独特离奇，想象怪异而大胆，完全打破了当时人们的阅读审美习惯。20世纪90年代中后期，她的小说越发呈现出浓厚的边缘心理和女性意识，在探索现代女性意识深处的潜在因素的同时，折射出复杂的社会生活。陈染小说中的女主人公通常不符合传统男权文化对女性的审美要求，她们外表不是那种美得莹润的感觉，内在气质更与温柔贤淑不沾边。她们通常身形纤丽、内心敏感，行为方式带着现代式的任性与乖张，她们固执而热切地宣称女性的生存经验和自我意识。她们的灵魂不肯安定，四处飘荡，那种难以把握的梦游感，那种不停追索的执拗感，充满了矛盾与挣扎。这种对女性丰富驳杂的潜意识的多层次、多角度的展现，给读者一种全新的阅读体验，形成了独特的女性审美视角。女性作品表现出的对人性、对爱与美的呼唤、对婚恋问题的关注和探讨，显示了女性意识的成熟、深化和对男权意识的解构。

二、群体的地域化风格色彩明显

新时期以来，女性作家无论是从人数上，还是作品数量上，都渐成声势，虽未正式成立什么团体，但往往此呼彼应，也慢慢形成了一些可以划分到一起的特点。影响较大的有北京陈染、林白等的“女性身体中心”写作，上海卫慧、棉棉的“另类写作”，武汉方方、池莉的新写实写作等。“身体写作”是凭借对身体感受与经验的写作，在女性自己的肉体感觉和感官的基础上来观望和认识自己，来体验自己从女孩到女人的成长过程，并抒发女性的性别之累和生存之痛。一直以来，社会规范对女人有诸多要求，一直在教女人如何做女人。女人自然身体的感受和社会约束的感受常常是相互夹杂又相互冲撞的，如林白的《一个人的战争》中“是听从身体还是听从社会”的困惑。从身体出发表现的是真实的女性对世界的感受，而男权文化的引导却对女性成长进行着扭曲，“社会告诉我的感受与我自己的感受是不一样的”。通过这样的矛盾，作者表述着对男权解构的意图，读者领悟着男权对女性的戕害，这样的叙述模式在特定的历史阶段完全可行。不过“身体写作”发展到了卫慧、棉棉“另类写作”的极端时，就不再单纯地表述社会力量与自然力量的冲突了，反而多了些暧昧的后现代气息。她们把身体当作自恋的对象进行开发，她们痴迷于以自传或半自传的书写方式展示或隐秘或公开的性的欲望，充斥于文本中的女性身体和性相关的种种体验令读者不适，毫无保留地暴露女性隐私将文学作品拉向了商业化的炒作。像卫慧的《上海宝贝》、棉棉的《黄酸情人》、九月的《乌鸦》以及木子美在网上公开自己的性爱日记等，一味迎合部分读者的低级趣味，不但没有为女性摆脱客体化的命运加油添彩，反倒更将女性推向了被男性观赏、把玩的深渊。这样的作品，读起来显得十分苍白，其文学价值真的有待商榷。

什么是新写实小说？《钟山》杂志在1989年第3期的《卷首语》中

做了比较正式的说明：

> 所谓新写实小说，简单地说，就是不同于历史上已有的现实主义，也不同于现代主义“先锋派”文学，而是近几年小说创作低谷中出现的一种新的文学倾向。这些新写实小说的创作方法仍以写实为主要特征，但特别注重现实生活原生形态的还原，直面现实，直面人生。虽然从总体的文学精神来看，新写实小说仍划归为现实主义的大范畴，但无疑具有了一种新的开放性和包容性，善于吸收、借鉴现代主义各种流派在艺术上的长处。

新写实小说家由于立足于个体的生存体验，他们不再努力去追索所谓的历史真实，而是试图用生活的平常性、庸常性、平凡性来呈现生活的原生状态，展示当代人的生命存在状态。但事实上，她们笔下的生命存在状态仅仅是彼时彼刻作者眼里的状态，在他们笔下，环境总是晦暗无光、差强人意，读者感受不到以前现实主义作品中常常看到的典型环境、典型人物。在这些新写实小说中，人物总是渺小的，读者找不到对社会、对历史做过贡献的人，相反，被社会、被时代捏就的残缺人生到处都是。生活成了看不见的黑暗力量，他们将渺小的人们变成生活和环境的奴仆，在他们被生活、被环境彻底物化之时，他们渐渐失却了人的本性，所以反英雄、反典型成为新写实小说的重要表现。方方的《风景》中的七哥，本是个天真无邪的小男孩，但是在家庭毫无亲情的暴力影响下，他渐渐变得麻木而冷漠。当遇到命运的推手苏北佬之后，他渐渐完成了自己由人到鬼的转变。而《风景》中的几个女性形象，母亲、大香、小香、杨朗，还有那个高干女，都是失却了做人本真的形象。新写实小说抨击的其实是整个社会的总秩序，不合理的男权文化自然也在其中。

特别值得一提的是山西女性小说的乡土地域特色，它在不动声色中、在不那么鲜明的女性意识中，悄悄地为整个社会的女性觉醒做着贡献。伍尔芙的女性主义文学的经典名作《一间自己的屋子》深受中国女性文学研究者、女性作家们的青睐，其中的观点曾一度成为中国女性主义文学批评的资源而被援引。陈染就曾说过，“拥有一间如伍尔芙所说的屋子用来读书、写作和完成她每日必需的大脑和心的交流，拥有不是很多却足够她清谈的衣食、薄茶和购买书籍的金钱，以及拥有一些不被人注意和妨碍的自由”是梦寐以求的愿望。其实，从这言论可以看出，最初的女性文学，是随着欧美，带有精英化意识的。中国社会还有大量并未想到要每日进行“大脑和心的交流”的女性，真正的男女平等需要全民的觉醒，特别是那些生活在不那么精英的环境中的普通妇女的觉醒。英美社会中的一部分知识女性，包括一部分中产阶级女性，由于受教育或者参与社会实践的影响，她们的眼界相对来说是高于普通劳动妇女的，她们有能力站在更高处去看世界，对阶级、种族、性别等各方面的不平等进行更为科学和严肃的思考，因而提出了很有见解的女性解放的相关理论。当代中国的女性主义理论，一开始是完全照搬西方女性主义理论的，所以对其精英化的倾向也一并搬了过来。虽然在她们的作品中，可以看到她们在努力开创自己的本土化风格，但是她们写作时的无边主题、多重视角、个人化风格等，特别是那些远离社会现实场景的书面化、小资化、隐私化的女性文学话语，会让非知识分子、非精英圈的普通女性不明所以。

倒是山西一些女性作家无意识的乡土叙事、底层叙事的女性小说类型，更易于为广大普通读者接受，从而潜移默化地影响人们女性意识觉醒的程度。山西女性作家从未标榜自己属于什么潮流，也不会刻意去迎合什么潮流。蒋韵在接受《山西晚报》采访时，记者曾问道：“上世纪70年代末到80年代，中国女性文学受西方女性主义文学影响，尤其是波伏娃《第二性》传入后，兴起了女性主义文学创作潮流，这种潮流在90

年代世妇会召开后达到高潮。在这个过程中，女性文学在经历了‘私人化写作’和‘美女写作’后，出现了‘卫慧现象’和‘木子美现象’，造就了一批靠‘身体写作’一炮走红的女性写作群体。在这一时期的创作中，并没有看到山西女作家的身影。山西女作家很多时候好像都处于‘缺席’状态。为什么会出现这样的情况？”蒋韵的回答很耐人寻味：“我想这是一种个人的选择，比如我，我为什么一定要参加到‘身体写作’的合唱之中呢？女性主义的潮流其实我们大多数人知道的也只是皮毛，另外，我从来不喜欢用文学去图解任何理论，不管这理论多前卫或者多时尚，那不是文学的使命。我只写能够真正感动我的东西，这样不行吗？有时候，‘缺席’比‘在场’更珍贵。”正是这种尊重自己对生活的认识与思考的态度，使得山西女性作家们的创作都很尊重生活。比如葛水平的作品《甩鞭》，其实女性意识很明显，却没有偏女权主义的不适感。《甩鞭》中，葛水平安排了许多不同于传统题材的情节，如作为小妾的王引兰与地主分子麻五非常恩爱，甚至把对麻五的诉苦会变成评功摆好会，她还认为“阳间就是男人和女人，女人和男人的欢爱”。葛水平通过王引兰的言行与心理，把一切历史都还原为个体生命的男人和女人的历史。而且王引兰始终都有着一个“好日子”的梦想，梦想里有着一个普通女人不愿受穷而渴望富贵和优雅的正常人性。在情爱方面，她看不起窑庄婆娘们的不懂“婚姻”而只“知道和男人黑宿”，她认为与自己心爱的男人在一起是“美妙”、“别致”的事情，可见，王引兰的情爱之中既有一种原始情欲，也有一种自由浪漫，同时还包含着一种平等的婚姻要求。这种比普通的乡村妇女女性意识要强，但又不是现代都市女性那种令乡村女人咋舌的开放，这样的女性意识觉醒程度其实是更容易被现实接受的。蒋韵、张雅茜、陈亚珍、小岸等人的小说虽各有各的特点，几乎很难找到相同点，但有一点真的有几分相似，就是她们的文本中都有许多细节极为生活化。蒋韵笔下的知识女性、张雅茜喜欢的那些多少有些自传色彩的女子、陈亚珍文本里众多的陌生化细节，还有小岸的小说里普普通通的女工们，她们身上都散发着生活的气息，而那种生活化无形之中有一种亲近感，而不是现代都市的高贵冷艳，带着一种天然的拒绝。就是这种亲近感，或说是接地气的感觉，将女性小说那种多少有些孤芳自赏、自言自语的状态打开了。

女性小说每一个不同的阶段，都有不同的特点，如五四时候倡导“人的解放”，后来“不爱红装爱武装”，再后来女性主体意识一步步确立。可见，一路走来，不论在风格特点上有怎样的变化，总的趋势却是越来越趋于发现女性的本质。相信有一天，两性和谐的性别小说会有更加成熟的性别意识。

第二节　在全国女性文学及山西文学中的位置

当下的山西文坛，有一批具有良好艺术潜质的女性小说家。举凡蒋韵、张雅茜、陈亚珍、葛水平、小岸、李燕蓉、孙频、曹向荣等，可以说都已经取得了引人注目的成绩。2008年4月20日，山西省女作家协会成立。会长蒋韵多次强调成立的初衷只是组织一个文学沙龙，目的重在交流，但作为我国首家女性文学艺术工作者社团组织，这个群体却是不容忽视的。据资料统计，山西作协女会员达六百余人，她们中既有在全国享有盛名的知名作家，也有许多后起之秀。2004年蒋韵的《想像一个歌手》和葛水平的《甩鞭》进入当代中国文学最新作品排行榜，在全国范围内引起了对山西女性作家的关注。尽管说作为一个群体，她们目前所取得的创作成就并不是那么耀眼，但能够有两位作家先后获得鲁迅文学奖，能够有不少作品频频发表于全国各大文学期刊，就说明山西女性作家正在全国文坛产生着越来越大的影响力。

在山西女性作家群里，蒋韵当之无愧是领军人物。杨占平曾如此点评蒋韵：“蒋韵是山西新时期以来女作家中最有成就的代表人物。在迄今二十多年时间里……有不少被翻译成英文、法文在海外发表出版，获得过‘鲁迅文学奖’等奖项。蒋韵作品有一个明显的特征，就是为同龄人塑像。她的一些重要作品，都是以一个作家的敏锐洞察力与细腻的感觉，把那一茬人放在特定的大背景中描写，塑造了一个个她同龄人的文学形象。这在当代小说创作中，是有独特意义的。蒋韵的叙述方式和语言风格，充分显示出了自己的独特品格。她选择了怀旧型的叙述视角，尽可能地拉开与现实生活的距离，注重将生命感觉转化为艺术感觉，追求一种朦胧、悠远的美学效应。语言则力争达到鲜活优雅、明净坦诚、典雅纯粹、富有张力的境界。在蒋韵的影响下，一批山西女性作家如葛水平等，也已经崭露头角，成为作家队伍中的生力军，她们在山西文坛的影响力正在不断强大。”而蒋韵则如此评价自己和山西女性作家：“我习惯把自己看作是山西作家群体中的一员，而不喜欢特别强调自己‘山西女作家’的身份。站在全国的角度，我觉得无论是葛水平还是我，我们都是无愧于‘作家’这个称谓的写作者，更高兴的是后继有人，更年轻更优秀的女性同行正在‘闪亮登场’。一个城市，一个省份，有几个优秀的作家就非常不错了，作家毕竟是个特殊的职业，如果一个城市有成千上万个杰出的如雷贯耳的作家那肯定不正常。就拿全国来说，优秀的一线女作家分散到全国各地，一个省份一个城市能有几个？另外，我特别要指出的是，名气如雷贯耳的作家未必就一定是优秀的作家。”的确，山西女性作家群里，能有好几位全国知名的作家，真的很令人骄傲，更令人骄傲的是，她们走出了一条属于山西女性作家的独特的路。

从1989年铁凝的《玫瑰门》开始，女性作家的视野由外转向内，多表述女性独特的身心体验和文化遭遇。“身体写作”的创始人海伦娜·西索说：“妇女必须参与写作，必须写自己，必须写妇女。就如同被驱离她们自己的身体那样，妇女一直被暴虐驱逐出写作领域，这是由于同样的原因，依据同样的法律，出于同样的目的。妇女必须把自己写进文本——就像通过自己的奋斗嵌入世界和历史一样。”她主张“写自己，你的身体必须被听见”，这成为20世纪90年代中国女性作家个人化写作的理论基础。伴随着社会进步和北京世妇会的召开，社会对女性问题越来越关注，女性文学这一创作形态逐渐成为一段时间内的热潮，女性写作呈现出爆炸式的膨胀。女性作家在自我的空间里，表现自我的欲望、体验。林白、陈染纷纷开始探索女性自身，叙述女性的欲望。当时间走近世纪之交时，商业、传媒对文学创作的影响日益明显，又出现了卫慧、棉棉这两位“另类写作”的女性作家。她们的作品用具有破坏性和颠覆性的语言来表明一种写作姿态，解构男权文化并确认自我。但是商业化社会对文学创作展露出一定的杀伤力，越来越多的另类小说逐渐偏离了文学的本质，直至前一段的木子美现象，几乎可以看作是对文学的破坏。在这纷纷扰扰你方唱罢我登场的创作潮流中，山西女性作家始终理性地走着自己创作的路。蒋韵作品的关注点，一直以来就与时潮不甚合拍。失去、生命悲情、苦难是蒋韵作品的母题，失去的、被遗弃的，乃至漂泊、流浪的情感体验一直弥漫在作品中。从《失传的游戏》《栎树的囚徒》一直到《隐秘盛开》《行走的年代》，她一直坚持着自己的审美追求。葛水平从一开始就写中篇小说，呈井喷之势发表的一系列作品几乎篇篇精彩，显示了其驾驭文字和感受生活的超常能力。这些作品题材多样，时空跨度也很大，民国、抗战、土改、“文化大革命”、农村、城市不同时空自由穿梭，始终不变的是其诗意的语言、悲悯的情怀和对自由的呼唤，葛水平说：“写小说是我人生获得全方位成熟的时期，而这个成熟时期让我回望过去常常觉得恐惧，也是我为什么一再要写过去的事情的一个理由。”她其实一直徜徉在过去的岁月里，记忆永远鲜活，所以葛水平的小说，太行山水是不变的感情寄居地，从未变过。在新人辈出的时代，山西女性作家也在不断扩展创作领域，把题材从过去的农村、城镇，扩展到大都市，把人物从青年到老年都涵盖进作品中，但不论怎样改变，那种厚实的情感，不另类、不浮夸的风格，一直延续了下来。

其实山西女性作家这种偏于现实主义的小说风格与山西一贯的文学传统分不开。20世纪50年代中期以后，以赵树理为代表，马烽、西戎、李束为、孙谦、胡正等人，因创作风格相近，渐成一个文学流派——“山药蛋派”，他们都是山西农村土生土长的作家，有比较深厚的农村生活基础；他们坚持革命现实主义的创作方法，忠实于农村充满尖锐复杂矛盾的现实生活，忠实于自己的真情实感，注意写出人物的复杂性与多样性。他们笔下的新生活、新人物不是脱离生活实际的拔高、理想化，而是朴素、厚实、真实可信的，代表作有《三里湾》《登记》《锻炼锻炼》《饲养员赵大叔》《三年早知道》《赖大嫂》《宋老大进城》等，在这些作品中成功塑造了许多落后人物或中间人物，如“小腿疼”、“吃不饱”、赵满囤、赖大嫂等血肉丰满的形象。“山药蛋派”继承和发展了我国古典小说和说唱文学的传统，以叙述故事为主，人物的塑造主要借助故事的叙述，并通过语言和行动等外部动作来展示。故事叙事线索一般都很分明，框架清晰，注意大结构的同时，还善于选择和运用内涵丰富的细节描写，语言朴素，人物对话不避方言土语，整体作品通俗易懂，具有浓郁的地方色彩。“山药蛋派”是中国现代文学史上一个重要的文学流派，在山西文学史上地位尤其突出。“山药蛋派”之后的“晋军”、“晋军后”其实一直延续了“山药蛋派”的现实主义风格。时至今日，山西的青年作家仍自觉地保持了这一文学流派的主要特点，所以在整个山西文学中，山西女性作家的创作从来就不是孤立的。蒋韵本来就是“晋军”中的一员，山西文坛从来就是一个整体，山西女性作家群是山西作家群的重要组成部分，她们的作品也是山西文学成就的一部分，而且因其不同于男性作家作品的独特风格成为山西文学能够多姿多彩的重要原因。

山西女性作家创作毕竟不能摆脱时代风潮独自前行，社会主旋律与极端个性化的私人写作之间的冲突她们也会感受到。她们都是社会、人生的积极思考者和参与者，这种思考和参与融入了文学创作，使她们的作品大多具有浓厚的生活感，善于展现农村和小城镇的世故人情。以写实的手法把性别的文化体认隐蔽于文本之中，朴素、理性地叙述着女性人物的生存境遇与生命体验。她们创作的态度也扎实认真，没有人认为文学是不严肃的，可以当作游戏来玩味，更没有人将创作当作一种文字的狂欢，恣意放纵自己的情感，寻求一种浅层的刺激。她们理智、率真、低调，用细腻复杂的心绪讲述着一个又一个感动自己也感动别人的故事。她们无意争做社会的焦点，但她们用自己的创作赢得评论界的尊重与好评。她们结伴而行，又颇具独立意识，各自走出了她们每个人独有的风格，使得整个群体的创作呈现出不拘一格的缤纷色彩。

然而从另一方面，我们也需要冷静地看待山西女性作家在文学创作上的不足，当然其中有些不足是整个山西文学都面临的差距。或许是由于时代文化语境发生变迁的缘故，“山药蛋派”、“晋军”、“晋军后”之后，虽然作家们的创作热情依然高涨，创作态度依然严肃而端正，但山西小说创作在全国文坛曾经拥有过的举足轻重的影响力，确实降低了许多。具体就女性作家来说，她们的创作在题材上还不够敏感，作品的独创性、新颖性、深刻性还有提升的空间，也许山西地处改革开放比较落后的区域，对许多新事物和新思想的接触不免要晚一定的时间，于是，在观察急剧变革的现实社会方面、在使用艺术表现手法方面，还可以做得更好，期待山西女性小说能铸就辉煌。

第三节　存在的问题与发展的可能

中国当代女性文学经过几十年的发展，在创作实践和理论运用方面都取得了令人瞩目的成绩，但经过一段时间的沉淀和思索后，也暴露出了一些问题。20世纪90年代后期以来，女性文学研究界频繁地使用“困境”、“危机”等字眼来形容自身的处境，女性文学似乎一下子丧失了之前那种自信的冲击力，浮出历史地表以后的女性文学究竟怎么了？

一、文学与商业化

“身体写作”是近年来女性主义小说最遭人诟病的话题。“身体写作”出现之初，曾有过它的积极意义。在强调社会、强调政治的本土文化环境中，它为当代文学贡献了一种思路和视角。中国文学的传统是“文以载道”，讲究对思想和精神的重视，而对承载思想与精神的客观物质——人的身体抱忽略不计的态度。我们在传统的文学作品里很难看到对女性身体经验的书写，即使有涉及身体的内容，那也是男性的身体、男性的经验，在男性的眼光中，女性是物化的存在，是没有感知、经验的必要的。另外，传统文学的立意多是宏大的、社会性的，因此题材的选择就偏爱宏大的、有典型意义和代表性的，而排斥个体性和细小化。“身体写作”与传统文学有很大的不同，它强调个体私密经验和自我，由个体的人到社会的人类、人性，走的是见微知著的路径；它的文学视角是琐碎的、个人化的，虽少了些宏观意义上的理性思考，却更真实，并且理论上是可以完成对人的本质和意义进行更深层次的思考的。它所提供的私语化的言说方式，以对个体的尊重为前提，摒弃典型化，带给文学一种全新的生命力，在特定的历史阶段，对女性小说的发展有促进意义，但随着“身体写作”的逐步深入，尤其是伴随社会的复杂变化，“身体写作”的文学意义、社会意义都在悄悄发生改变，回顾其过程，还是有迹可循的。一开始，陈染、林白的小说，评论界尚认可其“写自己，你的身体必须被听见”的主张，认可她们是凭借对身体感受与经验的描述，从而在肉体感觉和感官的基础上来观望和认识自己，最终目的是了解并展示女性从生理到心理的成长过程，抒发女性的性别之累和生存之痛。联系中国传统男权文化对女性身体及心灵的束缚，这种叙事策略便有了对抗男权、促进女性意识的觉醒，最终构建女性主体意识的意义。然而当“身体写作”发展到卫慧、棉棉、木子美的创作时，已经变了味道，因此学界对她们的创作风格试图用另外的词来概括，“另类小说”、“木子美现象”都是为了突出这种区别而出现。这区别不是文学上的进步，甚至不是同一平面上不同风格的变化，而是被普遍认为属于文学的自降品格。很多人是将其当作准黄色小说来看待的，认为这类小说是在满足男性的窥视欲，是与商业社会达成的同谋，它暴露出的是一些女性耽于感官享乐、放任欲望追求、缺失价值判断的现实问题。批评家把批评的矛头指向了女性文学的精神维度，认为这样过度青睐对私人空间的描述，是将女性再次放到了“被看”的位置，是女性文学发展的倒退，是对读者审美享受的荼毒，是精神和道德的毒品。

这些批评促使女性文学开始反思女性对身体经验的书写是否像一开始预期的那样，能够承担起颠覆男性中心话语的使命。还是说根本一开始就人为夸大了身体经验的作用。事实上，卫慧、棉棉、木子美等人的创作并未沿袭“身体写作”的初衷，她们早已不重视传达女性生命体验，继而思考女性生命存在、生命价值的问题，她们的创作有意无意地败坏着女性文学的审美趣味。这种对文学的肆意污染，引起了部分作家和评论家的警觉：读者的审美感受是随着作品走的，如果小说中一味地描写渲染性经验，客观上将人们的目光集中在感官的满足和刺激上，那不管你如何辩驳自己的创作初衷，也很难与对抗男权联系起来。更糟糕的是，当文学著作披着神圣的外衣，将边缘化的、极端个人化的情感状态，如同性恋，当作正常的情感来渲染，就容易把人们的审美趣味吸引到猎奇、暧昧、私密上来，还会慢慢以为这样的情感状态其实是一种常态，这就不仅仅是无法为女性解放出力的问题了，它扰乱的其实是社会的伦理规范。最小的影响也会是摧毁许多人的阳光心态，因为这些作品里面，最常设置的活动场景也是带有私密性的，如浴室、幽暗的酒吧等，这样的空间设置传达出的封闭幽暗感，会直接将晦暗无光的颓废感觉传达出来，这是对女性精神气质潜移默化的负面影响。总之，放纵身体经验的结果，是女性被商业化社会解读成了欲望的符号；“身体写作”被看作是关于女性身体的隐私故事，这是在歪曲女性主义的初衷，是所有为女性解放、为女性小说创作努力过的人所不愿看到的。

这个渐渐变质的过程与当时的社会环境有关。中国当代文学在20世纪的很长一段时间里，曾经作为政治意识形态的副产品被纳入到政治体制的模式之中，作家们自觉自愿放弃了自由写作的权利，与国家的政治需要保持高度的一致。当然，在特殊时期，文学作为一种武器，为政治服务是一种必需，但当阶级斗争渐渐隐退，经济建设慢慢提到最重要的日程上来之后，文学所置身的整个文化生产机制也相应地发生了根本变化。市场原则直接渗透到文学生产过程中，构成文学生产机制的一个重要因素。在这样的社会文化语境下，文学神圣的面纱被揭开抛弃，精英式的精神追求变得不再重要，文学生产顺应市场需求，因重视市场价值而开始考虑受众的喜好。偏偏正值社会变革时期，需要调整的又何止文学？正是整个社会秩序需要重新调整才会带来一系列的连锁反应。既有的社会规范不再是天经地义，人们开始急切寻找与商品社会合拍的新的社会规范，偏偏新的社会规范的建立属于文化意识范畴，意识领域的变化永远落后于物质领域的变化，这直接导致了社会规范的崩塌。无规范可依循的结果就是人们人生观、世界观、价值观的混乱。虽然物质持续发展，文化紧随其后，总有一天二者会平衡，重建新的社会规范，可遗憾的是，女性文学的发展演变正好赶上了这一混乱期。消费主义从西方资本主义国家被快速移植到中国，消费享乐、纵欲狂欢的新生活理念瞬间侵占了人们的思想，精神让位于物质，世俗代替了高雅，市场商业规则取代了原有的社会秩序，拜金、道德崩塌、自私自利、追求感官享受等西方世界的观念，一股脑儿攻占了人们的思想领域。人们对文学的品位突然变得低级，看重感官刺激。“身体写作”也随之受市场商业化影响，开始变得媚俗，忘记了自己的初衷。性描写泛滥成灾的现象就是女性文学市场化倾向和消费性特征的极端表现。新时期以来，女性文学中的女性话语一直是按照西方女权主义理论的指导来发展的，但是在中国毕竟要经过一个本土化的过程，“书写自己的身体”在消费主义文化盛行的时代产生了复杂的社会效应，不仅违背了女权主义者最初主张的通过“身体书写”来反抗传统男权文化秩序形而上的本意，而且使女性再次成为消费品，再次遭遇被物化的命运。中国女性从五四启蒙开始就苦苦追求的女性解放到此有了不进反退的趋势，在这样的历史文化语境下，女性主义话语的书写必须重新思考有效的途径，“身体写作”如果一直走下去，只是女性文学的堕落而已。

二、题材与视野

一直以来，题材与视野的狭窄就是女性文学的硬伤。细数新时期以来的女性文学作品，尤其是20世纪90年代以来的女性文学文本，无论是陈染的《私人生活》、林白的《一个人的战争》，还是卫慧的《上海宝贝》、棉棉的《糖》等，她们以女性私密空间为基本构思思路，围绕女主人公的人生经历来叙事，不关心社会问题，甚至女主人公的心理波澜也纯粹是因为自身内因而引起。作者无意探讨更大的主题，她们关注的只有自己，只谈个人问题，只关注私人空间，并且还是都市白领女性的狭隘空间。公共社会、时代精神渐行渐远，底层叙事、民间疾苦更是难入法眼，她们蜷缩在逼仄狭小的空间里，反复咀嚼着自己的幸福或苍凉，自怜自艾，空虚寂寞，都与世界无关，人物的形象意义急剧缩小，她们不代表任何人，只代表她们自己。断开了与时代精神的联系，作品的价值与意义也变得虚无，但她们不觉得，她们称此为“女性主义话语的言说方式”，她们认为这种从宏大叙事和集体话语中剥离出的叙事模式才是自由的，是尊重文学本质的，是不被政治绑架的。传统文学文本中常见的国家社会、时代精神忽而消失殆尽，虚假的时尚城市空间挤占了真实社会中其他的生存经验，个人生活经验的描述因其碎片性质的不完整，而难以透视个人与社会历史的文化关系，文学的意义被消磨掉了。

对女性小说题材日常化、私密化，对个体生存空间的热衷问题，其实如若处理得当，也有它的进步意义。中国历史上，个体人生的日常生活从来就不曾进入过中心话语。中国的文学传统是更看重生命的社会价值，衡量个体生命的价值时，是要将其置于社会价值之中来比对评价的。随着社会的进步，个体的生命价值渐被社会所体认，宏大的社会意义中渗入了一些日常因素，家长里短的日常性生活成为个体生命质量的重要因素，那么在文学文本中将此个体意义加以渲染有何不可？其实问题的关键不在于你写了什么，而在于你表现了什么。回顾中国文学史，表现个体日常生活的内容虽不多见，但其中不乏一些以此见长的优秀作品。相对于今天一些女性小说来说，她们的长处在于：在琐碎的日常个体生活题材中，赋予了人生或沧桑或厚重的文化积淀。普普通通的凡俗生活，突然具有了历史纵深感。这才是日常生活题材存在于文学中的意义。我们在探寻个体日常生活的价值本质时，不应该平面地去评价它，而应该将之放置在历史的坐标中，看时代风云背后留下了什么，可供我们回味咀嚼的就有了诗意，有了美学价值。

承载着女性主义话语的女性文学如何开拓自己的题材、思想疆土？徐小斌曾经说过："个人化的最好出路就是找到一个把自己的心灵与外部世界对接的方法，这样可以使写作不断获得一种激情与张力，而不至于慢慢退缩和委顿。"女性作家们可以尝试从自我封闭的狭小空间中走出来，在广阔的社会生活中汲取新鲜的养分，题材可以细小，但不能浅薄；主题不必宏大，但万不能虚无，把目光投向社会的烟火人生处，投向社会的底层，可能是一条行得通的路。就从山西来看，葛水平、小岸，还有许多的女性作家，都是将目光的关注点放在世俗生活的平凡处，却创作出了能进入人心底、抚摸人灵魂的作品。可见，把女性的生命体验与底层生活细微题材结合起来，表现生存的艰难顺遂、百种滋味时，完全可以融进一定的哲思，这样的空间才是文学的空间，才是构建女性话语系统、走出女性文学目前困境的关键。

三、从两性对立到两性和谐

女性主义理论从问世之初就一直是以反抗男权压迫、争取女性解放为口号和指导思想的。由于历史和文化的原因，长期以来，女性在社会生活中就处于男性的从属和主体丧失的地位。自母系社会结束，当时的社会状况就决定了自然体力输于男性的女性不可能与男性平起平坐了。由于男性在物质供求关系中处于支配地位，这种支配的权力经过几千年的反复强化，已经由最初的社会契约沉淀为文化，留存于人类的血脉里。女性要想获得解放，必须摆脱这根深蒂固的男权文化观念，摆脱男性的束缚，成为具有独立人格的个体。我国女性文学研究对性别视角的运用，就主要集中在批判男权文化对女性的压抑和探索、建构女性主体意识两个方面，以期促使男性改变对女性的错误认知，同时也帮助广大女性提高对自身的认识，这些都是女性走向解放过程中要解决的重要问题。前面已经说过，文化的变革永远滞后于物质的变革，换个角度来说，就是物质的变革为精神文化的变革提供基础。我国进入新时期以来，经济建设突飞猛进、社会物质极大丰富的同时，劳动方式的变化也在悄悄发生着，适合女性的工种越来越多，为女性走出家门、离开锅台提供了条件和保障。这种变化使男性在社会中失去了传统的生理优势，使男女平等具有了可能。生产力的发展促进了社会文明的多元化发展，以男权意识为核心的社会结构受到了明显的冲击。我国的妇女解放还具备了一个特殊的条件，就是国家法令保护了女性权益，这更是促进了我国女性解放的事业。女性可以光明正大地活跃在社会生活的各个领域，但是急速行进的解放的脚步却缺乏成熟的女性主义理论来配合，女性主义理论中对抗男权依然是一条最重要的指导思想，在此情况下，女性文学创作中种种过激与偏执就不难理解了。解构男性形象，“男子汉死了”，曾一度将男女两性推到对峙的位置上，但事实上，狭隘的性别立场只能使女性文学创作步入困境。比如因为重大题材、宏观叙事是传统主流文学创作的基本特点，许多女性作家在创作作品时，就会刻意避开，结果就带来了女性小说题材、视野狭小的问题；男权文化以贞洁来要求女性，将性的文化内涵解读为丑陋与耻辱，女性主义作家为了对抗男权，就在性上大做文章，结果又沦为男性新一轮的物化的欲望对象。可见，站在狭隘的女性立场盲目叛逆，其结果可能刚好是反面。

目前，中国学者已经注意到了两性互相尊重差异，在此基础上构建和谐关系的重要性。李小江指出，“就生理差异的历史所造就的社会差异而言，男女两性在社会生存结构中是互存互补的”，“人的理想不是在差异的基石上强造一个平等的世界，而应在两性和谐共处的基础上争取人的最大限度的自由”①。在女性文学研究和创作中，以两性和谐为视角，既有利于增添女性审美视角，也有利于推进对男性性别意识的研究，改变男性在性别研究中的边缘化与失语状态。因为在我们强调女性性别是“被构成”的同时，我们不能忽略的一个事实是，对于一直与女性共同拥有同一个历史过程的男性来说，如果女性是“被构成”的，失去其自然本质的，那男性的性别是否也是“被构成”的呢？女性的柔弱、顺从、包容等特点，如果是男权文化长期作用力的结果，那刚强、坚韧、勇敢等男性特征又是谁赋予的呢？解决了这个问题，就会由衷地以两性视野来关注人类精神，也会在多元化社会中共同倡导将性别文化往健康、和谐的方向发展。

当然，两性和谐并不是主张将男女两性的个性融于一体，人为抹杀其差异性，而是在承认并保留两性差异这一不可更改的客观事实的前提下，提倡基于差异之上的和谐创作的心态与模式，从而使文学作品真正成为书写包括男女两性在内整个人类的媒介。之所以这样做首先是由于

①张宗蓝.从女性地位的变迁中探寻两性的和谐共处[J].枣庄师范高等专科学校学报,2004(5):42.

我国女性解放的特殊过程。中国没有经过一个独立的女权主义运动，妇女解放是与整个国家民族的社会主义革命紧密相连的，是在男人女人的共同努力下，在国家政策法规的支持下获得的。西方社会中，大多数国家妇女的位置始终处在社会边缘状态，未能纳入国家视野。中国妇女的情况不同，妇女问题始终在国家视野范围之内，因此才会出台国家政策予以保护、支持。随着女性主义文学在中国的兴起和发展，许多女性作家逐渐意识到：女性文学的文化价值在于，女性在获得性别主体地位的前提下，与男性平等地分担世界、创造世界，两性和谐的创作理想才是女性文学创作的最佳境界，只有兼顾男女两性的经验世界与生活感受，才能构建男女两性完美的文学关系模式。当然，现实中的性别文化仍存在根深蒂固的差异和矛盾，不可能一蹴而就地把两性和谐理念完全地运用在文学创作和文化研究中，它必然要经过一个漫长的过程。女性文化要成熟，需要同时具备审视男性世界的能力；男性文化要想在性别意识方面有所发展，也需要具备自我反思的能力。这一文化观念的转变，需要思想极具开拓性的作家、评论家和读者共同推进。

总之，女性文学创作与研究虽然已经有了几十年的历史，但比起漫长的文学发展过程来看，女性文学还宛若一个新生儿，有许多未知的世界等着去探索。这一过程中，可能会走弯路，可能会茫然不知所措，但我们坚信，女性文学一定会有一个阳光灿烂的辉煌未来。

后　记

终于可以写后记了。

完成书稿的那一刻，最开心的是我年幼的儿子，一直依偎在我身边问："妈妈，真的写完了，是吧？不用每天关着房门留我一个人在客厅了，是吧？以后我放了学，你可以陪我玩儿了，是吧？"看着儿子喜不自胜的脸，真的有点鼻子发酸。

写稿的这段日子，恰逢爱人到外地上学，我一个人分身乏术，对儿子真是疏于照顾。刚刚才知道，前段时间儿子看了一本恐怖探险小说，根本不敢一个人待在一间房里，可是为了不打扰我，硬是忍着心中的恐惧，一个人做作业、练琴、看书……

幸而我没有半途而废，坚持有了收获，起码没有辜负儿子。

也许书稿中还有许多地方不成熟，但"无心插柳柳成荫"，对我的儿子来说，树立做事要有始有终的观念以及要勇于战胜自己、与妈妈一起努力的决心，也算是一笔额外的精神财富吧。

这本书稿是在以往学术研究的基础上完成的，书中部分章节已在《文艺争鸣》等学术期刊上发表。另外我还曾携关于笛安的论文《迷惘中的回归——从笛安的"龙城"三部曲看中国大陆青年女性作家创作新特质》，参加了在韩国举办的第九届青年学者国际学术研讨会暨第三届东亚汉语教学研究生论坛，并担任了一场分会场的主持。

回首来时路，我曾得到许多师长和友人的提携与帮助。学校与学院的领导在科研、教学方面提供了最好的支持；同事以及学科组的老师们在专业方面给予我许多建议与帮助，在排课上也给予了我许多方便。这一刻，想感谢的人太多了：我攻读硕士学位期间的导师卫灿金教授、武永明教授在科学研究的严谨性上，对我言传身教；工作后，傅书华教授在学术研究的大方向上为我规划设计，在具体的课题研究上对我悉心指教；同事兼好友阎秋霞、白杰，多方面鼓励我、帮助我；感谢省作协的领导们多次为我提供参与作家作品研讨会的机会，特别是省作协的吕轶芳老师，在自己忙得不可开交时，热情为我多方联系作者；当然还有书稿中涉及以及未涉及的许多作者，都对我给予了有力的支持，是他们直接促成了这本书稿的完成。

本专著为山西省教育厅高等学校哲学社会科学研究项目的课题成果，课题名称《山西新时期女性作家小说创作研究》，该课题得到了山西省教育厅的资金支持，非常感谢。

尤其要特别感谢的是这本书的编辑，山西人民出版社的吕绘元主任。吕老师在书稿的审读编校方面认真严谨，一丝不苟。

最后，要谢谢我的父母和爱人，谢谢他们的理解和支持。

2013年11月